Julia C. Werner

UM 180 GRAD

Julia C. Werner

UM 180 GRAD

Urachhaus

Für Noah und seine ganze Generation

ISBN 978-3-8251-5237-6

Erschienen 2020 im Verlag Urachhaus
www.urachhaus.de

ⓔ auch als eBook erhältlich

Umschlaggestaltung: Rothfos & Gabler, Hamburg
Umschlagabbildung: © shutterstock / Jacob_09
Gesamtherstellung: CPI books GmbH, Leck

PROLOG

Das Klackern der Dosen wird immer lauter und mir ist langsam schlecht vom Farbgestank. Mein T-Shirt klebt nassgeschwitzt auf der Haut. Wir haben die Wand vorm U-Bahnhof und das Abbruchhaus klargemacht, sind die Gleise entlanggelaufen, das war lebensgefährlich. Irgendwann hörten wir »Stopp!« und rannten wie die Weltmeister, eine Dose kullerte davon, das Grün, damit hatte Samuel ein riesiges Cannabisblatt auf eine Scheibe gesprüht. Auftauchen wollte keiner von uns aus dem Farbrausch, bis jetzt zumindest. Jetzt kriege ich ein immer mieseres Gefühl in unserer Nacht voller Adrenalin.

Bei der letzten Station bin ich der Schmieresteher, der Checker, laufe von der Mauer bis zur Straße und wieder zurück, hin und her durch den Eingangstunnel, durch den die Leute aus dem Heim tagsüber auf die Straße gespuckt werden. Dann stehen sie da mit ihren Krücken und Rollstühlen und bleichen Gesichtern und starren ins Licht wie erschrockene Gespenster. Tagesgespenster, die nachts alle in ihren Betten begraben sind.

Unser Atem verdampft im schwachen Licht, das Klackern macht Angst und das Sprühen macht Lust, Lust auf Abenteuer, auf alles, auf die ganze bunte Welt. Es ist schon lange dunkel, kalt und feucht, kaum jemand ist draußen. Klackern, Sprühen, Kick! Jetzt sind die Umrisse aller Buchstaben zu sehen, das ›S‹ ist schon fett und gelb, es leuchtet und schimmert auf der Wand in

dem spärlichen Licht. Samuel ist für die Buchstaben zuständig, Pascal sprüht die Sterne. »Wow!«
»Seid leise.« Ich renne vor und zurück. »Macht schneller. Mann, hier wohnen Leute!« Der zweite und dritte Buchstabe sind fertig, vor und zurück. Vierter, fünfter, hin und her. Die Farbe riecht jetzt meilenweit gegen den Wind, dabei ist hier im Tunnel gar kein Wind – irgendetwas stimmt nicht. Dieses Etwas liegt in der Luft, und es stinkt noch viel mehr als die Farbe. Wir müssen weg, denke ich, das dauert viel zu lange!
»Botten!«, schreit Samuel, er hat uns vorher gewarnt, was das im Sprayer-Slang heißt: Abhauen, ja klar! Das zu wissen nützt uns gar nichts. Der Tunnel hat nur einen Ausgang. Schatten kommen auf uns zu, ich rüttle panisch an der Tür, auf Sichthöhe ist ein Stück Glas und dahinter ein großer, leerer Raum mit irgendwelchen Möbeln in der Ecke. Eine Gestalt löst sich da drin aus dem Halbdunkel und schwebt auf mich zu. Weiß gekleidet, weiße Haare, ein fast wirkliches Gespenst. Ich weiche zurück.
»Botten!« Mit dem Rücken an der Wand. Keiner rennt. Ich halte den Atem an, das Nachtgespenst ist auf der einen und die Schatten sind auf der anderen Seite. Dann doch lieber durch den Tunnel und raus an die Luft, ins Freie, wo die Lebendigen und normale Menschen sind. Selbst wenn die Tür jetzt vor mir aufginge, hier will ich mich sogar im Notfall nicht verstecken, und freiwillig gehe ich da schon gar nicht rein. Niemals!

1

Kein Wort habe ich beim Mittagessen gesprochen, zu niemandem, und anschließend auch nicht. Klar haben wir Mist gebaut, das weiß ich, und ich hab's oft genug zugegeben. Aber heute ist der Tag, an dem ich mal wieder was lernen soll über die Welt, der ich ja so respektlos begegnet bin. Respekt ist ein Lieblingswort bei uns zu Hause.

»Trotzig wie ein kleiner Junge«, sagt meine Mutter, schleudert mir diesen Satz vor die Füße und bringt mich damit fast zum Stolpern. Sie wirft ihre langen Haare zurück und sieht nach vorne – wir haben es eilig.

Wir haben es eilig, weil ich dachte, ich könnte mich in letzter Sekunde drücken. Rein ins Zimmer, drinbleiben, fertig. Doch definitiv sind wir auf dem Weg zu einem Ort, den ich nie von innen sehen wollte. »Mann, ich bring das nicht!« Meine Stimme klingt erst seltsam dunkel, dann haut sie nach oben ab. Was ich sage, bricht nun öfter entzwei in Hoch und Tief, es klingt doppelt doof, und ich wollte doch gar nichts sagen, von mir aus den ganzen Tag nicht. Ich werde langsamer, meine Mutter auch, wir bleiben stehen und sie legt eine Hand auf meine Schulter. Wäre ich wirklich noch ein kleiner Junge, wie sic behauptet, würde sie sich zu mir herunterbeugen, um mir prüfend in die Augen zu sehen. Bald aber bin ich größer als sie. Nur noch ein paar Zentimeter. Ich mache mich los und gehe weiter.

»Hast du etwa Schiss?«, fragt sie hinter mir und holt mich ein. Ich stapfe durch einen Haufen verfärbter Blätter am Wegrand.
»Pfff«, mache ich und kann unser Ziel schon sehen.
Am frühen Nachmittag liegt der ›Bunker‹ im Schatten. Die Mauern haben so eine Tarnfarbe, irgendwas zwischen Grau und Braun, und das Heim hat auch keinen Vorgarten und keinen einzigen Balkon, wie es bei fast allen Häusern hier normal ist. An einer Stelle weiter oben in der Wand sind ein paar Löcher zu sehen, vielleicht sind es Einschusslöcher. Bunker. Für mich passte der Name immer. Fast überall die Gardinen zugezogen, Gardinenbunker, so sagen auch manche zu dem Heim, das nicht nur nachts düster wirkt. In einem der Fenster steht schon seit Ewigkeiten ein Strauß vertrockneter Blumen. Den hat einfach jemand vergessen.
Noch ein paar Meter, fast sind wir da. Ein Typ pilgert auf dem Gehweg auf und ab, er trägt einen weißen Kittel und auf dem Kinn einen schmalen Bart, starrt auf sein Handy. Wahrscheinlich gehört er zum Heim dazu. Wir gehen an ihm vorbei und durch den Eingangstunnel bis zu der Tür, an der ich vor einem Monat panisch gerüttelt habe. Meine Mutter klingelt und lächelt mich an. Es sieht nett aus, ihr Lächeln, ich mag es fast immer. Jetzt nicht. Sie hat sich zu meinem Begleitschutz ernannt, damit ich nicht abhauen kann. »Komm schon. Es wird Zeit, Verantwortung zu übernehmen.«
»Oder ich kaufe mich noch frei. Der Schaden geteilt durch drei ergibt 500 für jeden.«
»Ja, rechnen kannst du, das weiß ich. Aber erstens hast du nicht so viel Geld, weil du dir gerade unbedingt ein teures Handy kaufen musstest, und zweitens: Schau es dir doch erst einmal an.« Der Türöffner summt. »Es braucht hier niemand zu erfah-

ren, dass du das da draußen mit deinen tollen Freunden warst. Samuels Eltern haben bei der Heimleitung offiziell die Verantwortung übernommen, von mir aus kann das so bleiben.«

»Erpressung!«

»Erziehung.«

Am liebsten würde ich gegen die dämliche Wand hauen. So was nennen meine Eltern »wie besprochen«, auch so ein Lieblingsausdruck in ihrer viel gepriesenen ›Diskussionskultur‹. Als ich rief: »Zu den Halbtoten und Irren gehe ich nicht!«, da gab es kein Diskutieren mehr, da war ich schon wieder respektlos.

Unser Werk auf der Wand ist weg. Samuel wollte riesengroß das Wort ›Sunshine‹ sprühen und hat schon vorher damit angegeben, dass er in seinem Graffiti-Workshop seinen Style, seinen ›Tag‹, seine besondere Schrift gelernt hat. Ein fettes, leuchtendes Sunshine vor einem blauen Himmel mit ein paar bunten Sternen drum rum. Jetzt ist nur noch ein verschwommener dunkelgrauer Umriss zu sehen, der wie eine schwere, große Wolke auf dem Gemäuer liegt. Nun haben die Leute hier Gewitter statt Sonnenschein. Mein Herz klopft. Meine Mutter hält immer noch die Tür auf.

Ich hole Luft und gehe an ihr vorbei. Ich habe ein komisches Gefühl im Bauch, eine Mischung aus schlechtem Gewissen, Schiss und Wut, vielleicht ist auch ein bisschen was von dem Adrenalin dabei, als alles passierte. Nur leider ist das, was jetzt kommt, kein Abenteuer. Bunker klingt ja noch spannend. Aber es ist nur ein langweiliges Alters- und Pflegeheim, jetzt überall wieder graubraun wie immer.

»Du bist also Lennard, der gerne einmal die Woche vorlesen mag!«, ruft Frau Kraftschick – so oder so ähnlich klingt ihr selt-

samer Name, die Buchstaben auf dem Schildchen am weißen Blusenkragen kann ich auf den ersten Blick nicht richtig entziffern.
Gerne! Einmal die Woche! Mag! Sehr witzig.
Frau Kraftschick ist immer dienstags hier, in diesem Zimmer im ersten Stock. Dann kümmert sie sich um jene Bewohner, die keine Angehörigen oder kaum Besuch haben. Aha. Und wenn jemand kommt wie ich, der anscheinend nichts Besseres mit seiner Zeit anfangen kann, überschlägt sie sich vor Begeisterung.
»Ist nicht so oft, dass ein Junge bei sooo eine tolle Aktion! Mitmachen! Will!«, ruft sie mit Pausen zwischen den Wörtern, Frau Kraftschick kommt wohl woanders her, so wie sie spricht, und sie streckt ihre Handflächen nach oben, als danke sie Gott im Himmel persönlich dafür. »Du bist in ein Alter von 14, ja?«
Ich nicke nur. Ihr Deutsch klingt lustig, aber ich werde aus Prinzip nicht lachen, nicht mal lächeln. Dummerweise hatte ich zu Hause von der Lesepatenschaft erzählt. ›Lesepaten von jung bis alt für jung bis alt‹ – über die Kampagne haben wir in der Schule gesprochen. Wir sollen wissen, wie wichtig ehrenamtliches Engagement in der Gesellschaft ist, und ein paar haben sich gemeldet. Für mindestens ein Jahr. Das war echt das Letzte, was ich tun wollte. Doch jetzt bin ich hier, und meine Mutter hält es für ideal, dass für mich gleich drei Dinge auf einmal dabei sind, wie beim Überraschungsei: Ich kann Respekt lernen, Engagement zeigen und Schulden abarbeiten.
Frau Kraftschick nickt zurück. Ihre blauen Augen, die von mir zu meiner Mutter und zurück huschen, sehen wässrig aus, als würde sie gleich weinen, dabei kleben ihre Mundwinkel immer noch oben. Ich schaue weg, auf die kahle Wand, an der ein einsamer Kalender hängt. Auf dem Schreibtisch liegt ein Bleistift

mit abgebrochener Mine, daneben ein Blatt weißes Papier, auf dem eine Telefonnummer ganz verloren steht. Und einen Computer gibt es natürlich, der ziemlich laut ist – nicht gerade das neueste Modell. Die Luft ist stickig und warm. Ich habe auf einmal Durst.

»Ich will …« Schon sehe ich aus den Augenwinkeln, wie meine Mutter den Kopf zu mir dreht.

Ich will das gar nicht machen! Ich werde von meinen furchtbaren Eltern dazu gezwungen, würde ich am liebsten sagen. Oder es schreien. Wobei die Idee, dass es gerade der Bunker hier sein sollte, natürlich von meiner Mutter kam. Sie würde also seelenruhig ein Bein über das andere schlagen und zu Frau Kraftschick sagen: »Nun ja. Nicht ohne Grund. Lennard möchte etwas gutmachen. Wir sollten das einfach probieren.«

Und dann? Wahrscheinlich wären sich beide schnell einig, dass das Abarbeiten der Schulden doch eine prima Sache ist …

Frau Kraftschicks Lächeln geht in ein Seufzen über. »Wenn ich denke an meine Söhne, die würden nie freiwillig lesen, niemals nicht. Die schauen Fernsehen und nur Handy, Handy, Handy …«

Ein lautes Rauschen ist zu hören, wahrscheinlich kommt es aus dem großen Rohr, das an der Wand entlangläuft, und das Rauschen liefert sich mit dem Computer ein Geräusche-Wettrennen, etwas scheppert vor der Tür. Frau Kraftschick richtet sich auf und lässt sich gleich wieder in ihren Stuhl sinken. Nimmt mich in ihr wasserblaues Blickfeld, sieht dann meine Mutter an.

»Ja, wie denken Sie? Haben Sie Wünsche?«

Meine Mutter deutet auf mich. »Das entscheidet mein Sohn natürlich selbst.«

Ich studiere das Schildchen an Frau Kraftschicks weißem Blusenkragen: also K-r-a-w-c-z-y-k. Um Gottes willen, c-z-y-k, diese

Sprache, wo die Frau herkommt, will ich nie lernen, und der Name wird also doch nicht wie Tschick geschrieben, wie ich im ersten Moment dachte. Tschick ist der Held aus meinem Lieblingsbuch, das ich zweimal gelesen habe. Die Geschichte ist einfach cool.
»Möchtest du zu einem Herrn oder einer Dame?«, fragt der Mund über dem Blusenkragen. »Ich habe hier eine Kartei mit Bewohnern, die sich freuen über Lesepaten.«
Ich zucke mit den Schultern, in der Hoffnung, dass diese Frau mit dem seltsamen Namen endlich das Wichtigste überhaupt begreift: Ich bin nicht der tolle Junge mit dem super Engagement!
Frau Kraftschick fängt wieder an zu strahlen. »Es gibt nicht so viele Jungen wie du«, wiederholt sie und wendet sich ihrem Steinzeit-Computer zu. »Wir wollen sehen und gemeinsam finden.«

Wir gehen den Flur entlang. Der Boden quietscht unter unseren Füßen, und wir steigen über einen Scherbenhaufen hinweg, ein zerbrochener Teller, dessen Teile sich über auf dem Boden klebendem gelbem Kartoffelbrei verbreitet haben. Kartoffelbrei mit Scherben gibt es hier also, wie lecker.
»Hat wieder jemand fallen gelassen, obwohl mit Tellern herumlaufen doch ist verboten«, sagt Frau Kraftschick kopfschüttelnd und blickt sich um. Niemand ist zu sehen, die Gänge sind wie ausgestorben. Es riecht frisch geputzt. »Die Zeit zwischen Mittag und Kaffee viele schlafen«, sagt Frau Kraftschick und zeichnet dabei mit dem Arm einen Riesenbogen für all die unsichtbaren Bewohner in die Luft. Da streckt sich am Ende des Gangs ein Kopf mit nach allen Richtungen abstehenden Haaren aus einem Zimmer – ein Punk mit grauen Haaren – und verschwindet gleich wieder. Eine Tür schlägt zu.

War das einer von den verrückten Alten, den Irren? Wenn ich die so nenne, ist das ja nicht erfunden. Manche von denen starren nur vor sich hin oder führen Selbstgespräche, wenn sie im Rollstuhl herumgeschoben werden oder im Park allein auf der Bank sitzen. Einem wuchs nur noch eine einzige weiße Haarsträhne aus der Glatze, die wehte hin und her, und er schüttelte immer den Kopf und rief dazu: »Ja, ja! Ja, ja!« Ein Verrückter eben.

Dabei tun mir Rollstuhlfahrer oder alte Leute, die zittrig, gebeugt oder gelähmt sind, leid, auch Omi, die neuerdings öfter mal auf den Boden knallt. Aber manchmal finde ich sie auch ein wenig unheimlich und eklig, so ganz Alte und Kranke. Und entspannt sind die meistens auch nicht gerade.

Wieder schlägt eine Tür zu, diesmal kommt es von hinten. Alle paar Meter stehen Pflanzen in Kübeln, und als ich mit der Hand über eine kleine grüne Palme streiche, spüre ich Plastik. An den Wänden hängen Fotos, große Aufnahmen von Blumen, menschenleeren Stränden und hohen Bergen, die ihre Spitzen in die Wolken bohren, und ein paar bunte Kinderzeichnungen.

Wir bleiben vor einer Tür mit der Nummer 36 stehen. »Ich zuerst«, sagt Frau Kraftschick, »hier wohnt ein Herr, der hat nie Besuch, niemals nicht, aber er ist sehr freundlich.«

Sie klopft, öffnet die Tür. Frau Kraftschick verschwindet in dem dunklen Spalt, und ich soll jetzt so tun, als machte ich das gern und freiwillig, zu einem Fremden gehen, der vielleicht auch verrückt ist? Ich drehe mich zu meiner Mutter um, und sie hebt sofort eine Hand: »Lenny, natürlich ist es hier nicht besonders toll. Aber genau deswegen sind wir ja hier. Uns geht es so gut ...«

Ich drehe mich wieder weg, kann es nicht hören, wenn meine Mutter mit mir redet, als wäre ich zehn oder elf und sie die Retterin der Welt. Hab schließlich selbst Augen im Kopf, sehe die Penner und Bettler und Betrunkenen in der Stadt, und auf der Welt gibt es Kriege, Terror, Flüchtlingswellen, Bootstragödien, Hungersnöte, Atomwaffen, Klimakatastrophen und Selbstmordanschläge. Aber bloß weil es diese vielen schrecklichen Dinge gibt, bin ich jetzt auch nicht glücklicher, wenn ich nur solche Probleme habe wie ein paar Graffiti und die Folgen.

Meine Mutter merkt, dass ich jetzt keinen Vortrag gebrauchen kann. Sie sieht aus dem Fenster in den Hof. Der ist groß, aber nicht gerade einladend. Eine Menge Mülltonnen stehen dort, und es gibt ein paar Büsche und Bänke und ein Stück Wiese. Der Weg endet einfach weiter hinten an einer Ziegelmauer ohne Fenster. Krähen flattern herum.

Die Tür zu Zimmer 36 geht wieder auf. Frau Kraftschick lacht nicht mehr. »Der Herr ist leider krank«, sagt sie. »Nicht so gut für Besuch. Ich wusste nicht.«

Dann ein andermal, möchte ich rufen. Ich will in gar kein Zimmer hineinschauen, das ist nicht meine Welt und meine Schuld ist es schon gar nicht, dass die alle hier sind!

Frau Kraftschick legt einen Finger auf den Mund und denkt ganz stark nach. »Ich weiß jetzt! Frau Silberstein, die hat auch nie Besuch, niemals nicht, und steht auch in die Kartei!« Sie marschiert los, dahinter meine Mutter, dahinter ich, ohne Meinung. Wir betreten ein dämmriges Treppenhaus. »Fahrstuhl heute außer Betrieb«, erfahren wir von Frau Kraftschick, während sie nach oben stapft und leise keucht. »Schlecht für Rollstuhlfahrer.«

Im zweiten Stock quietscht der Boden noch lauter. Eine Schwester kommt uns entgegen … heißen die in einem Heim überhaupt Schwester? Sie sieht so aus wie im Krankenhaus. Weißer Kit-

tel, weiße Schuhe, und sie zieht sich gerade Gummihandschuhe über. Im Vorbeigehen nickt sie uns zu.
Zimmer 72. Frau Kraftschick klopft vorsichtig, leise und lauter, dann geht sie rein und ich höre Stimmen, ein »Doch« und ein »Aber« und ein »Ach«. Die Tür öffnet sich nun weit. An den gegenüberliegenden Wänden steht je ein gleiches Bett mit Tisch daneben, echt wie im Krankenhaus, und zwischen den Betten sind ungefähr drei, vier Schritte Platz – Platz für Platzangst vielleicht.
Frau Kraftschick nickt uns zu. Meine Mutter berührt meine Schulter, dirigiert mich vorwärts. Ich trete in das Zimmer. Meine Schläfen beginnen zu pochen. In den Betten liegen bis zum Hals zugedeckt zwei grauhaarige Frauen. Als wären sie tot. Am Fenster gibt es noch einen kleinen Tisch mit drei Stühlen und einen Sessel, einen dunkelbraunen großen Schrank. Viel mehr passt auch nicht rein. Frau Kraftschick holt einen Stuhl und stellt ihn ans rechte Bett. Sie winkt mich heran. »Frau Silberstein möchte liegen. Ihr könnt euch erst einmal kennenlernen. Wir kommen wieder mit Kaffee. Halbe Stunde?«
Auf einmal ist mir glühend heiß. Was mache ich denn hier jetzt eine halbe Stunde lang – allein? Ich habe ja nicht mal ein Buch dabei. Meine Mutter lehnt am Türrahmen und schaut sehr ernst. »Soll ich warten oder gehen?«, fragt sie.
Ich würde sie am liebsten anflehen, mich mitzunehmen. »Mir egal«, sage ich mit einem fetten Kloß im Hals.
»Na dann, bis nachher. Guten Tag, Frau Silberstein!« Meine Mutter winkt noch mal ins Zimmer hinein, dabei könnte das hier auch ein Mumien-Aufbewahrungsraum sein. Da rührt sich nichts.
Frau Kraftschick hat wieder ihr Lächeln aufs Gesicht geklebt.

Beide gehen fort, leise schließt sich die Tür, und ich stehe am Bett von dieser Frau Silberstein, kann mich kaum bewegen. Höre meinen eigenen Atem. Die beiden Frauen sind still, ich hoffe einfach nur, sie schlafen tief und fest, traue mich nicht, richtig hinzuschauen.
Da bewegt sich die Mumie, und ich schaue in ihr Gesicht. Sie macht die Augen auf. Überall sind Falten und Runzeln, sie ist alt, viel älter als Omi, uralt. Ihre Augen sind grau oder blau, und sie schaut weder freundlich noch feindlich, ich weiß nicht, wie. Wir sehen uns an, ich sollte langsam mal was sagen …
»Willst du Wurzeln schlagen?« Die Alte mustert mich mit nun großen Augen, die in einem ganzen Meer aus Falten schwimmen. »Du siehst ja unglücklich aus.« Ihre Stimme ist tief und kratzig, als müsste sie geölt werden oder als hätte sie schon ewig nichts gesprochen und nun geht knarrend der Sargdeckel auf und die Mumie guckt raus. »Willst wohl nicht hier sein? Setz dich doch.«
Alles ist voll peinlich. Sie schiebt sich ein bisschen nach oben, ist in eine dicke Oma-Strickjacke eingepackt, und rückt das Kissen unter ihrem Kopf zurecht, rosa Rosen auf Grün. Sie möchte wohl ein wenig aufrechter sitzen. »Soll ich … irgendwie helfen?«, höre ich mich fragen, wenigstens das macht man doch so, oder?
»Nein, danke.« Mehr sagt sie nicht, ruckelt sich zurecht und liegt wieder still.
So herumzustehen ist allerdings noch peinlicher, und ich setze mich nun doch. »Wie geht es Ihnen?«, frage ich mit trockenem Mund, auch das macht man ja so, und als keine Antwort kommt – vielleicht ist sie ja schwerhörig –, frage ich noch mal ein bisschen lauter: »Wie geht es Ihnen hier denn so?«

»Schwerhörig bin ich nicht«, krächzt Frau Silberstein, und ich will nur noch raus aus diesem überheizten Zimmer, wo das Atmen fast schwerfällt. Ich bin so wütend! Auf alle. Auf meine Mutter und Frau Kraftschick, die beide so tun, als fände ich das toll hier. Auf Samuel und Pascal, weil ich die bescheuertste Strafe von allen bekommen habe, obwohl ich eigentlich viel früher aufhören wollte in dieser Nacht – nicht an Wohnhäuser, habe ich gesagt, und die beiden lachten: Das ist doch nur der Bunker. Aber ich wollte auch nicht plötzlich als Feigling dastehen, schon gar nicht bei meinen besten Freunden – die lasse ich nicht im Stich.

»Kann ich doch nicht wissen!« Habe ich das der Alten gerade geantwortet? Schlechter Start. Das wird nichts mit mir und ihr, niemals nicht, wie Frau Kraftschick sagen würde.

Frau Silberstein hebt den Kopf vom Kissen. »Weißt du, Junge – nein, Lennard ist ja dein Name, und ein Kind bist du auch nicht mehr –, weißt du, was wir beide gemeinsam haben?«, fragt sie und kneift die Augen zusammen, als müsste sie selbst erst mal genauer schauen, was das Gemeinsame sein könnte.

»Nee«, sage ich. Was soll mich mit einer Halbtoten verbinden, die gleich so seltsame Fragen stellt?

Sie lässt den Kopf wieder sinken. »Ich würde auch lieber woanders sein, genau wie du. Das kannst du mir glauben.«

Beim Abendessen erzählt Jana irgendwas von ihren Freundinnen, ich lese unter dem Tisch eine Nachricht von Pascal. *Na, überstanden?* Er darf seine Schulden in der Werkstatt seines Vaters abarbeiten, was ich hundertmal besser finde als meine Sozialstunden. Allerdings hat er dazu ein paar Ohrfeigen kassiert, und ich bin noch nie, nicht ein einziges Mal geschlagen worden. Am besten hat es mal wieder Samuel. Der konnte seinen Eltern, die sowieso reich sind, alles von seinem Ersparten zurückzahlen, und damit war die Sache erledigt. Ich hingegen arbeite bei jedem Besuch im Heim 10 Euro von den 500 ab, die meine Eltern Samuels Eltern überwiesen haben. Dies sei ein guter Stundenlohn für einen Vierzehnjährigen, meinte auch mein Vater. Fünfzigmal soll ich also zu Frau Silberstein gehen! Da drehe ich ja irgendwann durch – und niemand interessiert's.

Wir kauen.

Und es ist Jana, der es einfällt: »Du warst doch heute im Bunker. Wie war's?«, fragt sie, als hätte ich einen Klassenausflug nach Disneyland gemacht.

Meine Mutter guckt neugierig, mein Vater legt die Zeitung weg. Meistens liest er die abends, wenn er nicht zu fertig ist, er arbeitet ziemlich viel. Aber dafür, sagt er stolz, ist er jetzt als Architekt sein eigener Chef, und in ferner Zukunft, so meint er, werden wir auch mal viel Geld haben. Alle schauen jetzt zu mir, und ich betrachte das Brot in meiner Hand. Frau Silberstein hatte zum Glück eine Weile die Augen zugemacht und irgendwann wieder so heiser gesagt: »Gleich ist die halbe Stunde um, und wenn es Kaffee gibt, kannst du ja gehen.« Da dachte ich noch, sie meint für immer. Wegen dem schlechten Start.

Ich trinke einen Schluck Saft und weiß plötzlich eines: Ich werde hier gar nichts erzählen, das ist meine kleine Rache, Berichte können sich meine Eltern abschminken, und meine Schwester sowieso. Sie kann überhaupt nichts für sich behalten, und jede ihrer Freundinnen weiß von dem großen Bruder, den die Polizei kürzlich nachts nach Hause gebracht hat. Aber vielleicht könnte ich mir wenigstens einen Spaß aus der Sache machen.

»Es war super dort. Der spannendste Nachmittag seit Langem. Dass ein Junge bei sooo eine tolle Aktion! Mitmachen! Will!«, äffe ich Frau Kraftschicks komisches Deutsch und ihre Begeisterung nach und studiere weiterhin das Verhalten von Eiersalat auf Brot. Mayonnaise tropft herunter.
»Len-ny«, sagt meine Mutter im leicht vorwurfsvollen Singsang-Ton.
Als Frau Kraftschick endlich wiederkam und fragte, wie wir uns verstanden haben, meinte Frau Silberstein: »Ich denke, wir verstehen uns wohl gut.«
Frau Kraftschick verkündete daraufhin glücklich: »Dann, Lennard, kommst du nächste Woche wieder, ja?« Ich konnte nur baff nicken.
»Echt, so toll?«, fragt Jana, und meine Mutter seufzt: »So ein Unsinn. Dein Bruder nimmt dich auf den Arm. Es ist kein tolles Heim. Und da wären wir schon bei Omi.«
Mein Vater seufzt gleich mit. »Heute mal ein anderes Thema?« Er schaut uns alle über den Brillenrand hinweg an, und meine Mutter beginnt mit dem Salatbesteck in der Glasschüssel herumzurühren. »Von wegen, das Thema ist aktueller denn je. Wir sollten sie vielleicht doch erst einmal zu uns nach Hause holen.«
Das Brot in meinem Hals wird zu einem dicken Klumpen. Mit Omi hier in der Wohnung, die ganze Zeit? Darüber hatten wir tausend Diskussionen. Es wäre für sie nur der Rumpelraum übrig, wie wir zu dem kleinen Zimmer immer sagen. Jeder stellt dort rein, was er will, und manchmal trocknet da ewig lang die Wäsche. Außerdem verzieht Omi das Gesicht, wenn es zu laut ist, als müsste sie gleich sterben. Wir machen aber alle Krach. Jana schreit öfter hysterisch herum, Filme muss ich laut sehen,

und mein Vater ist irre stolz auf seinen Uralt-Plattenspieler. Hier sind wir schon immer, und etwas anderes kann ich mir nicht vorstellen.

»Bis ich einen schönen Platz für sie gefunden habe«, sagt meine Mutter und rührt nun immer wilder in der Schüssel. Der arme Salat. »Vorübergehend.« Sie lässt das Besteck plötzlich los, laut klirrt es gegen das Glas. Für einen Moment ist es ganz still. Dann nicken alle nachdenklich, außer mir, ich würge an einem Brotklumpen und denke an Frau Silberstein. Wir könnten Omi, würde sie so leben müssen, nicht mal alle gemeinsam besuchen, weil es viel zu eng im Zimmer wäre. Als ich aus dem Heim raus war, musste ich erst mal tief Luft holen.

»Lennard?«, fragt mein Vater. In unserer Familie hat jeder ein Mitspracherecht, selbst wenn man Mist gebaut hat.

Der Klumpen rutscht endlich runter. »Klar«, röchele ich. Dann für Omi lieber erst mal der Rumpelraum.

2

Ohne Plan stehe ich vor unserem riesigen Bücherregal herum. Seit meinem Antrittsbesuch im Bunker vor einer Woche habe ich null darüber nachgedacht, was ich Frau Silberstein vorlesen soll. Doch jetzt schlägt Stunde zwei, meine Mutter kommt rein und kapiert natürlich sofort, was los ist.

»Also, was nimmst du mit zu deinem ersten richtigen Lesebesuch?«, fragt sie fröhlich, und meine Laune sinkt noch tiefer. Erst diese tolle Sozialstunde, und später den ganzen Abend lernen.

»Keine Ahnung.«

»Keine Ahnung? Aber darüber habt ihr doch vielleicht gesprochen?«

Netter Versuch, mich wieder auszufragen. Ich antworte nicht.

»Na gut. Ich möchte nicht weiter stören beim Suchen und Finden«, sagt sie, da halte ich sie am Arm fest. »Du hast mir das eingebrockt, jetzt hilf mir auch.«

»Eingebrockt hast du es dir selbst.«

Klar. Meine Mutter lässt nie etwas stehen, wenn sie etwas anders sieht als andere, nicht eine Silbe. Und mich jetzt hoffentlich auch nicht. Sie nimmt ein Buch aus dem Regal und drückt es mir in die Hand. »Vielleicht mag sie Heinrich Heine.«

Das Gedicht vom Fräulein an dem Meere kenne ich fast auswendig, weil mein Vater es am Strand oft aufgesagt hat, wenn die

Sonne unterging und meine Mutter seufzte und wir alle darüber lachten, weil er dabei seine Stimme verstellte und sie extra tief für uns seufzte. Heine auf dem Buchdeckel schaut mich kritisch an.

»Jetzt schlag du was vor«, sagt meine Mutter.

Ich greife nach einem grellroten Buchrücken, eben weil er so rot ist. Darauf steht irgendwas mit ›sexueller Revolution‹.

»Das finde ich nicht komisch. Mach dir zu deiner Lesepatenschaft bitte ein paar intelligente Gedanken.«

Intelligente Gedanken? Ich mache jetzt meine eigene Revolution! »Vielleicht lese ich *Tschick«,* sage ich.

»Eure Schullektüre? Ein Jugendbuch?«

»Ein Buch, das auch Erwachsene sehr gut lesen können«, antworte ich schlau, denn den Satz habe ich von unserer Deutschlehrerin. Ob die Geschichte auch Mumien gefällt, davon hat sie allerdings nichts gesagt.

»Aha. Und worum geht's da noch mal?«

»Um zwei Jungs, die auf der Fahrt in die Walachei mit einem geklauten Wagen ein paar Abenteuer erleben und schräge Menschen treffen. Wenn ich schon vorlesen muss, dann was Cooles.«

Jetzt lacht meine Mutter. »Probier's aus. Nimm sicherheitshalber auch die Gedichte mit.«

Ich packe die beiden Bücher ein, verweigere aber den Regenschirm. Dann laufe ich mit Heine und *Tschick* zu Frau Silberstein los und würde wie beim letzten Mal am liebsten umdrehen. Der Nieselregen wird immer mehr. Ich will, dass die Stunde einfach schon vorbei ist und das ganze Jahr dazu.

Beim Bunker angekommen stehe ich erst mal wie ein begossener Pudel da und schaue auf die fleckige Wand. An jenem Abend gab es hier im Eingangstunnel nur wenig Licht, eine der Lampen funktionierte nicht, und vorbeilaufende Fußgänger hätten nicht gleich erkannt, was wir da machten. Meine Eltern waren irgendwo, und ich wusste, wenn ich vor eins nach Hause komme, merken die nichts von meinem etwas längeren Ausflug. Eigentlich war alles klar. Mit Jana war abgemacht, dass sie die Klappe hielt. Ihre Strafe dafür waren zwei Wochen Küchendienst, und mein Vater sagte in der Nacht noch zu mir: »Du bist ja ein Held.«

Ich klingele und werde hineingelassen. Grauer Boden, graues Licht, in einer Ecke stehen ein paar Stühle und ein niedriger Tisch, daneben ein braunes Sofa und ein Sessel, in dem eine alte Frau vor sich hinschnarcht. Zwei grauhaarige Opas sitzen nebeneinander auf den Stühlen, stützen sich dabei auf ihre Stöcke und beobachten mich. Weiter hinten gibt es so etwas wie einen Empfang, und dahinter sitzt jemand vor einem großen Monitor. Ich gehe daran vorbei, da taucht ein Kopf hinter dem Bildschirm auf. Es ist der Typ mit dem schmalen Kinnbart, den ich draußen schon mal gesehen habe, und er ruft mir zu: »Hallo, wo willst du denn hin?«

Ich bleibe stehen. »Zu Frau Silberstein? Zimmer 72?«

Er hackt etwas in die Tastatur und mustert mich wie einen Schwerverbrecher: »Du bist ein Lesepate? Für Frau Silberstein?«

»Na ja ...«, antworte ich, da redet er schon weiter: »Ich wäre vor ein paar Jahren nie auf die Idee gekommen, so etwas zu machen, echt nicht. Wahnsinn!« Er lacht, es klingt wie das Meckern von einer Ziege, und so sieht er mit dem bescheuerten Kinnbart auch aus. Aber wenigstens hat er einen. Ich schaue jeden Morgen umsonst in den Spiegel, ob sich da was tut. Sein Lachen frustriert mich irgendwie. Schnell weg.

Der Aufzug scheint wieder zu funktionieren, schön für alle Roll-

stuhlfahrer, aber ich nehme die Treppe, so kann ich noch eine weitere Minute vertrödeln. Oben schaue ich aufs Handy. Es ist drei Minuten nach drei, und um Punkt vier gehe ich wieder. Am Ende des Gangs schiebt eine Pflegerin einen Servierwagen über den Flur. Pfleger nämlich heißen die in einem Heim, aber Schwester klingt wesentlich cooler. Da ist das Zimmer. Ich stehe noch ein paar Sekunden vor der Tür herum, klopfe leise und öffne sie langsam.
Zuerst sehe ich eine andere Frau, wahrscheinlich die aus dem zweiten Bett, in dem großen Sessel sitzen, über ihren Knien liegt eine karierte Decke. »Hallo«, sage ich laut und trete ein. Die Frau schaut mich mit seltsamem Blick an, als ob sie durch mich hindurchsieht. Einen Moment ist alles ruhig, dann bewegt sich etwas im Bett von Frau Silberstein, ihr Kopf hebt sich, sie streicht sich über die Haare und sagt: »Hallo. Du bist also wieder da.«
»Muss ich ja ...«, sage ich leise, als ich mich zur Tür umdrehe, um sie zu schließen.
»Ach ja? Komm rein. Es zieht.«
Mein Gesicht kann sie in diesem Moment nicht sehen und ich beschließe, dass sie nicht gehört haben kann, was ich eben gemurmelt habe. Ich stelle einen Stuhl ans Bett, etwas weiter weg als beim letzten Mal, und setze mich. Frau Silberstein richtet sich auf, wieder hat sie diese dicke Strickjacke an und rückt das Kissen mit dem Blumenmuster zurecht, und die andere Frau im Sessel schaut die ganze Zeit zu uns herüber.
»Das ist Gerda«, sagt Frau Silberstein und faltet die Hände auf der Bettdecke wie zum Gebet. Die Heizung rauscht, ein bisschen Regen klopft an die Fensterscheibe. In Gedanken beginne ich zu zählen, eins, zwei, drei – bis mir einfällt, was ich sagen

soll. Nur dazusitzen macht mich kribbelig, und an Zahlen zu denken hilft mir manchmal, wenn ich nicht weiß, was ich sonst machen soll.

Zwanzig, einundzwanzig, zweiundzwanzig …

Da sagt Frau Silberstein endlich was: »Du redest auch nicht gerade viel. Außerdem hast du vom Regen feuchte Haare. Dort im Schrank findest du ein Handtuch.«

»Nein, brauche ich nicht.«

»Na, wie du meinst.«

Diese andere Frau hat ein Stofftier auf dem Schoß, sie hält es in die Höhe und ruft laut: »Das ist Paula!«

In der Luft schwebt eine kleine gefleckte Kuh. Ich hole schnell die Bücher aus der Tasche und lege sie auf meine Knie. »Also, äh, ich bin ja zum Lesen da, und ich weiß nicht, was Ihnen so gefällt.« Aus dem Augenwinkel sehe ich, wie Kuh Paula wieder in Gerdas Schoß sinkt. »Mögen Sie Gedichte?«, frage ich, und wie bescheuert ist das denn, die wollte ich doch gar nicht lesen.

Frau Silberstein greift nach dem Wasserglas, das neben einem Wecker und anderem Zeug auf ihrem Tisch steht. »Gedichte …«, sagt sie mit dieser tiefen, heiseren Stimme. Dunkel, fällt mir ein. Ihre Stimme ist so dunkel.

»… Gedichte können Leben retten. Welche Gedichte?« Sie trinkt einen Minischluck und stellt das Glas zurück.

Wieder steigt der Frust in mir auf, den ich in mir habe, seit ich zu diesem Job hier verdonnert bin. Und irgendwie, ich weiß nicht warum, bin ich auch auf Frau Silberstein sauer. Sie könnte sich ruhig ein bisschen mehr darüber freuen, dass ich hier bin. Als ob ich nichts Besseres mit meiner Zeit anfangen könnte, als mit zwei Omas rumzuhängen, eine seltsamer als die andere.

»Heine«, sage ich nur.

Frau Silberstein sieht mich seltsam an, zieht ihre dunklen Augenbrauen weit nach oben, die fast wie zwei umgekippte Fragezeichen aussehen, weil sie so ähnlich geschwungen sind.
»Mögen Sie Heine? Oder lieber etwas, äh, Jugendliches?«, frage ich.
»Hast du Heine für mich ausgesucht?«, fragt Frau Silberstein.
Gerda ruft: »Das ist Paula!«
Mir ist das jetzt zu viel. »Ich habe hier gar nichts ausgesucht!« Der Satz hallt im Raum, hallt in meinem Kopf. Ich starre auf die Bücher auf meinem Schoß, Heine schaut noch kritischer als vorhin zurück, als wollte er sagen: So redet man aber wirklich nicht mit einer alten Dame! Nimm dich zusammen, Junge!
Ich stehe auf, es passiert ohne meinen Willen, die Bücher klatschen auf den Boden.
»Gerda ist lieb. Sie tut nichts. Sie ist nur ein bisschen verwirrt. Setz dich wieder«, sagt die dunkle Stimme, und das erste Mal klingt es nett und freundlich.
Ich höre auf sie.
»Erzähl mal.«
»Was erzählen? Bin zum Lesen hier«, sage ich, und die Fragezeichen über Frau Silbersteins Augen ziehen sich zusammen.
»Weißt du was? Ist mir wurscht«, antwortet sie.
Ich muss schlucken, habe auf einmal schrecklichen Durst. »Wieso wurscht?«, krächze ich. Frau Silbersteins Heiserkeit ist ansteckend.
Sie streicht sich mit den Fingern über ihren runzeligen, mit dicken blauen Adern durchzogenen Handrücken. »Habe ich dir doch schon beim letzten Mal gesagt. Mir geht's wie dir, ich möchte auch nicht unbedingt hier sein. Aber du, du kannst doch einfach wieder gehen. Das macht mir nichts. Du bist doch frei.«

Ich kapiere gar nichts. »Woher wissen Sie denn so genau, dass ich nicht hier sein will?«
»Ich habe eben gute Ohren.«
»Aber Sie suchen doch einen Lesepaten?«
»Unsinn. Ich suche gar nichts mehr.«
»Aber Frau Kraftschick …«
»Ach, Frau Krawczyk, die liebe Frau. Ja, stimmt, sie hat mal meinen Namen in eine Kartei aufgenommen, weil mich niemand mehr besuchen kommt, und gesagt, vielleicht käme irgendwann jemand zum Vorlesen oder zur sonstigen Unterhaltung vorbei.«
»Also suchen Sie doch jemand?«
»Nein. Ich suche nicht. Ich stehe in einer Kartei, weil ich hier niemanden mehr habe, und Frau Krawczyk sucht. Mir ist das egal.«
»Niemanden?« Ich spiele oft Echo, wenn ich nicht genau weiß, was ich sagen soll. Ist ja schlimm: Immer hier sein und niemand kommt vorbei, nur ich jetzt, und das nicht mal freiwillig.
»Ein Besuch, der gar nicht gern da ist, macht noch einsamer«, sagt Frau Silberstein. Sie hört nicht nur gut, sie liest auch noch Gedanken! »Geh nur.«
Geh nur – das sagt Omi auch oft, und das habe ich dann manchmal auch gemacht. Aber hier geht das nicht so einfach. »Ich muss ein Jahr hierherkommen.« Jetzt ist auch das raus, und gleich schickt Frau Silberstein mich weg. Ist sowieso besser. Ich will sie ja nicht noch einsamer machen, wie sie eben so schön meinte. »Es ist die Idee meiner Eltern, oder besser gesagt: eine sogenannte Erziehungsmaßnahme«, sage ich.
»Aha.« Frau Silberstein macht die Augen zu und rührt sich nicht. Nun erst recht. »Weil ich mit Freunden Graffiti gesprüht habe, unten auf die Wand am Eingang. So, jetzt können Sie es allen

verraten, die glauben, ich mache das hier freiwillig. Stimmt gar nicht!«
Ein Auge von Frau Silberstein öffnet sich. »Ich fand das da draußen hübsch. Schade, dass es nicht fertig geworden ist.«
»Was?«
»Graue Mauern sind hässlich, sind traurig, sind schaurig.«
»Sie finden so was hübsch?«
»Spreche ich so undeutlich?«
»Nein, ich meine, es ist viel zu grau hier. Ich habe unten aufgepasst, dass niemand kommt, und es war auch niemand zu sehen, und trotzdem sind auf einmal Zivilbullen aufgetaucht, und wir waren dran.« Die Worte sprudeln aus mir raus, und nach dieser Beichte brauche ich hier bestimmt nicht mehr aufzutauchen.
Frau Silberstein schaut auf ihren Wecker. »Hilfst du mir mal? Unten am Bett ist so ein Hebel, damit kannst du die Lehne hochstellen.«
Mein Gesicht fühlt sich rot an. Als Frau Silberstein aufrecht sitzt, holt sie eine Bürste und einen Spiegel aus ihrer Tischschublade und beginnt in aller Ruhe, sich ihre silbrigen Haare zu frisieren. Als gäbe es um sie herum keine andere Welt mehr. Gerdas Kopf ist auf die Schulter gesunken, Kuh Paula auf den Boden gefallen. Jetzt bin ich mir ganz sicher: Beide sind verrückt …
»Ich sage nur nichts, weil ich glaube, du willst nicht wissen, was ich denke.« Was Frau Silberstein von sich gibt, klingt allerdings kein bisschen verrückt.
»Wieso denn?« Ich spüre Rotz aus der Nase laufen, ziehe ihn wieder hoch.
Frau Silberstein deutet auf die Taschentücher, die auf dem Tisch liegen. »Also ich denke, ihr Kerle wart schön dumm. Ist euch nicht klar gewesen, dass es hier Kameras gibt?«

Ich rotze in ein Taschentuch. Jetzt wäre es mir lieber, sie wäre doch nicht so klar im Kopf. Die Kameras haben uns verraten, klar, das weiß ich auch schon, nur haben wir damals nicht daran gedacht. Null. Wir haben ja auch gar keine gesehen. Klackern, Zischen, Sprühen, Kick! Wenigstens kamen wir wegen der anderen Graffiti in der Stadt nicht dran.
»Ihr lest doch bestimmt Krimis und schaut viele Filme, überall gibt es doch Kameras, oder nicht?«
»Ja, aber warum denn hier?« Ich bin wieder wütend. »Hier ist doch niemand gefährlich, und es bricht doch keiner in ein Altersheim ein, oder?«
Sie lässt Spiegel und Bürste sinken. »Hier gibt es viele kranke Menschen. Jemand fällt hin, braucht Hilfe, manche laufen weg. So können die Leute, die gerade Dienst haben, das immer beobachten. Ich fand es schade, dass das Bild nicht fertig wurde. Es war auch kein Grün dabei. Grün ist meine Lieblingsfarbe, es fehlte noch Grün.«
»Sie haben es gesehen?«
»Ja, morgens komme ich manchmal an die frische Luft.« Sie deutet auf das komische Ding, ein Rollstuhl, der zusammengeklappt neben dem Schrank steht. »Wenn jemand Zeit für mich hat.«
Da geht die Tür auf. Eine Frau mit kurzen blonden Haaren kommt mit einem Tablett herein. Sie hat überall Sommersprossen und sie lacht fröhlich.
»Schwester Susanne!« Frau Silbersteins Gesicht leuchtet auf, als die blonde Frau ans Bett tritt und eine Tasse Kaffee auf dem Tisch abstellt, dazu einen kleinen Teller mit drei Butterkeksen. Sie streichelt über Frau Silbersteins Wange und holt ein kleines Handtuch aus der Schublade, das sich Frau Silberstein gerade und ordentlich auf die Brust legt.

»Wie geht es Ihnen?«, fragt die Schwester.
Frau Silberstein lächelt. »Wenn Sie da sind, geht es mir gut.«
Jetzt lacht die Schwester auch mich an: »Du bist der Lesepate? Frau Silberstein ist eine ausgesprochen nette und feine Dame, weißt du das schon?«
Frau Silberstein könnte jetzt antworten: Aber leider will Lennard nicht hier sein, sondern lieber Farbe an Wände sprühen. Doch sie sagt keinen Ton, beachtet nur noch ihren Kaffee, mich sieht sie gar nicht mehr an. Die Schwester geht zu dem Häuflein Mensch in dem Sessel und streichelt Gerdas Kopf. »Wenn du durstig bist, draußen auf dem Wagen stehen auch Saft und Tee«, sagt sie zu mir.
»Und das Klo?«, frage ich. Ich muss zwar nicht dringend, aber es ist mir gerade zu eng hier im Zimmer.
»Gegenüber vom Schwesternzimmer, und eine der Kabinen ist für Besucher, das siehst du dann schon.«
Ich gehe sofort raus, auf dem Gang sind ein paar Türen geöffnet, irgendwo läuft ein Fernseher oder ein Radio, ich höre Stimmen, und weiter weg rumst etwas laut. Ich stürze ein Glas Saft herunter, tippe ein bisschen auf dem Handy herum. Leider keine Nachricht, die mir irgendwie hilft …
Also aufs Klo, wo auf einer der Kabinentüren in großen Buchstaben steht: Besucher. *Das siehst du dann schon.* Ja, das kann ich lesen, liebe Schwester, und jetzt bin ich auch noch auf die Pflegerin sauer, die doch eigentlich ganz nett ist. Ich schließe mich ein und glotze auf die knallorangefarbene Ablage. Neben den aufeinandergetürmten Klopapierrollen liegt ein Handy. Sieht aus wie neu. Ich nehme es in die Hand, mein Magen zieht sich zusammen. Tue ich es, tue ich es nicht? Ich tue es. Habe so was noch nie getan. Stecke das Handy vorne in den Bund

der Jeans und ziehe meinen Pulli drüber. Auf einmal ist jedes Geräusch tierisch laut. Ich schaue mich um. Gibt es hier auch Kameras? Sehe keine. Das Handy jedenfalls hat jemand dort vergessen, und wenn ich es nicht finde, findet es logischerweise jemand anders. Oder soll ich es brav bei der Schwester oder diesem Ziegenbart unten abgeben? Ich drücke die Klospülung. Mann, ich habe ein Handy gefunden! Vielleicht kann ich es irgendwie verkaufen, schließlich brauche ich schnell Geld, und es kann nur ein Wink des Schicksals sein, dass ich es gerade jetzt finde. Noch nie habe ich was Wertvolles gefunden, schon gar nicht geklaut, wobei etwas Gefundenes mitnehmen auch nicht Klauen ist, oder?

Auf dem Gang scanne ich die Wände und alle Ecken. Immer noch keine Kameras. Eine Tür geht hinter mir auf, mein Herz zerspringt für einen Moment, aber ich drehe mich nicht um. War schließlich offiziell nur auf dem Klo. Und wenn ich gleich hier raus bin, komme ich nie wieder hierher …

Es ist schon nach halb vier, als ich wieder am Bett sitze und die Schwester rausgegangen ist. »Haben Sie es ihr erzählt?«, frage ich.

Frau Silberstein stellt ihre Tasse zurück. »Was?«

»Na, dass ich gar nicht der tolle Lesepate bin.«

Sie sieht mich an. »Ach, deine Geschichte. Weißt du was? Dann musst du dein Jahr eben absitzen. Du kannst hier machen, was du willst, vielleicht Schularbeiten? So bekommst du die Zeit sicher rum.«

»Äh … ich weiß nicht …« Vorne am Bauch vibriert das gefundene Handy, zum Glück nur kurz. Aber es fühlt sich an wie ein kleiner Stromschlag.

Frau Silberstein hat schon wieder die Augen zu. »Kannst auch

wieder früher gehen. Ich bin nach dem Kaffee meistens sowieso sehr müde und mache meinen zweiten Mittagsschlaf.«
Ich bücke mich nach meiner Tasche, die unter das Bett gerutscht ist. Ein, zwei, drei Sekunden bleibe ich da unten, Frau Silberstein bewegt sich, das Bett quietscht leise, das Handy drückt an den Bauch, ich komme wieder hoch. Ihr Angebot klingt entspannt, und zu Hause muss ich davon ja nichts erzählen. »Wirklich?«
Sie brummt: »Ja. Tschüss.«
Ich murmle: »Okay, tschüss.«
Ich schleiche raus, und an meinem Bauch fühlt es sich seltsam warm an. Vielleicht sollte ich das Handy lieber wieder zurücklegen, Stromschläge sind nicht so mein Ding. Doch am Ende des Gangs steht die blonde Schwester vor einer offenen Zimmertür und redet mit irgendjemand. Ich müsste an ihr vorbei, und zweimal in einer halben Stunde aufs Klo, das ist ziemlich verdächtig, vor allem, falls schon jemand das Telefon vermisst, falls schon danach gesucht wird. Also verschwinde ich lieber Richtung Treppenhaus, und um Besuch Nummer drei komme ich wohl nicht herum. Allerdings könnte sich Frau Silberstein ruhig ein bisschen mehr freuen, wenn ich schon da bin. Die blonde Schwester hat sie schließlich angestrahlt wie eine aufgehende Sonne. Ein paar Strahlen auch für mich, und ich käme mir nicht so überflüssig vor.

Zu Hause sitzt Omi zwischen den vielen Kissen auf unserem Sofa, die Hände im Schoß. Ich drücke sie kurz. Der Fernseher läuft leise, sie sieht sich mal wieder eine Kochsendung an. Beim total spannenden Schnippeln von Gemüse – gerade wird eine Möhre zerlegt – muss ich an Samuel denken, den ich eben lieber mal vergessen würde. Er isst oft eine Mohrrübe, lässt sie dabei

extra laut knacken. Ob er nun vielleicht alles schlimmer oder besser macht – ich habe echt keine Ahnung.
Als das Heim mich aus dem Tunnel auf die Straße gespuckt hatte, wusste ich nicht so richtig, was ich machen sollte. Also habe ich bei meinem besten Freund noch einen Stopp gemacht, habe ihm erzählt, wie lässig Frau Silberstein auf unsere Graffiti-Aktion reagiert hat.
»Cool, Len, da hast du echt Glück gehabt«, war sein Kommentar dazu.
Ja, Len klingt vielleicht cool, aber was Len tun muss, ist das Gegenteil davon. Da wurde meine Laune ganz schlecht. »Idiot! Ich muss da jetzt ein Jahr hin!«, habe ich ihn angemacht.
Voller Unschuld hat er die Hände gehoben. »Soll ich deswegen auch zum Lesepaten werden? Jetzt chill doch mal. Du schaffst das schon. Stell dir vor, die Alte wollte wirklich die ganze Zeit nur Gedichte vorgelesen bekommen, das wäre hart.«
Erst in seinem Zimmer habe ich das Handy rausgeholt. Bis dahin hatte ich die ganze Zeit und überall das Gefühl, ich würde beobachtet oder so. »Das lag da rum«, erzählte ich.
Samuel nahm es mir aus der Hand, als wäre es ein rohes Ei. Er machte es an, das Display leuchtete auf. »Keine Face-ID, nur Zahlencode«, sagte er, runzelte die Stirn und sah mich an, als sähe er mich plötzlich zum ersten Mal. »Du hast es einfach eingesteckt?«
»Einfach eingesteckt.«
»Und jetzt?«
»Mann, denkst du echt, ich gehe da ein Jahr lang hin? Vielleicht kann ich dafür Geld bekommen, mich freikaufen!« Ich nahm ihm das Handy wieder weg. »Zahlencode, klar. Was jetzt?«
»Ts, Ts«, machte er. »Meinst du, deswegen gibt es keine geklau-

ten Handys zu kaufen? Ganz zufällig … also das ist nun echt ein Zufall.« Er grinste breit. »Vertrau mir. Ich kenne da jemand.«
»Du? Woher denn?«
»Sag ich doch: Zufall. Ein neuer Bekannter. Ich hole für dich raus, was ich kann. Ich helfe dir da gern.«
Wir saßen noch da und haben Freunden und Pascal geschrieben, doch als Samuel mich mit ›Sozialarbeiter des Jahres‹ betiteln wollte, war Schluss, und mitlachen konnte ich auch nicht. »Das ist kein Thema, klar?« Ich bin auch bald gegangen und habe es irgendwie bereut, ihm das Handy dagelassen und von Frau Silberstein erzählt zu haben. Die Stimmung zwischen Samuel und mir war nicht die beste. Aber er wird das alles ja wohl für sich behalten können …
Neben mir putzt sich Omi die Nase. Ich entdecke einen blaugrünen Fleck an ihrer Schläfe, zuletzt hatte sie einen großen Fleck auf dem Arm. Dauernd fällt sie hin. »Tut das weh?«, frage ich, und sie schüttelt nur den Kopf.
Das Fernseh-Gemüse ist nun in der Pfanne, und ich muss mir hier wohl in Zukunft noch öfter Kochsendungen reinziehen, denn Omi soll eine Weile bei uns bleiben. »Ich gehe in mein Zimmer«, sage ich und stehe auf.
»Geh nur.«
Im Flur steht die Tür zum Rumpelraum offen. Auf dem Gästesofa liegt eine neue hellblaue Decke, auf dem Nachttisch stehen Blumen, und auf der Kleiderstange, auf die wir sonst kreuz und quer unsere Sachen werfen, hängen auf Bügeln ordentlich und glatt Omas Blusen, die Bügel alle in einer Richtung, das ist ihr wichtig. Ich öffne die Schranktür, einfach so. Vollgestopft bis in den letzten Winkel. Es ist alles eng und klein im Zimmer, aber irgendwie gemütlich. Überall hängen Fotos, viele von Jana und

mir, sie mit Zahnlücke, ich mit Zahnlücke, und Urlaubsbilder vom Meer, von den Bergen, sogar in der Wüste waren wir mal. Im Zimmer von Frau Silberstein gibt's nur kahle Wände, ein einzelner Kalender hing da …

»Was machst du denn hier?« Jana steht im Türrahmen. »Das Zimmer kannst du später noch bewundern. Tisch decken, du bist heute dran!«

In der Küche brutzeln Bratkartoffeln, es ist warm und riecht gut. »Papa kommt auch gleich«, sagt meine Mutter. Das Radio läuft, spielt irgendeinen Hit, sie trällert mit ihrer hohen Stimme mit. Und stellt die Frage aller Fragen: »Wie war es, was habt ihr gelesen?«

»Äh, ja, *Tschick«,* sage ich, denn ich werde bestimmt nicht erzählen, wie es wirklich war. Das ist ein Geheimnis, das ich jetzt mit Frau Silberstein teile. Darüber muss ich dann doch grinsen, ich habe ein Geheimnis mit einer Mumie, und meine Mutter schaut mich überglücklich an: »Siehst du, es war doch gar nicht schlimm, oder?«

Sie legt das Messer weg, kommt auf mich zu und drückt mir einen Kuss auf die Stirn. »Mein großer Junge. Am Tisch brauchst du nichts weiter zu erzählen. Ich habe es Jana schon gesagt und bitte auch gleich Papa darum: Wir reden heute nicht über irgendwelche Heime. Omi muss bei uns erst richtig ankommen und soll sich wohlfühlen.«

»Logo«, sage ich und lasse meine Mutter für heute glauben, ich wäre nun mit der einjährigen Sozialstundenhaft einverstanden. Nur täuscht sie sich gewaltig.

3

Ich habe zwei Schulbücher in der Tasche, klopfe, warte, öffne langsam die Tür. Frau Silberstein liegt ruhig da, und ich stelle einen Stuhl an ihr Bett. Oder nehme ich lieber gleich den Tisch? Aber das ist zu nah dran an Gerda, die in dem großen Sessel sitzt und aus dem Fenster schaut, im Schoß ihre Kuh. Im Zimmer ist es wieder so warm, und auf dem Gang ist irgendwas los, »Nein, nein, nein!«, rief eben eine Frau, irgendwo hier auf der Etage. »Nein, nein, nein!« Es dringt sogar gedämpft durch die Tür. Unheimlich ist das. Hilft ihr denn niemand?

Ich hole meine Bücher hervor, will Frau Silberstein nicht aufwecken. Beobachte heimlich, wie sie schläft. Ihre Nase ist lang und ein bisschen spitz, und im Gesicht hat sie nicht nur tausend Falten, sondern auch Dellen und braune Flecken und ein Netz von roten Äderchen auf den Wangen, die geschlossenen Lider sehen aus wie zugeklebt. Die Bettdecke hebt und senkt sich nur ganz leicht, und ohne diese Bewegung würde ich denken, vielleicht lebt sie gar nicht mehr – allerdings habe ich Tote bisher nur im Fernsehen gesehen.

»Nein, nein, nein!«

Hoffentlich wacht Frau Silberstein von dem Geschrei nicht auf! Ich nehme mir das Englischbuch vor. Sonst lerne ich Englisch mit meiner Mutter, die kann das perfekt, aber in letzter Zeit gehe ich ihr öfter aus dem Weg. Angefangen hat das mit dieser

Idee, mich zum Lesepaten zu machen. Das hat sie nun von ihrer tollen Erziehung.

In meiner Tasche meldet sich mein Handy. Samuel. *Na, langweilig?*

Geht schon, schreibe ich kurz zurück.

Habe den Typ getroffen, schreibt er, dazu drei Smileys. Mein Handy macht wieder »Pling«, und Frau Silberstein bewegt sich. *Habe den Typ getroffen.* Mir wird heiß.

»Was war das?« Frau Silberstein ist aufgewacht.

»Ich bin's. Und mein Handy«, sage ich. »Hallo übrigens.«

Sie blinzelt. »Hallo.« Ihre langen Arme kommen unter der Decke hervor, und sie greift nach dem Blumenkissen. Ich weiß schon, wie sie sitzen will, und helfe ihr. Heute trägt sie eine andere dicke Strickjacke, und das wieder unter der Decke. Ich würde am liebsten das Fenster aufreißen und frische Luft hereinlassen.

»Ist Ihnen denn kalt?«, frage ich.

»Ja, fast immer.« Sie ruckelt sich zurecht.

»Sind Sie erkältet?«, frage ich, weil sie wieder so heiser klingt.

»Dauererkältet, sozusagen, ja.« Sie räuspert sich, das Telefon macht »Pling«.

Wie wäre es mit Applaus?

Später, tippe ich und schicke einen winkenden Smiley mit, damit er nicht weiternervt.

»Was tippst du denn da?«

»Sorry. Ich schreibe nur schnell einem Freund.«

»Ich könnte das nicht, habe das nie gemacht. Ein Pfleger hatte mal ein Handy, das lachte immer, wenn jemand anrief. Das war lustig.«

»Ja, da gibt's viel.« Ich stelle das Schiffshorn ein, einer meiner

Lieblingssounds. Es klingt nach Urlaub und Abenteuer, dazu hört man ein paar Möwenschreie im Hintergrund. Richtig echt. Frau Silberstein lächelt. »Schön. Lauter. Noch mal.«
Sie scheint heute gut drauf zu sein. Kann sie gerne haben! Ich lasse den Dampfer ein paarmal durch das Zimmer ziehen.
»Was noch?«, fragt Frau Silberstein.
Wenig später posaunt, rumst, summt, schrillt, trillert und piepst es in allen Variationen. Ein Baby lacht, ein Hund bellt, ein Wasserkessel pfeift und die Polizei schaut mit dem Martinshorn vorbei. Frau Silberstein sieht richtig happy aus.
Plötzlich spüre ich jemanden neben mir. Es ist Gerda, sie kommt ganz nah an mich ran und hält mir ihre Kuh hin. »Paula.«
»Kannst du vielleicht auch eine Kuh muhen lassen? Für Gerda?«, fragt Frau Silberstein.
Ich schaue auf mein Handy, zu Gerda und wieder zu Frau Silberstein. »Nein, eine Kuh habe ich gerade nicht da.«
Frau Silberstein zuckt mit den Schultern. Es ist wieder still im Zimmer. »Schade.«
Ich stecke mein Handy weg. Der Geruch von Seife steigt in meine Nase. Gerdas Haare sind grau und kurz und stehen ab, als hätte jemand ihren Kopf nach dem Haarewaschen gerubbelt und vergessen, sie zu kämmen.
»Geh zum Sessel, Gerda, setz dich wieder hin!« Frau Silberstein kann mit ihrer tiefen, heiseren Stimme ziemlich laut sein. Gerda schlurft zurück, sie hebt die Beine kaum, ihre Füße stecken in roten Pantoffeln. Mein Herz klopft. Fast hätte sie mir eben Angst gemacht. »Was ist denn mit ihr?«, frage ich. »Warum ist sie so komisch?«
»Sie ist krank. Dement.«
Gerda steht neben dem Sessel und starrt auf den Boden. Frau

Silberstein sagt laut, dass sie sich hinsetzen soll, aber Gerda steht nur da, als ob sie gar nichts hört oder kapiert.
»Du weißt, was dement bedeutet?«
Ich habe davon gehört, klar. Alte Menschen werden oft dement.
»Vergesslich werden«, sage ich.
»Ja, damit fängt es oft an«, sagt Frau Silberstein. »Die Menschen vergessen alles, Stück für Stück. Sogar was sie gerade machen wollten. Kannst du ihr beim Hinsetzen helfen?«
»Ich? Weiß nicht …« Irgendwie möchte ich mit Gerda nichts zu tun haben. Will mich ja nicht anstecken! Klingt gemein, aber genau so fühlt es sich an. »Können wir nicht die Schwester rufen?«
»Nein!«, sagt Frau Silberstein fast ein bisschen streng und schaut auf ihre Uhr. »Nicht wegen so was, die haben alle genug zu tun. Aber wenn du nicht magst, dann eben nicht. Gerda kann auch kurz stehen.« Frau Silberstein greift nach dem zweiten Kissen. »Hilfst du mir wieder?«
Auf dem Schoß habe ich immer noch die beiden Bücher. Ich lege sie auf den Tisch, stelle das Bett hoch, schiele zu Gerda. Sie hat einfach vergessen, was sie tun soll. Wahnsinn. Ich gebe mir einen Ruck, gehe zu ihr hin und berühre ihren Arm. Dann, etwas mutiger, drücke ich sie vorsichtig in Richtung Sessel. Sie sinkt in ihn hinunter und sitzt steif wie ein Brett da und sieht mich von unten an, mit leicht geöffnetem Mund und einem Blick, als ob im Kopf niemand mehr zu Hause ist. Schnell zurück an meinen Platz.
»Danke«, sagt Frau Silberstein. »Ich glaube, deine Vorführung hat ihr gefallen. Sonst kommt sie nur noch selten zu meinem Bett. Also, eigentlich steht sie fast gar nicht mehr von alleine auf.«
»Aber Sie können schon manchmal mit ihr reden?«, will ich wis-

sen, denn das wäre doch schlimm: In einem Zimmer mit einer Frau, die immer vergisst, was sie tun will, vielleicht sogar das Sprechen. Und auch sonst kommt so gut wie nie jemand zur Unterhaltung vorbei.
»Kaum. Vor einem Jahr ging das noch ganz gut, nun wird es immer weniger.« Frau Silberstein sieht hinüber zu Gerda und schüttelt den Kopf. »Ich wurde schon gefragt, ob ich eine andere Zimmernachbarin haben möchte. Aber solange es irgendwie geht, will ich das nicht. Noch nicht. Ich habe schon genug … ach, das lassen wir lieber.« Frau Silberstein schließt die Augen. »Gleich gibt es Kaffee.«
Nun taucht sie also erst einmal wieder ab. Ich nehme das Englischbuch, muss dringend Vokabeln lernen. »Ich bin mal beschäftigt.«
Gerda sitzt. Frau Silberstein macht wieder auf Mumie. Lektion 30 wartet. Ich beginne mit dem neuen Text, kann mich aber nicht richtig darauf konzentrieren. Ehrlich gesagt verstehe ich nur Bahnhof und fange immer wieder von vorne an. Als ich irgendwann aufschaue, ist Frau Silberstein schon wieder wach.
»Darf ich?« Sie greift nach dem Geschichtsbuch.
»Klar«, sage ich und wundere mich ein bisschen. »Also lesen Sie auch selbst?«
»Es ist sehr anstrengend geworden.« Mit einer Hand öffnet sie die Tischschublade und holt ein Brillenetui heraus. »Du brauchst mich nicht weiter zu beachten«, sagt sie. »Ich möchte einfach mal wieder in einem Schulbuch blättern. Es ist lange her. Und gleich ist die Hälfte deiner Zeit auch schon um.«
Der Text ist voll neuer Vokabeln, immer wieder muss ich nach hinten blättern. Englische Vokabeln werden da auf Englisch erklärt, ich finde das bescheuert, denn manchmal kapiere ich auch

die Erklärungen nicht, und dann? Gerda fängt plötzlich laut an zu husten und ich merke, dass auch mit Frau Silberstein was nicht stimmt. Ihre Hände sind irgendwie verkrampft, ihr Gesicht ist halb verdeckt hinter dem Buch, ich sehe ihre silbernen Haare zittern.

»Geht es Ihnen nicht gut?«, frage ich vorsichtig, da schwingt die Tür auf und eine Schwester mit rotem Lockenkopf kommt rein.

»Es gibt Kaffee!«, ruft sie.

Frau Silberstein lässt das Buch sinken, ich glaube, sie weint ein bisschen. »Taschentuch«, sagt sie leise, und ich gebe ihr schnell eines, sie liegen auf dem Tisch.

Sie nimmt die Brille ab, wischt sich über die zusammengepressten Augen. »Bitte das Bett hoch.«

»Ja, klar!« Ich bin froh, etwas tun zu können, und stelle die Lehne nach oben. »So gut?« Keine Antwort.

Die Schwester kommt mit einer Kaffeetasse und dem Keksteller zu uns. »Sie haben ja Besuch, Frau Silberstein!«

Frau Silberstein antwortet auch ihr nicht, tupft sich die Augen ab.

»Ich bin Lennard«, sage ich.

Die rothaarige Schwester nickt nur kurz und beugt sich zu Frau Silberstein hinab. »Ist alles in Ordnung mit Ihnen?«, fragt sie laut. Sie tut tatsächlich so, als wären wir hier alle schwerhörig. Schon richtet sie sich wieder auf und geht zurück zu Gerda. »Sie haben also einen Enkel!«, ruft sie herüber und hält Gerda eine Schnabeltasse an den Mund.

»Ich komme nur zum Vorlesen«, antworte ich für Frau Silberstein.

»So«, sagt die Schwester. Ein Telefon klingelt, sie greift in die Tasche ihres weißen Kittels. »Was ist?«, fragt sie nicht gerade freundlich, während sie nun mit der anderen Hand die komische Tasse vor Gerdas Augen hin- und herschwenkt. Und wieder so genervt in den Telefonhörer: »Ja, ich mache mich gleich auf den Weg.« Es kommt mir so vor, als hätte diese Schwester überhaupt keine Zeit, hier zu sein. »Ich schaue später noch mal rein«, sagt sie, lässt alles stehen und liegen und ist wieder draußen.

»Puh, die hatte es aber eilig«, sage ich.

Frau Silberstein schaut stumm vor sich hin. Mit dem Handrücken fährt sie sich über die Augen und blinzelt ein paarmal. Das Geschichtsbuch ist zur Seite gerutscht. Hoffentlich fängt sie nicht wieder an zu weinen. »Ja, hier gibt es nur eine, die sich Zeit nimmt, und das ist Schwester Susanne.« Sie flüstert fast. »Aber wenn man einen Menschen hat, der ab und zu etwas Nettes zu einem sagt, ist das manchmal schon viel. Gibst du mir mein kleines Handtuch?«

Ich erinnere mich an die Schublade und gebe es ihr. Als wäre ich hier bereits Stammgast.

»Mir wollten sie auch schon einen Latz verpassen«, sagt Frau Silberstein. »Aber es sind die kleinen Dinge, die ich noch selbst bestimmen kann. Die kleinsten Dinge können so wichtig sein.« Mit wackliger Hand hält sie die Tasse und tunkt einen Keks hinein. Ich schaue auf meinen Text. Keine Chance. Und sie fragt: »Schon fertig mit deinen Sachen?«

»Nee.« Ich schüttle den Kopf. »Keine Lust. Ich hole mir mal einen Saft.«

Draußen gehen zwei Omas mit kleinen grauen Löckchen, der Frisur, die irgendwie fast alle Omas haben, in Minischritten an mir vorbei. Sie haben sich untergehakt, und ich bin so was wie Luft. Ich checke mein Handy, Samuel hat nicht mehr geantwortet. Zwanzig vor vier.

Drinnen ertränkt Frau Silberstein ihren dritten Keks. Das Weinen ist vergessen. Vielleicht wird sie ja auch dement, vielleicht kann ich *sie* gleich unauffällig abfragen, statt mich selbst mit Vokabeln zu quälen. Ich nehme ihr die leere Tasse und den Teller ab und räume beides auf den Tisch, wo Gerdas Schnabeltasse steht. Fasse die komische Tasse an, einfach so, das Ding ist lauwarm. Im Rücken spüre ich Frau Silbersteins Blick und ziehe schnell die Hand zurück, als hätte ich mich verbrannt. Nicht dass ich jetzt auch noch darum gebeten werde, Gerda zu trinken zu geben …

»Wie alt sind Sie eigentlich?«, frage ich mal eben so.

»Bei Kriegsende war ich etwa so alt wie du«, sagt Frau Silberstein. »Ich wundere mich selbst über jeden Tag, den ich noch da bin.«

»Sie haben den Krieg voll miterlebt?«, frage ich und sitze wieder.

Frau Silberstein nickt. »Ja. Überlebt.«

»Pling!« Zu Hause gibt es manchmal Riesenstress, wenn ich zu oft auf dem Handy schreibe, komplett verboten ist es während einer Unterhaltung und beim Essen – das fällt in die Kategorie ›Respekt‹. Frau Silberstein macht dazu keinen Kommentar, auch nicht mehr zum Krieg, dabei dachte ich, jetzt kommt eine lange Geschichte, der ich zuhören soll.

»Deine Stunde ist bald um, und ich bin müde«, sagt sie.

Also nichts wie weg? Ist echt nur halb so schlimm hier. Aber nur mit dem Handy beschäftigt sein und Frau Silberstein beobachtet mich vielleicht noch dabei, davon gehen die Stunden auch nicht schneller rum. »Also …«

Sie macht ein Auge auf, nur eines, ich muss ein bisschen lachen. Das offene Auge gilt definitiv mir.

»Ich glaube, das mit dem Lernen klappt nicht so gut. Vielleicht …

wollen wir doch mal was gemeinsam lesen?« Auf einmal ist das doch keine so schlechte Idee, wenn ich damit eine gute Tat vollbringen kann.

Zwei blaue Schlitze sehen mich an. »Wenn du das willst, kannst du gerne ein Buch mitbringen. Das wäre schön. Wenn es kein Gruselroman ist. Obwohl mich kaum noch etwas gruseln kann. Nur echte Geschichte.«

Echte Geschichte? Wie meint sie das denn? Ich stehe auf, will schon fragen, aber auch gern gehen. »Tschüss!« An der Tür drehe ich mich noch mal um, und Frau Silberstein sieht mir nach, überhaupt nicht mehr müde, sondern wieder mit großen Augen. Sie winkt mir nach.

Ich nehme das Treppenhaus, düster ist es hier, aber ich mache kein Licht. Stunde drei ist vorbei, und was ist schon eine Stunde, ach was, eine Dreiviertelstunde ja nur, die ich absitzen muss? Damit steigt auch mein Stundenlohn, aber das erzähle ich meinen Eltern bestimmt nicht. Im Erdgeschoss angekommen stoße ich die Tür auf und höre im selben Augenblick einen Schrei. Sofort ziehe ich die Tür wieder zu, Mann, wieso geht die denn nach außen auf? Ich warte, bis die Person da weg ist, dann schaue ich raus. Sehe sie. Es ist so ein Mädchen, das eben einen Rollstuhl vorbeigeschoben hat, ganz sicher bin ich mir aber nicht, vielleicht ist es auch eine Frau, sie hat schließlich hinten kein Gesicht. Aber sie hat braune, ewig lange Haare und trägt eine knallenge Jeans und Sneakers. So ähnlich sehen die Mädels in meiner Klasse auch aus. Da dreht sie sich um: »Passen Sie doch auf!«, ruft sie und schaut mich verblüfft an. »Pass doch auf!«, sagt sie noch mal. Ich hatte recht, sie könnte eine aus meiner Jahrgangsstufe sein. Sie schiebt eine von den grauhaarigen Omas vor sich her, biegt ab in den Gang, und bevor sie verschwindet, schaut sie noch mal zu mir, ein bisschen verärgert oder vielleicht auch verwundert, ich weiß es nicht, es geht zu schnell, und sie ist weg. Mann, war die mehr als hübsch, megahübsch! Wer war *das* denn?

Beim Abendessen sitze ich jetzt immer neben Omi, die es fertigbringt, sich die Hälfte der Zeit am Tisch damit zu beschäftigen, die Rinde von einer einzigen dünnen Brotscheibe abzuschneiden.

Es klingelt an der Tür, und Jana springt auf. Manchmal kommt abends noch eine Freundin vorbei, und sie kichern im Zimmer herum, oder es ist eben für mich oder auch mal jemand für meine Eltern. Diesmal ist es Samuel. Ich verschlucke mich fast. Ich hatte doch geschrieben *Wir sehen uns morgen.* Ist was schiefgelaufen? Er steht da in seiner neuen tollen Jacke, die halb so viel gekostet hat wie mein neues Handy, immer trägt er die teuren Markenklamotten, und seine Haare sind während des Sommers gewachsen und gehen fast schon bis zur Schulter. Ich hingegen sehe stinknormal aus, habe kurze braune Haare. Auf einmal will ich mir auch mal die Haare wachsen lassen. Jetzt, wo mein Vater seine kurz trägt. Seit er sie abgeschnitten hat, raucht er auch nicht mehr, dafür hat er angefangen zu meditieren. Er schließt sich im Schlafzimmer ein, und wir dürfen nicht stören. Er setzt sich auf den Boden, schließt die Augen und – atmet. Mehr tut er dabei nicht, ich habe ihn gefragt. Er wollte wissen, ob ich mitmachen will, aber ganz ehrlich – wer will schon mit seinem Vater *atmen*?

»Hey«, sagt Samuel in die Runde, und wir alle: »Hey.«

»Setz dich, Samuel«, sagt meine Mutter und steht schon auf. »Ich hole dir einen Teller.«

Samuel schaut zu Omi, die beiden kennen sich noch nicht. Noch mal grüßt er: »Hallo.« Omi nickt nur. Sie hat den ganzen Tag nicht viel gesprochen und die letzten Tage auch nicht. Wenn sie etwas sagt, klagt sie über Müdigkeit und Rückenschmerzen und darüber, dass sie uns hier doch allen nur im Weg ist. Dann rufen wir alle »Das stimmt doch gar nicht!«, aber sie schüttelt nur den Kopf und tut so, als hätte sie es nicht gehört. Eine Woche ist sie nun schon bei uns.

Wir rücken zusammen und reichen Brot, Käse, Butter und die Salatschüssel über den Tisch. Mein Vater erzählt von einem neuen Projekt, irgendwas mit einer Wohnsiedlung, und Samuel sehe ich kaum an. Merke schließlich genau, dass er was loswerden will, was Geheimes, und das könnte er gern unauffälliger verpacken.

»… mit hohem sozialem Anspruch«, bekomme ich als Nächstes wieder von dem Gespräch mit, weil meine Gedanken sich verselbstständigt haben und zu dem Mädchen vor dem Treppenhaus gewandert sind.

»Und hohem zeitlichem Anspruch«, ergänzt meine Mutter. »Ich dachte, du wolltest im Moment kein zu großes Projekt beginnen, wenn ich nun auch mal wieder größere Aufträge annehme?«

Mein Vater setzt seine Brille ab und reibt sich die Augen. Das macht er oft, wenn es etwas zu besprechen gibt. Aber er überlegt es sich anders, setzt die Brille wieder auf und beißt ins Brot. »Wir bekommen das alles schon hin, du wirst sehen. Und wir haben gerade Besuch.«

Genau. Ich kenne die Diskussion nämlich schon auswendig. Wer von meinen Eltern wann wie viel arbeiten und wie das alles künftig mit Omi werden soll, das ist nun ein aktuelles Reizthema – auch ein Wort, das ich schon ewig kenne. Genau wie

mein Vater ist auch meine Mutter selbstständig, sie ist Übersetzerin. Vielleicht nimmt sie deswegen jedes Wort immer so genau. Ich spüre ihren Blick auf mir. »Klar. Gut. Von mir aus. Wie war es heute eigentlich bei Frau Silberstein, Lenny?«
Und Samuel hat auch nichts anderes zu tun, als zu fragen: »Ja, wie war es bei der coolen alten Dame denn so?«
Ich stochere im Bohnensalat, der auf einmal sauer schmeckt. Samuel werfe ich einen tödlichen Blick zu. Ich will nicht, dass irgendjemand hier am Tisch von meiner Absprache mit Frau Silberstein erfährt, das geht niemanden etwas an. Und die andere Sache zwischen ihm und mir schon gar nicht.
»Coole alte Dame?«, fragt Jana, und sogar Omi horcht auf. Alle sehen mich an.
»Quatsch, cool.« Da Samuel nicht tot vom Stuhl gefallen ist, vermittle ich ihm nun telepathisch dies: Alter, wenn du nicht deine Klappe hältst, fliegst du raus!
Er hört auf zu grinsen.
»Frau Silberstein ist ganz nett.« Ich habe keinen Hunger mehr.
»Der Name Silberstein könnte jüdischer Herkunft sein«, sagt mein Vater und trinkt einen Schluck Bier. »Was macht ihr in eurer Stunde denn so?« Jetzt will auch er mich verhören, na, guten Appetit!
»Lesen natürlich«, antworte ich leicht genervt, denn was soll ein Lesepate denn sonst machen, wenn er nicht gerade zufällig eine geheime Sondervereinbarung geschlossen hat?
»Und was?«
Ich verdrehe ein bisschen die Augen. »*Tschick,* Heine, mal sehen.«
Natürlich folgt sofort das Gedicht, mit tiefer, verstellter Stimme: »Das Fräulein stand am Meere und seufzte lang und bang, es

rührte sie so sehre der Sonnenuntergang. Mein Fräulein! Sein Sie munter, das ist ein altes Stück; hier vorne geht sie unter und kehrt von hinten zurück!«
Meine Mutter seufzt theatralisch, und alle lachen, sogar Omi lacht ein bisschen mit. Ich nicht. Ich stehe auf. »Sorry, ich habe keinen Hunger mehr. Kann ich mit Samuel schon in mein Zimmer?«
Oma fängt wieder an, ihr Brot zu bearbeiten.
Samuel steht auch auf. »Na dann ...«
»Komm!« Ich will im Moment nur noch weg von den anderen, und ich wäre auch gegangen, wenn es kein Okay gegeben hätte. Weiß auch nicht, was mit mir los ist. Aber hier jetzt so zu tun, als sei alles superlustig dort im Gardinenbunker, das kann ich nicht.
Im Zimmer schmeißt sich Samuel auf mein Bett, und ich lasse mich auf meinen Schreibtischstuhl fallen.
»Sorry wegen eben«, sagt er.
»Vergiss alles, was ich dir über das Heim gesagt habe, das geht niemanden etwas an. Ich will da nicht groß drüber reden, klar?«
»Was ist denn los?«, fragt er.
»Nichts. Du bist doch gekommen, um irgendetwas Großartiges zu berichten, oder nicht?« Nun will mich auch noch Samuel ausfragen.
Er steht auf und kommt zu mir. »Dreh mal nicht durch. Ich habe dem Typ das Handy heute jedenfalls in Kommission gegeben.«
»Klingt ja toll. Und was heißt das für mich?«
»Wie du wolltest, habe ich 150 Euro Cash verlangt, drunter geht nichts. Könnte aber dauern.«
»Weiß er, dass das Handy von mir ist?«
Samuel stößt einen genervten Laut aus. »Ja, klar.«

Ich stehe sofort auf, er drückt mich wieder auf den Stuhl runter.
»Sag mal, sind wir eigentlich noch Freunde? Ich habe dir doch gesagt, ich helfe dir, also helfe ich dir auch. Natürlich weiß er nichts von dir! Ich kenne auch nur seinen Vornamen.«
»Wie vertrauenswürdig.«
»Aha, du meinst, solche Leute geben ihre Visitenkarte heraus? Der macht auch mit anderen Sachen rum. Aber das Beste ist noch was ganz anderes.«
Ich schweige eisig, weil Samuel immer einen Tick schlauer und schneller ist als ich.
»Die Bekannte von ihm, die ist heiß. Hammer.« Er wölbt beide Hände vor der Brust und wackelt mit dem Oberkörper. »Und mit der habe ich ein echtes Date.«
Jetzt soll ich wohl applaudieren. Langsam, ganz langsam, in absoluter Zeitlupe, klatsche ich in die Hände und versuche dabei zu grinsen. »Toll«, bringe ich hervor, und mein Lichtblick des Tages, das Mädchen mit dem Rollstuhl, wie ich fast in sie hineingerannt wäre, verblasst im Schatten von Samuels Neuigkeiten.
»Komm, wir zocken«, sagt er und macht den Computer an. »Sonst bist du ja gerade zu nichts zu gebrauchen.«
»Genau«, sage ich, obwohl ich nicht mal auf ein Spiel Lust habe. Ich fühle mich kacke. Was ist denn nur los? Es gibt gerade keinen einzigen Menschen mehr auf der ganzen Welt, mit dem ich noch richtig ehrlich reden kann.

4

Es ist total kalt an diesem Novembertag, und wenn ich nachher fertig bin, wird es bald schon dunkel sein. Ich führe über meine Besuche im Bunker eine Strichliste. Im Film malen sich die Gefangenen so etwas an die Wand, nur ist meine Liste woanders, die ist hinten im Buch. Erst der vierte Strich heute, und ich habe *Tschick* dabei. Manchmal fühle und denke ich genau wie Maik, der im Buch die Geschichte erzählt. Auch deswegen mag ich den Roman so, Maik und ich, wir sind wie Brüder.

Im Heim brennt in manchen Zimmern sogar schon Licht. Am Empfang ist wieder der Typ mit dem Ziegenbärtchen. Ich hebe nur die Hand, als ich vorbeilaufe, und er erkennt mich und grinst: »Der Lesepate!« Ich gehe weiter, da ruft er mir hinterher: »He, sag mal!« Ich bleibe stehen, drehe mich um.

»Was liest'n so hier?«

»Tschick«, rufe ich zu ihm rüber.

»Schick?«, fragt er zurück. »Kenn ich nicht. Klingt aber schick!« Er lacht original wie eine meckernde Ziege. »Und das mag deine alte Dame, Frau Silberstein, die du so nett besuchst?«

Wieso quatscht der mich so komisch an? Ich sage nur: »Ja, denke schon«, und gehe weiter.

An der Tür zum Treppenhaus, dort, wo ich dem megahübschen Mädchen begegnet bin, bleibe ich stehen. »Pass doch auf!«, hat sie gerufen. Immer wieder habe ich seitdem an sie gedacht, und

anstatt gleich in den zweiten Stock zu gehen, tragen mich meine Füße zu der Ecke, um die sie vor einer Woche verschwunden ist. Ich halte die Luft an. Doch der lange Gang hinter der Ecke ist leer. Geschlossene Türen starren mich an. Bestimmt zwanzig, dreißig Zimmer könnten es sein, jedenfalls sind es viele. Da, am Ende tut sich was! Ich zucke zurück. Doch es ist nur eine Schwester in weißem Kittel, die einen Servierwagen mit Kaffee- und Teekannen aus einem Zimmer schiebt. Was soll ich nur machen, um das Mädchen wiederzusehen?
In Zimmer 72 bürstet sich Frau Silberstein die Haare und lächelt mir entgegen. Gerda ist weg. »Hallo«, sage ich. »Sie sind ja ganz allein.« Ich schnappe mir einen Stuhl.
»Ja, Gerdas Tochter ist zu Besuch«, sagt Frau Silberstein. »Sie sind eben rausgegangen.«
»Raus? Da ist es ganz schön ungemütlich.« Ich fasse mir an die Ohren, die sind eiskalt.
»Das glaube ich. Aber es gibt einen Saal unten. Zum Essen und Kaffeetrinken und für Besuch.«
»Hm, hm.« Ich tue interessiert, und mir kommt eine endlose Reihe von Menschen mit grau- und weißhaarigen Köpfen in den Sinn, die stumm an den Tischen sitzen und mit ihren Tassen und Kuchengabeln klappern. Da gab es mal einen Gruselfilm, niemand von den Alten sprach etwas, alle starrten nur vor sich hin, waren nur noch leere Hüllen.
»Wollen Sie auch mal runter?«, frage ich, denn es wäre doch eine Abwechslung zu diesem Zimmer hier. So schlimm wie im Film wird es schon nicht werden, und vielleicht – sehe ich da unten dann das Mädchen!
»Nein, das ist mir zu anstrengend«, antwortet Frau Silberstein.
»Schade.«

Mehr fällt mir dazu nicht ein, es wäre eine gute Idee gewesen. Heute aber bin ich erst mal froh, dass Gerda nicht da ist. Es ist gleich ein bisschen weniger Horror hier im Raum. Wenn diese demente Frau die Welt draußen vergessen hat, ist es doch gut, wenn aus dieser Welt wenigstens mal jemand vorbeikommt und sie abholt.

Frau Silberstein legt ihren Spiegel weg und schaut auf ihre Hände, die liegen auf der Bettdecke wie ein Berg aus knöchrigen, langen Fingern. Da muss ich einfach fragen: »Und Sie … haben keine Tochter oder so?«

»Ich habe keine Kinder. Ich habe keine Familie.« Sie sagt das so leise und komisch, dass ich nicht weiterfragen kann und mag. Ich hole schnell das Buch heraus und zeige es ihr: »Ich habe Ihnen das hier mitgebracht.«

Sie sieht das Buch an, starrt sekundenlang darauf, als ob sie doch ein bisschen verwirrt ist. »Kann ich mal sehen?« Sie nimmt es in die Hand, dreht und wendet es, hält es nah vor ihre Augen, dann wieder weiter weg. »Mach mal Licht, hier in dem Grau sieht man ja gar nichts«, sagt sie, und ich knipse die kleine Lampe auf ihrem Tisch an. *»Tschick«,* liest sie laut.

»Es ist eine ganz schön verrückte Geschichte. Mit Jugendlichen, die echte Freunde werden. Da ist die Hauptperson Maik, so alt wie ich, der von seinen Eltern ziemlich allein gelassen wird. Und es gibt Tschick, der kommt neu in Maiks Klasse, ein russischer Spätaussiedler, trinkt morgens auch mal Wodka und fährt heimlich Auto. Sie fahren in die Walachei, also irgendwo ins Blaue, aber es ist ihr Ziel.«

Frau Silbersteins Lachen klingt rau und tief, als tränke sie selbst von morgens bis abends Wodka. »Sie denken, die Walachei ist eine Landschaft oder ein Ort?« Sie gibt mir das Buch zurück.

»Das ist lustig. Wenn du vorlesen magst, bitte, gern. Aber lass dich zu nichts zwingen, was du nicht tun willst, wenn es nicht sein muss. Immer aber hilf anderen, wenn du kannst. Das ist mein Rat.«
Was das eine mit dem anderen zu tun hat, kapiere ich nicht. Aber was Frau Silberstein sagt, klingt irgendwie anders als »Respekt ist die Grundlage eines glücklichen Zusammenlebens« und solche Dinge, auf die meine Eltern bestehen. Bei Frau Silberstein kommt es mir so vor, als rede sie von etwas ganz Wichtigem. Nur weiß ich nicht, was es genau ist, dieses Wichtige, aber es ist da, es schwebt im Raum.
»Niemand weiß davon«, sage ich leise.
»Wovon?«
»Dass Sie mir angeboten haben, meine Stunden abzusitzen, ohne Ihnen vorzulesen. Dass ich auch früher gehen kann, wenn ich will. Ich habe es niemandem verraten, nur einem Freund, und der sagt es nicht weiter.«
»So.«
»Aber jetzt … will ich Ihnen wirklich etwas vorlesen. Ich kann hier sowieso nicht richtig lernen, und chatten kann ich später.«
Alles, was ich da sage, ist wahr. Fühlt sich ganz gut an. Von dem Plan, mich freizukaufen, braucht sie ja erst einmal nichts zu wissen.
»Bin ganz Ohr.«
Ich schlage das Buch auf und räuspere mich. »Kapitel eins. *Als Erstes ist da der Geruch von Blut und Kaffee.*« Und ich lese den ersten Absatz bis zu »in die Hose gepisst« in einem Zug durch. Danach muss ich mich räuspern, denn, na ja, vielleicht ist das doch nicht ganz das Richtige für so alte Ohren. Omi jedenfalls würde ich das nicht vorlesen wollen.

Ich schaue auf. Frau Silberstein hat den Kopf vom Kissen gehoben. »Also, kannst du ein wenig langsamer lesen? Ich möchte das schon genießen.«
Ich lese den Absatz noch mal, dreimal kommt ›gepisst‹ vor. Als ich aufschaue, sieht Frau Silberstein auf irgendeinen Punkt in der Ferne, als ob sie über etwas schwer nachdenken müsste. Ein paar Sekunden vergehen.
»So sprecht ihr heute untereinander?« Es sieht witzig aus, wie ihr altes Gesicht neugierig aus der Wäsche schaut.
»Ja, manchmal reden wir so. Tut mir leid wegen der Pisse und dem Ganzen und so.«
»Der Held ist so alt wie du?«
»Sie meinen die Hauptperson? Ja, der ist 14, und dafür erlebt er am Ende eine ganze Menge.« Ich lese das komplette erste Kapitel, will es schaffen, bevor hier gleich eine Schwester mit »Kaffeezeit!« hereinplatzt.
»Das fängt spannend an«, sagt Frau Silberstein, als ich vom Buch wieder aufsehe, und das erste Mal überhaupt fühle ich mich in diesem Bunkerzimmer nicht so überflüssig. Läuft doch alles hier!
Draußen vor der Tür sind laute Geräusche und Stimmen zu hören. Gerda wird von einer Frau hereingebracht, die angestrengt schaut und immer wieder laut sagt: »Muttchen, ach Muttchen. Hör doch auf zu weinen, Muttchen.« Sie kommen herein, nein, die Frau, die wohl die Tochter sein muss, schleppt Gerda herein, die schlaff wie ein Sack nach vorne hängt und dabei wimmert und heult, mit weit aufgerissenem Mund, und von hinten schiebt noch eine Schwester, diesmal ist es eine mit schulterlangen schwarzen Haaren. Ich habe noch nie einen Erwachsenen so heulen gesehen. Es ist der totale Horror.

»Keine Angst«, höre ich Frau Silberstein sagen, sie streckt ihren Arm aus, und ich spüre kurz ihre runzelige Hand auf meiner. Als Gerda in ihren Sessel plumpst, wird ihr Geheul leiser.
»Gleich gibt es Kaffee«, sagt die Schwester, »vielleicht beruhigt sie sich bis dahin wieder. Ansonsten sagen Sie Bescheid.« Sie geht hinaus und beachtet mich gar nicht.
Frau Silberstein reckt ihren Kopf. »Frau Seeberger«, sagt sie laut, »seien Sie nicht traurig. Es reicht, wenn Gerda es ist.«
Frau Seeberger schaut zu uns und bemerkt mich wohl jetzt erst. Sie streicht Gerda über das zerzauste Haar und kommt herüber, nickt mir zu. »Heute ist kein guter Tag. Wir waren unten, da hat sie mal wieder angefangen zu weinen, einfach so. Sie möchte nach Hause, sie möchte nach Hause, immer dieses ›Ich möchte nach Hause‹. Etwas anderes sagt sie gar nicht mehr.« Frau Seeberger sieht traurig zu mir herunter. »Es wird immer schlimmer. Was sollen wir denn machen?«
Äh … Fragt die mich?
»Nun trinken wir erst einmal Kaffee«, kommt mir Frau Silberstein zu Hilfe. »Lennard hat mir gerade etwas Spannendes vorgelesen.«
Gerdas Kopf hängt fast bis auf die Brust, sie ist auf dem Sessel zusammengesunken, sieht tatsächlich nur noch wie eine Hülle aus, und es ist schlimmer als in jedem Gruselfilm. Ich glaube, aus ihrem Mund tropft etwas heraus, ich mag gar nicht richtig hinsehen. Wimmernd sagt sie: »Nach Hause.«
»Ist das denn hier nicht ihr Zuhause?«, frage ich leise, und als Antwort brummt es neben mir tief und laut: »Nein.« Frau Silberstein schüttelt den Kopf. »Das ist hier kein wirkliches Zuhause. Man wird hier gepflegt, man verhungert und verdurstet nicht, bekommt Medikamente und so weiter. Aber ein Zuhause?«

Frau Seeberger zieht ihre zusammengesunkene Mutter nach oben, setzt sich auf die Sessellehne und legt den Arm um sie. Eine Weile sagt keiner was, und ich frage mich, wie das hier weitergehen soll. Es werden ja immer mehr traurige Gestalten, mit denen ich hier im Zimmer herumhängen muss …

»Lennard«, sagt Frau Silberstein, und so, wie sie meinen Namen ausspricht, kommt jetzt wohl etwas Ernstes. »Du kannst doch zu Hause fragen, ob du deine Stunden woanders abbummeln kannst. Hier bei uns herrscht das Gegenteil von dem, was in deinem Buch steht: Es passiert nichts Spannendes. Und es ist nicht lustig.«

Wieder kommt eine Schwester herein, wieder eine andere. »Kaffee!«

Gerda fängt an zu wimmern, und mir wird es tatsächlich zu viel. »Ich hole mir einen Saft«, sage ich und gehe raus auf den Flur.

Auf dem Gang höre ich ein fernes Klopfen, vielleicht ein Handwerker, der irgendwo im Haus rumhämmert, oder ein Irrer, der auf die Rohre einschlägt, und da ist auch dieser klagende Heulgesang, der von irgendjemandem hier auf der Etage kommt. Ich überschlage meine Wahnsinnsauswahl an Möglichkeiten, es sind genau zwei: Entweder ich gewöhne mich an das alles, bis ich genug Geld zusammen habe, und das könnte noch etwas dauern. Oder ich jammere zu Hause rum und weigere mich, das hier weiterzumachen. Heldenhaft wäre das nicht gerade, und das Mädchen würde ich auch nicht wiedersehen …

Im Zimmer wird Gerda gerade auf das Bett gelegt, und Frau Silberstein ist mit ihrem Kaffee und den Keksen beschäftigt. Nichts sonst existiert für sie, sie ist ganz Keks, und darüber muss ich kurz grinsen.

Sie schaut auf. »Willst du nicht lieber gehen?«
Aber ich habe mich längst entschieden und dazu noch eine Idee: »Wollen wir vielleicht das nächste Mal an die frische Luft?«, frage ich, und die Hand mit dem Keks bleibt über der Tasse stehen.
»Spazieren gehen? Warum?«
Weil es hier ein megatolles Mädchen gibt, und ich will sie kennenlernen, und hier oben treffe ich sie wohl kaum, könnte ich sagen. Aber das wäre doch ein bisschen zu viel, was ich an Geheimnis mit Frau Silberstein teilen würde, ich meine, sie ist eine uralte Oma, hallo?
»Zur Abwechslung?« Meine Antwort kommt mir selbst ziemlich ärmlich vor.
»Das geht wahrscheinlich nicht«, sagt sie, steckt das letzte Stück Keks in den Mund und verschluckt es gleichzeitig mit meiner tollen Idee. »Zu wenig Zeit.«
»Sie haben keine Zeit?«
Sie schüttelt den Kopf. »Ich doch nicht, du! Du kommst nur eine knappe Stunde, und schon diese Zeit ist dir lang. Jetzt im Winter dauert das Anziehen aber länger, weil ich ganz dick eingepackt werden muss. Dazu die Kälte. Ich friere so. Ich friere immerzu. Die Kälte hat mich nie wieder wirklich verlassen.«
Wenn Frau Silbersteins Stimme sonst dunkel klingt, ist sie jetzt schwarz. Ein Schauer durchrieselt mich, als würde ich diese Kälte, von der sie spricht, einen Augenblick lang selbst spüren.
»Schau nicht so erschrocken, das musst du alles gar nicht wissen. Denk nicht, ich würde mich nicht freuen, wenn wir rausgehen könnten, aber es geht eben alles nicht mehr so gut.«
»Dann eben, wenn es warm ist«, sage ich, o Mann, dabei wollte ich eigentlich nicht monatelang warten, um das Mädchen wiederzusehen, und bis dahin habe ich mich bestimmt freigekauft.

Frau Silberstein schaut plötzlich traurig und dreht ihren Kopf weg. Frau Seeberger und Gerda sitzen immer noch stumm und aneinandergelehnt da. Es ist zehn vor vier. »Nächstes Mal lesen wir Kapitel zwei«, sage ich und stehe langsam auf. »Mindestens.«
Der Kopf mit den Silberhaaren dreht sich ein winziges Stück zu mir. »Wie viele Kapitel gibt es denn?«
Ich schaue nach. »49.«
»49«, wiederholt Frau Silberstein. »49. Gut. Die Kapitel sind ja nicht so lang. Vielleicht ist das mit mehreren auf einmal zu schaffen.«

Ich bin nicht gerade gut drauf, als ich nach Hause komme, hatte so sehr gehofft, das Mädchen würde mir wie beim letzten Mal vor die Füße laufen, wie aus dem Nichts vor mir erscheinen. Vielleicht kommt sie nicht oft ins Heim, und es war absoluter Superzufall, dass wir fast zusammengestoßen sind …
Im Wohnzimmer bin ich voll schockiert. Omi sitzt nach vorne gebeugt auf dem Sofa und weint mit offenem Mund, es sieht fast aus wie bei Gerda eben, und meine Mutter hat den Arm um sie gelegt und Tränen in den Augen. Heute ist Heultag.
»Was ist denn los?«, frage ich.
Jana kommt dazu und setzt sich aufs Sofa, nimmt Omis Hand: »Ja, was ist denn los?«
Omi lässt den Kopf hängen. Ihre Schultern zucken. Seit zwei Wochen ist sie bei uns. »Ich bin doch zu nichts mehr nutze«, sagt sie nun immer, seit ihr kürzlich ein Teller runterfiel.
Oder wie jetzt: »Ich bin doch nur eine Last.« Sie macht sich von den anderen los.
»Gar nicht!«, ruft Jana. »Du gehörst doch zur Familie!«
»Ich möchte in mein Zimmer«, schnieft Omi.

»Ich bringe dich«, sagt Jana, ein bisschen zu laut, so wie die Pflegerinnen im Bunker, als wären wir alle schwerhörig. Ich stehe immer noch auf demselben Fleck, und sie führt Omi wie eine Schwerkranke an mir vorbei. Kaum sind sie raus, winkt meine Mutter mich zu sich. Mir wird ganz anders.

»Ich kann sie doch nicht in so ein Heim wie den Gardinenbunker stecken, oder?«, fragt meine Mutter, als wir nebeneinander auf dem Sofa sitzen. Sonst nennt sie das Heim nie so – zu respektlos. »Hier bei uns kann und will sie nicht bleiben.« Meine Mutter redet wie mit sich selbst. »Sie hat das Gefühl, sie wäre uns ein Klotz am Bein, und rückt davon auch keinen Millimeter ab. Vielleicht denkt sie: Wenn ich sonst schon nichts bin, bin ich wenigstens ein Klotz am Bein.«

»Aber das ist doch bescheuert!«

Meine Mutter nickt. »Auf Dauer zehrt das an den Nerven. An meinen jetzt schon.« Sie reibt sich die Schläfen. »Bitte sag mir Bescheid, falls ich später mal zu seltsam werde. Ich glaube, man selbst merkt das nämlich gar nicht so richtig.«

Ob sie nur um den heißen Brei herumredet? »Ist Omi schwer krank?«, frage ich nun direkt.

Meine Mutter schaut überrascht. »Schwer krank? Wie kommst du denn darauf? Sie ist wackelig auf den Beinen und unsicher anderen Menschen gegenüber. Seit Opa tot ist, weiß sie mit sich nichts anzufangen.«

»Also nicht besonders krank?«

»Na ja, sie hat diesen Schwindel und fällt manchmal hin. Das kann ganz schön gefährlich sein, deswegen soll sie auch nicht mehr alleine wohnen. Und sie ist depressiv. Wenn du es so sehen willst, ist das schon eine schwere Krankheit.«

In der Schule sagen wir manchmal zueinander, wenn wir

schlecht drauf sind: »Bist du depri, oder was?« Richtig ausgesprochen will das niemand sein, das ist nicht cool. »Ist sie sehr vergesslich?«, frage ich weiter und warte auf das andere Wort: dement.

»Geht so. Eigentlich nicht. Wenn ich in der Wohnung etwas suche, muss ich sie nur fragen. Wieso?«

Ich entspanne mich ein bisschen, behalte mein Spezialwissen aber für mich. Meine Mutter hebt die Schultern und lässt sie wieder fallen. »Nicht mal bei Opas Tod hat sie so geweint. Aber alles ist besser, als wenn sie die ganze Zeit so tapfer tut: Zähne zusammen und durch.«

»Wo muss sie denn durch?«, frage ich.

Meine Mutter runzelt die Stirn. »Durchs Leben, und jeder bekommt eben andere Startbedingungen mit. Wer weiß schon, was der Krieg alles für Folgen hatte, für die Kinder von damals und sogar für uns.«

»Für uns?« Ich verstehe nur Bahnhof.

»Klar. Omi hat den Krieg als Kind erlebt, sie ist ein Kriegskind. Die nächste Generation sind dann die Kriegsenkel.«

»Echt?«

»Du bist schon wieder die nächste Generation. Ein Kriegsurenkel, sozusagen.« Meine Mutter legt mir eine Hand auf die Schulter, und im nächsten Moment steht sie schnell auf. »O weh, ich glaube, da brennt was an!«

Sie rennt raus, ich bleibe noch sitzen und weiß was Neues über mich. Zu Frau Silberstein könnte ich sagen: Sie haben den Krieg überlebt und keine Kinder, und ich bin auch nicht Ihr Enkel, was manche im Heim vielleicht denken. Bin ich eben das: ein Kriegsurenkel.

5

Ich lese Kapitel zwei, drei und vier, und ich bin das fünfte Mal hier. Wie ich schnell Geld verdienen könnte, darüber habe ich mich schlaugemacht: Zeitungen austragen, nein, danke. Aber vielleicht Online-Umfragen beantworten, Nachhilfestunden geben, babysitten oder ein berühmter YouTuber werden. Zu nichts kann ich mich aufraffen, und mit dem Handy tut sich bis jetzt auch nichts. Samuel ist mit dem Verkaufspreis auf 120 Euro runtergegangen. Abwarten und einen Joint rauchen, war sein neuester Spruch dazu.

Ich spüre Frau Silbersteins Blick beim Lesen ganz genau, was mir erst ein bisschen unangenehm war, doch heute macht es Spaß vorzulesen, und ich beneide Maik, der am Anfang des Buchs im Krankenhaus mit einer netten Schwesternschülerin herumflirtet. Schade, dass es hier im Heim keine solche Schwesternschülerin gibt. Wie Maik hatte ich noch keine richtige Freundin. Samuel hat jetzt eine, und er kifft, er ist aber auch ein paar Monate älter als ich, und bei Maik tut sich im Buch schon innerhalb von ein paar Tagen eine ganz neue Welt auf. Wieder und wieder denke ich an das Mädchen und hoffe, sie ist heute da, und irgendwie muss ich an sie rankommen … An all das zu denken und gleichzeitig zu lesen ist ganz schön schwierig. Ich stottere herum und verhasple mich. »Danke, für heute ist es genug«, sagt Frau Silberstein, als ich nach Kapitel vier aufsehe.

»Wieso? Dafür bin ich doch da.« Frau Silberstein guckt mich komisch an. »Ich meine, ich glaube, es ist cool, dass die Story eine Zuhörerin wie Sie hat«, sage ich schnell.
»Weißt du etwas über den Autor?«
»Der ist schon tot.«
»Wirklich?« Frau Silbersteins Augenbrauen steigen nach oben. »Aber er war doch sicherlich nicht sehr alt?«
»Glaube nicht«, sage ich und blättere im Buch, da steht ja immer was drin über die Buchautoren. »1965 geboren.«
»Also so was! Und ich liege hier immer noch. Das Leben ist einfach zu seltsam. Wieso ist er denn schon tot?«
»Er hatte einen Tumor im Kopf, wir haben darüber in der Schule gesprochen. Deswegen hat er sich am Ende erschossen. Unsere Lehrerin meinte, es sei tragisch genug, wenn man sich selbst erschießen würde, aber in diesem Fall fände sie es noch tragischer, weil der Autor mit dem Buch hier gerade richtig erfolgreich wurde.«
»Also so was«, wiederholt Frau Silberstein. »Da kommt man an ein zutiefst ersehntes Ziel und muss genau da sterben. Wie ein Langstreckenläufer, der endlich ankommt, als Erster sogar, und dann bricht er zusammen und ist tot. So etwas habe ich selbst fast erlebt.«
»Sie waren Langstreckenläuferin?«, frage ich verwundert.
Frau Silberstein legt den Kopf schief. »Das war bildlich gemeint. Damals, ich meinte damals. Das Leben ist einfach zu seltsam.«
»Ja«, stimme ich zu, obwohl ich vielleicht noch nicht viel weiß über das Leben, aber seltsam kommt es mir auch manchmal vor. Jetzt im Moment etwa, weil wir so ernsthaft reden. »Was ist eigentlich mit Gerda heute los?«, frage ich und schaue zum anderen Bett.

»Sie hat ein Beruhigungsmittel bekommen.« Frau Silberstein sieht auch zum anderen Bett hinüber. »Heute Vormittag hat sie laut um Hilfe gerufen.«

Ich schaue genauer hin. Gerda ist also betäubt. »Hat sie auch den Krieg miterlebt? Mein Uropa hat nachts laut um Hilfe gerufen, im Schlaf. Manchmal sind wir davon aufgewacht. Da hieß es immer, er träumt vom Krieg.«

Es liegt mir auf der Zunge zu fragen, ob Frau Silberstein Jüdin ist, Rosenthal, Sternreich, Goldstein, Silberstein, das sind typische Namen, meinte mein Vater, und es steht in diesem Schuljahr auf dem Lehrplan für Geschichte, Nationalsozialismus und Holocaust, und mit meinen Eltern und Jana war ich mal im Konzentrationslager Buchenwald.

Ich möchte plötzlich mehr wissen. »Wo waren Sie im Krieg?«, frage ich.

»In der Hölle.« Frau Silberstein macht die Augen zu.

Mein Herz schlägt lauter, und das Buch klebt auf einmal an den Fingern. Ich fühle mich plötzlich schlecht, fast genauso wie bei dem Besuch in Buchenwald. Das war heftig. Es fiel mir total schwer, über das Gelände zu laufen, ich bekam kaum meine Füße vom Boden. Meine Mutter sagte damals: »Mir geht es auch nicht gut. Wir spüren wahrscheinlich noch etwas von dem unermesslichen Grauen, das hier geschehen ist.«

Plötzlich ist die Stimmung im Bunkerzimmer voll bedrückend. Ich bücke mich und stecke das Buch in die Tasche. Weiß nicht, was ich heute hier noch sagen oder machen soll, aber einfach abhauen geht auch nicht. Als ich wieder auftauche, denke ich total intensiv an das Mädchen. Vielleicht ist das ja ein Übersprungsgedanke, so etwas Ähnliches wie eine Übersprungshandlung: Da möchte ich ein Mädchen anlächeln, aber stattdessen glotze ich auf mein Handy, weil ich mich auf einmal nicht traue. Also weil es so unheimlich ist, daran zu denken, dass Frau Silberstein vielleicht Jüdin ist und möglicherweise deswegen im Konzentrationslager war, denke ich lieber an die immer gleiche Frage: Wie kann ich das Mädchen nur wiedersehen?

»Sobald die Sonne scheint, gehen wir raus«, sage ich zu Frau Silberstein, und das ist mein Übersprungssatz zu ihrer Antwort, dass sie den Krieg – in der Hölle – miterlebt hat. »Können wir Sie nicht einfach dick einpacken?« Bisher war es immer noch die einzige Idee, die ich hatte, um in dieser Sache endlich weiterzukommen. Ich bin mit Frau Silberstein draußen und *sie* kommt vorbei und ich brauche nur noch den richtigen Spruch …

Frau Silberstein schaut an die Decke. »Die Kälte ist mir einst tief in die Knochen gekrochen und hat mich nie mehr verlassen.«

Das schwere Gefühl in mir wiegt plötzlich Tonnen, es soll weggehen, mir ist eng im Hals, aber mir fällt kein Übersprung mehr ein und ich frage es einfach: »Waren Sie im KZ?«

Frau Silbersteins Blick geht durch mich durch. »Ja, dort war ich, und ich bin fast gestorben.«

Da geht die Tür auf und die nette Schwester mit den blonden Haaren kommt herein. »Ach, hallo!« Sie nickt mir zu, stellt das Tablett ab, schaut kurz nach Gerda und kommt dann zu uns. Wir sehen nun beide, dass es Frau Silberstein gar nicht gut geht. Die Schwester streicht mit ihrem Handrücken über das traurige Gesicht, und Frau Silberstein presst die Augen zusammen und drückt ihre Wange gegen die Hand. Die Schwester sieht mich an und ich fühle mich ein bisschen schuldig, weil ich eben gefragt habe: Denn das hier hat mit Frau Silbersteins Vergangenheit zu tun, mit dem Krieg, das ist ja wohl klar. Vielleicht ist es ihr deswegen immer zu kalt, denn im KZ, da gab es gar nichts, nur

Kälte und Hunger und Krankheit und Leichen, und Frau Silberstein hat keine Kinder und keine Familie und sie ist hier allein. Aber was geht mich das an? Ich bin nur Lesepate für ein Jahr, wenn überhaupt, und nichts weiter.

Wir helfen Frau Silberstein, sich aufrechter hinzusetzen. Heute merke ich mir den Namen der Schwester: Susanne.

»Macht das Lesen Spaß?«, fragt sie, als Frau Silberstein einigermaßen bequem sitzt und nicht mehr so traurig aussieht. Da weiß ich plötzlich, dass ich die Dinge selbst in die Hand nehmen muss. Genau diese Schwester ist meine Chance. »Ich könnte mit Frau Silberstein rausgehen, wenn sie richtig warm eingepackt wird.«

»So!« Schwester Susanne stemmt die Hände in die Hüften und fragt Frau Silberstein: »Haben Sie mit Ihrem Charme den jungen Mann etwa auch um den Finger gewickelt, so wie mich?«

Endlich lächelt Frau Silberstein. »Nein, nein, das ist seine Idee, ich weiß nicht, warum er das machen will.«

Voll peinlich mal wieder, weil ich so tue, als würde ich das hier aus lauter Nächstenliebe tun wollen. Aber wenn ich damit eine gute Tat verbinden kann, ist das dann auch respektlos?

Frau Silberstein schaut mich an, dann Schwester Susanne und wieder mich. »Darf Lennard denn überhaupt mit mir nach draußen gehen?«

Mein Plan zerfällt zu Staub. Brauche ich vielleicht eine Sondergenehmigung oder so, weil ich noch keinen Kinnbart wie der Typ da unten habe …?

»Natürlich! Ich müsste das lediglich vorher einplanen. Klar dürfen Sie beide gemeinsam hinausgehen, wenn Lennard sich das zutraut. Warum denn nicht? Sie entscheiden doch selbst über Ihr Leben!«

»Ja, das vergesse ich wohl ab und zu. Immer noch«, sagt Frau Silberstein so leise, als spräche sie zu sich selbst.
Wenn er sich das zutraut … Mir wird ganz anders. Ich habe noch nie einen Rollstuhl geschoben, aber es wird ja wohl nicht so schwer sein. Ich werde ein bisschen rot. »Ich hole mir einen Saft«, sage ich.
Draußen drücke ich mich eine Weile auf dem Flur herum, und eigentlich müsste ich aufs Klo. Aber seit ich das Handy von dort mitgenommen habe, will ich im Heim am liebsten nie wieder an den Ort des Geschehens zurück. Da kommt Schwester Susanne aus dem Zimmer und direkt auf mich zu.
»Eine Bitte«, sagt sie. »Falls du es dir mit deiner Lesepatenschaft anders überlegst, sag mir ein bisschen vorher Bescheid. Frau Silberstein freut sich nun immer sehr auf dich, dabei wollte sie an nichts mehr ihr Herz hängen. Aber Frau Krawczyk hat dich vermittelt, und nun bist du da. Es soll wohl so sein.«
»Kommt sonst wirklich niemand mehr?«
»Der letzte Besuch ist länger her, es waren Verwandte ihres verstorbenen Mannes. Aber …« Schwester Susanne atmet laut aus. »Es ist wie verhext. Sie und diese Cousine schreiben sich regelmäßig zu besonderen Anlässen. Jetzt ist die Familie umgezogen, und ich habe die Kontaktdaten auf die Schnelle in dieses dumme neue Handy getippt, das sich in Luft aufgelöst hat.« Schwester Susanne sieht immer unglücklicher aus. »Handy weg, Kontakt weg. Es ist meine Schuld, und im Moment sollte Frau Silberstein davon nichts wissen, das verkraftet sie nicht. Ich hoffe einfach, die Angehörigen melden sich bald wieder. Für Frau Silberstein bedeutet es die Welt.«
Ich lehne mich an die Wand, meine Knie sind plötzlich nur noch Gummi. »Was denn für ein blödes neues Handy?«, krächze ich.

»So dumm! Ich hatte mir für die Arbeit ein Zweithandy zugelegt und gleich verloren, hier irgendwo auf der Etage, vor wenigen Wochen. Was für ein Blödsinn, mit mehreren Telefonen zu hantieren!« Schwester Susanne schüttelt den Kopf. »Dabei ist es alles andere als zeitgemäß, nur eine Festnetznummer zu haben, so wie die Angehörigen von Frau Silberstein. Die alte Nummer stimmt nicht mehr, die neue ist futsch. Sag ich doch: verhext.«
Mein Magen rumort, als wollte er dazu auch was sagen. »Einfach so verloren?«
»Oder ich habe das Handy irgendwo liegen gelassen, auf der Toilette vielleicht, wo auch immer. Ich weiß gar nicht, wieso ich dir das jetzt alles so genau erzähle. Versprichst du mir, es für dich zu behalten? Kein Wort zu Frau Silberstein deswegen und am besten auch zu sonst niemandem.«
»Alles klar.« Es klingt wie ein Röcheln, und Schwester Susanne schaut mich ein wenig besorgt an. »Bist du in Ordnung?«
Ich nicke so begeistert wie ich kann und flüchte zurück ins Zimmer, aber da geht's mir auch nicht besser. Ich habe keine Ahnung, wie und ob ich Frau Silberstein gleich noch weiter nach dem KZ fragen soll. Oder nach diesen Angehörigen. Aber kann ich jetzt, wo ich das alles weiß, auch gar nichts fragen? Ich stecke im Schlamassel!
Frau Silberstein will schlafen. »Geh nur und komm das nächste Mal etwas früher, falls Schwester Susanne da ist«, sagt sie. »Ich lasse mich nur von ihr für draußen einpacken. Die anderen sind mir zu ruppig. Und die Sonne muss scheinen.«
»Aber dann sind Sie ja sonst wie eingesperrt.«
»Wie eingesperrt.«
»Dabei waren Sie doch schon genug eingesperrt!«
»Ja, ich war genug eingesperrt.«

Frau Silberstein schließt die Augen und redet leise weiter: »Trotzdem birgt jede Situation im Leben auch etwas Gutes, du musst nur hinschauen, ganz genau hinschauen. Einer der Überlebenden beschrieb es so: Jedem Menschen, dem du begegnest, wohnt ein göttlicher Funke inne, auch wenn der Mensch noch so grausam erscheint. Das ist wie ein Gesetz. Und ich habe mir später gesagt, so wie es für den Menschen gilt, gilt es auch für die verschiedenen Situationen und Momente im Leben, also auch wenn man ganz allein ist. Es kommt nur darauf an, diesen Funken aufzuspüren. Er ist da. Immer und überall.« Sie streicht sich leicht zitternd mit der Hand über die Stirn. »Er ist da«, wiederholt sie.

Wer *mein* ganz besonderer Funke ist, das weiß ich, und wie ich ihn aufspüren kann, weiß ich nun auch: »Hoffen wir, dass in einer Woche die Sonne scheint und Schwester Susanne Zeit hat.«

»Ja, das hoffen wir«, steigt die Kratzstimme aus dem Bett auf. »Ich bin nun sehr müde.«

Draußen setze ich mich im Treppenhaus einen Moment auf die Stufen, muss erst einmal durchatmen. Faktencheck. Frau Silberstein war echt im KZ. Und ausgerechnet das Handy von Schwester Susanne habe ich eingesteckt, und lebenswichtige Daten für Frau Silberstein waren darin gespeichert. Mein Kopf ist schwer, als wäre das bleierne Gefühl von vorhin nun da drin.

Nach einer Weile stehe ich auf. Erst unten, als ich die Tür vom Treppenhaus aufdrücke, kann ich wieder denken: Wenn ich jetzt das Mädchen treffe …

Dann sehe ich sie. Sie steht am Empfang und dreht sich gerade weg, als wollte sie gehen, nein, sie geht schon und ist mit ein paar Schritten bereits an der Tür, ich sehe nur noch die langen Haare und dass sie toll aussieht und groß ist, alles passiert viel

zu schnell, die Tür geht auf, und sie ist draußen, sie ist megahübsch, sie ist weg.
Ich sterbe! Warum bin ich nicht früher von der Treppenstufe aufgestanden, nur eine Minute früher! Ich wäre am Empfang vorbeigegangen, hätte lässig »Hi« oder »Tschau« gesagt und hätte ihr die Tür aufgehalten. Jetzt aber kleben meine Beine auf dem Boden, und ich schaue und schaue auf die Tür und denke an Frau Silbersteins Ansprache von eben. Was soll daran bitte gut sein, dass ich sie haarscharf verpasst habe?
Meine Augen brennen schon, da fällt mir tatsächlich was ein: Immerhin habe ich das Mädchen gesehen, wieder an einem Dienstag, wieder um etwa dieselbe Zeit wie beim letzten Mal. Das heißt, wenn ich nächste Woche tatsächlich mit Frau Silberstein eine Runde drehen kann, treffe ich sie hier unten wieder, vielleicht zu 95 Prozent oder zu 99 Prozent sogar. Noch mal sieben Tage Zeit, um mir zu überlegen, was ich zu ihr sagen kann. Jetzt wäre mir ja doch nichts eingefallen.

Abends gibt es Kartoffelsalat mit Würstchen – vegetarischen Würstchen. »Eine neue Sorte«, sagt meine Mutter und schaut uns alle an. Ein paar Würstchen sehen grün aus wegen der Kräuter, klar, eine Sorte ist gelb und eine ist chilirot.
»Na ja«, sagt mein Vater kauend.
»Schmeckt wie Wurst«, sagt Omi und beäugt das grüne Stückchen auf der Gabel von allen Seiten.
Ich schmecke Rauch und Salz, und mit viel Senf kann man es gut essen. Ich nehme mir noch Kartoffelsalat.
»Jedenfalls geht es langsam um die Wurst. Omi und ich besichtigen in dieser Woche zwei Häuser, wo sie vielleicht wohnen könnte«, erzählt meine Mutter.

Den ganzen Monat, den Omi schon bei uns ist, legt sie sich nach der Tagesschau ins Bett, und morgens, wenn wir noch halb schlafend durch die Wohnung laufen, ist sie schon angezogen und gekämmt und hat Kaffee gekocht. Meine Eltern haben die alte Kaffeemaschine für sie aus dem Keller geholt, weil die neue Espressomaschine Omi mit ihrem Krach erschreckt und sie diese nicht bedienen kann.

»Wirst du ein Zimmer für dich alleine haben?«, frage ich Omi.

Sie sieht mich erstaunt an. »Natürlich.«

»Mit der Rente von Opa und dem Ersparten finden wir ein schönes Einzelzimmer, ganz bestimmt«, sagt meine Mutter und nimmt sich noch ein Würstchen. »Lecker, findet ihr nicht?«

»Ich möchte auf keinen Fall eine Zimmergenossin«, sagt Omi und legt ihre auseinandergefaltete Serviette wieder zusammen. »Daran könnte ich mich nur schwer gewöhnen.«

»Wir finden etwas Schönes für dich, bestimmt«, wiederholt meine Mutter, fast jeden Tag sagt sie das.

»Ich will nicht, dass ihr wegen mir Sorgen habt«, sagt Omi wie auch fast jeden Tag. Dann aber kommt was Neues: »Ich möchte auch nicht, dass irgendjemand, den ich nicht kenne, dazu gezwungen wird, mir vorzulesen.«

»Jetzt mal stopp! Lenny weiß schon, warum er das tut, und es kann so schlimm nicht sein.« Meine Mutter schaut mich an, alle schauen mich an.

Mein Vater nimmt seine Brille ab und reibt sich die Augen. Wenn die Brille wieder sitzt, wird er garantiert seinen Senf dazugeben.

»Von mir aus können wir ihn von den Schulden und den Lesestunden befreien, und er kann dafür lieber öfter bei Omi sein, wenn sie ein neues Zuhause gefunden hat.«

»Aha?« Meine Mutter schaut nun nicht mehr ganz so fröhlich in

die Runde. »Und warum sprichst du nicht erst mit mir darüber, bevor du das Lenny anbietest?«
»Mir ist das zu viel. Ich möchte gehen«, jammert Omi.
Jana, die ausnahmsweise mal nichts gesagt hat, steht mit auf, und meine Eltern sehen wortlos aneinander vorbei, bis die beiden rausgegangen sind.
Meine Mutter starrt in den Topf. Es sind wirklich eine Menge Würstchen übrig. »Ich gebe mir hier alle Mühe, den Kindern möglichst viel vom Leben beizubringen, während du wie ein Bekloppter arbeitest, und jetzt untergräbst du meine Absichten einfach mal eben so«, sagt sie.
»Ich untergrabe doch nichts!«, ruft mein Vater. »Ich habe lediglich spontan einen Gedanken geäußert, über den wir sehr wohl schon mal gesprochen haben. Und zufällig arbeite ich wie ein Bekloppter, damit wir es alle gut haben.« Er schüttelt den Kopf.
Meine Mutter steht auf. »Mach, was du für richtig hältst, mir reicht's für heute. Ich gehe noch mal an die Luft. Und, ach ja, bitte vergesst den Abwasch nicht. Tschüss!«
Die Tür schlägt zu.
»Puh, bin ich ins Fettnäpfchen getreten?«, fragt mein Vater.
Ich rolle auf dem Teller mein restliches Stückchen Wurst hin und her. Weiß gar nicht, wann ich das letzte Mal allein mit meinem Vater abends am Tisch gesessen habe.
Er sieht mich nachdenklich an. »Vielleicht könnten sie einen anderen Lesepaten finden, was meinst du?«
Ich zucke mit den Schultern.
»Wir besprechen das noch mal alle gemeinsam in Ruhe, willst du das?«, fragt er.
Ich höre auf, der Wurst eine Rollkur zu verpassen. Von jetzt an, wenn ich an dem Heim vorbeikomme, muss ich ja doch immer

zum Fenster von Frau Silberstein hinaufsehen. Vor allem dienstags würde ich zufällig dort vorbeilaufen … »Na ja. Ich weiß nicht«, sage ich.
Mein Vater sieht mich verblüfft an. »Wie?«
»Ist schon okay. Ich meine, irgendwie muss ich meine Schuld ja begleichen, oder?« Verdammt, klingt das vernünftig.
»Hm.« Mein Vater lehnt sich nach hinten und verschränkt die Arme. »Du willst dort gar nicht aufhören? Mama meinte, du würdest nie etwas erzählen, was deine Lesebesuche dort betrifft.« Er zuckt mit den Schultern und lächelt. »Aber wenn du nun freiwillig dorthin gehst, ist wohl doch etwas dran an ihren Erziehungsmaßnahmen.«
Zum Glück kann er mein innerliches Stöhnen nicht hören. Nun denkt auch noch mein Vater, ich wäre ein Mustersohn. Außerdem wundern sich Frau Silberstein und Schwester Susanne darüber, dass ich jetzt noch früher kommen will, um Frau Silberstein im Rollstuhl draußen herumzuschieben. »Aber in den Ferien möchte ich freihaben«, sage ich schnell, damit mir mein Heldentum nicht selbst noch zu viel wird. »Und jetzt will ich noch kurz zu Samuel, geht das?« Nach dem Heim habe ich ihn nicht erreicht, und erst vorhin hat er geantwortet, dass er nun zu Hause ist. Er scheint mit seiner Freundin schwer beschäftigt zu sein …
»Auch das geht. Ich räume die Küche allein auf, ich habe den Unfrieden ja schließlich gestiftet. Sag mal, hast du sonst noch etwas auf dem Herzen? Wir reden so selten unter uns Männern.«
Stimmt, aber im Moment reicht mir das auch. »Nee, ist alles klar.« Schon bin ich im Flur, habe meine Jacke an und renne raus, muss heute noch mit Samuel unter vier Augen reden. Hoffentlich ist es dafür noch nicht zu spät.

6

Meine Freunde haben mich heute komisch angesehen, als ich begeistert rief: »Mann, ist das geiles, schönes Wetter!«
»Wieso, was hast du denn vor? Willst du ins Freibad?«
Allgemeines Totlachen, und Pascal lachte mit. »Musst du heute nicht wieder Lesepate spielen?«, fragte er.
Ich habe meine weitere Euphorie für mich behalten. Schwester Susanne nimmt sich heute Zeit, passend zum Wetter. Nur mit dem Handy läuft alles schief. Wir sind jetzt mit dem Preis auf 100 Euro runter, und alle Daten, die vorher darin gespeichert waren, sind längst gelöscht. Das wird mit einem einzigen Griff gemacht, hat mir Samuel erklärt und wollte gar nicht wissen, warum ich »Verdammte Kacke noch mal!« geschrien habe. Er redet nur noch über diese Bekannte von diesem Handy-Typen, mit der er jetzt angeblich zusammen ist.
Draußen ist es sehr kalt. Aber der Himmel ist knallblau, und die Sonne strahlt, als wäre sie nur für mich dort oben hingehängt worden. Ich bin ein bisschen aufgeregt, pfeife eine Melodie, die mir gerade in den Sinn kommt. Plötzlich kriege ich doch noch gute Laune. Sogar der Bunker sieht heute ein bisschen freundlicher aus. Aber dann steht Ziegenbärtchen vor der Tür. Er raucht.
»Der Lesepate!«, grinst er mir entgegen, und es nervt mich schon wieder. So ein Spitzname wäre auf Dauer ja noch schö-

ner. »Warte, ich mach dir auf.« Er klemmt sich die Zigarette zwischen die Lippen, holt einen Schlüsselbund hervor und öffnet die Tür. »Du, sag mal …«, höre ich ihn hinter mir, als ich durch die Tür gehe. Da drehe ich mich schnell zu ihm um und frage: »Danke, und wer bist du? Ziegenbärtchen?« Ich glaube, er ist noch gar nicht so alt, vielleicht ein Student oder so, und sein Bart ist nun schwarz gefärbt.
Er schaut ein bisschen doof, die Tür fällt hinter mir zu, und er bleibt mit seinem Qualm draußen. Ich glaube, er ruft noch »He!«. Hoffentlich macht er mir deswegen keinen Stress. Hoffentlich hält er einfach mal die Klappe.
Die Stufen zu Zimmer 72 renne ich heute hinauf. Es ist halb drei und Besuch Nummer sechs. Ich klopfe und öffne gleichzeitig schon die Tür. Frau Silberstein sitzt aufrecht im Bett, ihr Kopf auf dem Kissen ist zur Seite gedreht. Ich bin ein bisschen atemlos, als ich vor ihr stehe und sage: »Hallo. Da bin ich.«
Sie blinzelt mich an, als ob sie mich erst jetzt bemerkt. »Du bist ja schon da.«
»War doch so ausgemacht. Es ist schönes Wetter. Ich dachte, wir ziehen los!«
Ihre Augen werden wach. »Wirklich?«
Ich fasse es nicht. Die ganze Woche ging mir dieser Nachmittag nicht aus dem Kopf, und Frau Silberstein hat's vergessen? Sogar im Hallenbad, wo ich total gern hingehe, habe ich immer nur an heute gedacht. Sonst, wenn ich im Wasser bin, denke ich an gar nichts, das ist ja das Tolle. Ich spüre nur meine Bewegungen, und die Welt um mich herum verschwindet, sogar meine Gedanken. Beim letzten Mal habe ich am Beckenrand ein Mädchen mit langen braunen Haaren und einem lilafarbenen Badeanzug gesehen und mir kurz eingebildet, *sie* wäre es. Das hat mich

sprichwörtlich aus der Bahn geworfen, und ich habe Wasser geschluckt und musste husten.

»Aber wir haben doch alles besprochen!« Ich bin so laut, dass Gerda davon aufwachen könnte.

Frau Silberstein nickt. Sie fasst neben sich auf den Tisch, da liegt so ein Ding, das aussieht wie ein großer Lichtschalter. »Damit kann ich klingeln«, sagt sie. »Ist neu, wegen Gerda, falls sie schnell Hilfe braucht. Aber wenn Schwester Susanne da ist, kann ich auch mal für mich drücken, ohne ausgeschimpft zu werden.«

Aber dann drückt sie doch nicht. »Eigentlich ist mir gar nicht so gut. Ich bin auch noch nicht frisiert. Es dauert, bis ich im Rollstuhl sitze. Ich halte vielleicht gar nicht lange durch. Ich weiß nicht.«

Ich sinke auf die Bettkante. Für den Fall, dass Frau Silberstein doch an extremer Vergesslichkeit leiden sollte, wiederhole ich es gern noch mal: »Es ist ein schöner Tag.«

Frau Silberstein sieht zum Fenster. »Ja, der Himmel ist blau.«

»Blauer wird er nicht.«

Da lächelt sie. »Du bringst mich aber gleich zurück, wenn mir nicht gut ist? Es ist nämlich bestimmt trotzdem sehr kalt.«

»Klar!«

Endlich drückt sie auf die Klingel und ich gehe zum Fenster, damit sie nicht bemerkt, wie aufgeregt ich bin. Ich will es kurz öffnen, rausschauen, vielleicht sehe ich das Mädchen unten ja schon, aber es lässt sich nur kippen.

»Ist auch wegen Gerda. Man kann es nicht mehr ganz aufmachen«, höre ich Frau Silberstein von hinten.

Die verrückte Zimmernachbarin. Sie liegt da, hat die Augen nur ein bisschen offen, und die beiden Schlitze sehen unheimlich aus. Kuh Paula liegt neben ihr.

Schwester Susanne kommt herein. »Hallo, ihr beiden! Es klappt also?« Am Bett streichelt sie Frau Silbersteins Wange. »Fühlen Sie sich bereit?«
»Aber wie versprochen auf alles achten«, sagt Frau Silberstein und ich weiß nicht, was sie damit meint. Schwester Susanne sieht mich an: »Hilfst du mit? Im Schrank findest du die Decken.«
Ich öffne den Schrank. Die Tür knarrt. Das Ding ist randvoll mit Jacken und Mänteln und Klamotten und Schachteln. Auf dem Boden liegen die Decken. Ich gehe in die Knie, es riecht ein bisschen muffig. Schnell wieder hoch. »Diese hier?«
Schwester Susanne nickt und hilft Frau Silberstein dabei, sich auf die Bettkante zu setzen. Ihre Beine stecken in einer grauen Stoffhose und baumeln herunter. Sie sehen dünn und lang aus. Ich glaube, Frau Silberstein ist ziemlich groß.
»Holst du mal den Rollstuhl?«
Der Rollstuhl. Nun wird es ernst. Er steht schon neben dem Schrank bereit. Schwester Susanne bürstet Frau Silbersteins Haar, ich höre das Geräusch dabei, so still ist es sonst im Zimmer.
»Brauchen Sie noch eine frische Windel?«, fragt Schwester Susanne.
Eine Windel? Nun wird es also noch ernster. Ich glaube, das ist jetzt der Moment, in dem ich Schiss vor meinem eigenen Mut bekomme. Frau Silberstein trägt eine Windel? Voll peinlich.
»Nein, ich glaube, das ist nicht nötig«, antwortet Frau Silberstein, als wäre alles ganz normal. »Später.«
»Gut. Weiter. Lennard, holst du bitte die anderen Sachen aus dem Schrank? Die linken Fächer gehören Frau Silberstein.«
Ich schlucke und nicke. Frau Silberstein trägt also eine Windel wie ein Kleinkind. Das ist krass, und in fremden Sachen wüh-

le ich auch nicht gern. Meine tolle Idee schwimmt mir davon. Ohne das Mädchen hätte ich wirklich nicht im Traum daran gedacht, mit Frau Silberstein rauszugehen, das weiß ich jetzt, nach der Nummer mit der Windel, ganz sicher.

»Darf Lennard beim Anziehen helfen?«, fragt Schwester Susanne. »Ich habe Sie gar nicht gefragt.«

»Aber ja«, sagt Frau Silberstein und schaut Schwester Susanne mit schräg gelegtem Kopf an. »Sie sind so lieb.«

Schwester Susanne drückt den Kopf von Frau Silberstein kurz an ihre Brust und lacht. Sie scheinen sich beide echt gernzuhaben.

»Noch meine andere Strickjacke«, sagt Frau Silberstein.

Ich helfe also beim Anziehen, stelle mich aber ein wenig doof an. Habe Angst, etwas falsch zu machen und Frau Silbersteins Arm zu verdrehen, der sich seltsam leicht anfühlt. Jedenfalls übernimmt Schwester Susanne schließlich auch ›meinen‹ Arm. Beim Mantel geht es einfacher, dann kommt die Decke in den Rollstuhl und Schwester Susanne greift Frau Silberstein unter die Schultern, setzt sie mit einer schwungvollen Bewegung hinein. Sieht gar nicht so schwer aus.

»Können Sie gar nicht mehr laufen?«, frage ich. Weil Frau Silberstein eben immer nur im Bett lag, habe ich darüber nie nachgedacht.

Sie schüttelt den Kopf. »Als ich hierherkam, hat mich die Kraft einfach verlassen. Es war, als ob jemand den Stecker rausgezogen hätte. Vielleicht weiß ich auch gar nicht mehr, wo meine Beine mich noch hintragen sollen. Elisabeth besuchen kann ich jedenfalls nicht mehr, und ihr geht es genauso. Sie hat aber das Glück, von ihrer Tochter zu Hause gepflegt zu werden.«

»Elisabeth?«

»Ja, meine Angehörigen, die letzten und einzigen, aus der Familie meines Mannes. Es war wie ein Wunder. Irgendwann, viele Jahre nach Kriegsende, meldete sich plötzlich eine Cousine von ihm, obwohl wir dachten, auch bei ihm wären alle tot. Elisabeth Schwarz!« Frau Silberstein schaut mich an. »Wir schreiben uns nicht oft, aber regelmäßig und fast immer abwechselnd, da kann nur der Tod dazwischenkommen. Es ist meine letzte Verbindung nach draußen, an der mein Herz noch hängt.«

»Elisabeth Schwarz«, wiederhole ich und mir wird klar, es ist genau diese Sache, von der Schwester Susanne erzählt hat. Der verlorene Kontakt. »Wie hat diese Elisabeth Sie – oder Ihren Mann – damals gefunden?«

Schwester Susanne runzelt die Stirn, ist von dem Thema nicht begeistert. Doch die Frage musste sein.

»Sie hat sich durchtelefoniert. Damals hatten ja noch nicht alle Menschen ein Telefon, und ...«

»... jetzt genießt ihr beiden lieber die Sonne draußen, als weiter hier herumzusitzen«, unterbricht Schwester Susanne.

Ich bin schon jetzt erleichtert. Eigentlich kann das doch nicht so schwer sein, jemanden zu finden, heute ist das doch noch viel einfacher als damals.

Eine weitere Decke kommt über Frau Silbersteins spitze Knie, über die Strümpfe noch mal dicke Socken und feste Hausschuhe, es folgen Schal, Mütze und Handschuhe. Alles dauert ewig, und mir wird schon heiß beim Zuschauen. Als wir fertig sind, gurtet Schwester Susanne Frau Silberstein noch fest und schiebt ein paar weiße Haarsträhnen aus ihrem Gesicht unter die Mütze. Dick eingemummelt erkenne ich Frau Silberstein kaum wieder. Wie ein blauäugiger, uralter Eskimo schaut sie uns aus ihrem faltigen Gesicht an. Und plötzlich so ernst.

Auf dem Flur läuft Schwester Susanne noch ein paar Meter mit uns mit, ich schiebe den Rollstuhl. »Siehst du, das ist ganz leicht«, sagt sie. In ihrem Kittel klingelt ein Telefon. »Viel Spaß!«, ruft sie uns noch hinterher.

Ich schiebe den Rollstuhl in den Aufzug, den ich bis jetzt noch nie benutzt habe. Beim ersten Mal war er außer Betrieb, und allein mit einem Irren will ich hier auch nicht unbedingt drinstecken. »So.« Mehr fällt mir im Moment nicht ein, die Türen gehen zu. Mir wird mulmig. Was, wenn draußen alles schiefgeht? Vielleicht komme ich mit dem Rollstuhl den Bordstein nicht hoch, oder Frau Silberstein macht in die Windel oder sonst was?

»Schwester Susanne ist wirklich wahnsinnig nett«, sage ich, um die Zeit in dieser Kabine rumzukriegen, die mit jedem Atemzug immer enger wird.

»Ja.« Mehr sagt Frau Silberstein nicht.

Mir wird noch mulmiger. Gleich kann ich also mit einer Rollstuhl-Mumie schweigend durch die Kälte rollern, und das Mädchen treffen wir womöglich auch nicht …

Ein dumpfes Signal, wir sind unten. Ich ziehe den Rollstuhl vorsichtig aus dem Fahrstuhl und stehe falsch herum. Nun also eine Wende machen, o Mann, gar nicht so einfach beim ersten Mal. Dann an Ziegenbärtchen vorbei. Wenn jetzt mal wegen vorhin kein blöder Kommentar zurückkommt. Nun ruft Frau Silberstein auch noch, als ich sie in größtmöglichem Abstand am Empfang vorbeischieben will: »Halt!«

Ziegenbärtchen steht von seinem Stuhl hinter dem Monitor auf, und Frau Silberstein winkt ihm zu. »Guten Tag! Geht es Ihnen gut?«

»Hallo!«, ruft Ziegenbärtchen zurück. »Sie gehen raus? Mit Ihrem Lesepaten?«

»Ja«, antwortet Frau Silberstein. »Woher wissen Sie davon? Wir haben uns doch schon länger nicht gesehen.«
»Oh, ich weiß hier unten so einiges«, kommt die schlaue Antwort zurück, und er streicht sich über seinen gefärbten Bart.
Frau Silberstein lacht, ist mit diesem Typen auf einmal lustig, und er lacht mit, lacht er über mich? Und was meint er mit diesem Spruch, er wüsste hier unten so einiges – über mich?
Die Eingangstür öffnet sich automatisch vor uns, und wir sind endlich draußen. »Wer soll das sein?« Ich bin irgendwie sauer.
»Ein sehr netter junger Mann. Kennst du ihn nicht? Er ist oft da und hat mich sogar schon mal … oh, ist das kalt!«
Wie nett dieser Typ sein soll, das will ich gar nicht wissen. Ab jetzt interessiert mich nur noch das Mädchen, doch von dem ist nichts zu sehen. Drüben auf der anderen Straßenseite scheint noch etwas Sonne, aber dort ist der Bordstein höher, und es klappt nicht gleich, Frau Silberstein in dem Ding da hochzukriegen.
»Dir fehlt ein bisschen Übung«, sagt sie, und es klingt fast so, als ob sie sich dabei amüsiert und sich mit Ziegenbärtchen verbündet hat und nun alles, was ich mache, lustig findet.
Auf dem Eckchen Sonne angekommen, brauche ich schon eine Pause und würde am liebsten von hier aus eine Weile den Eingang im Blick behalten. Von Frau Silberstein sehe ich von hinten nur die dicke Mütze und die Decke, unter der sie vergraben ist.
»Wir können los«, sagt die Mütze.
Also gut. Immer schön in der Restsonne bleiben. Nicht zu schnell, nicht zu langsam. Vorsicht mit den Bordsteinen. Beten für Windstille. Dunkles Laub liegt auf der Straße, kahle Zweige überall. Ich habe eiskalte Hände, meine Jacke ist auch viel zu dünn, aber als ich vorhin von zu Hause losging, war mir warm

vor Aufregung. Es vergehen keine zehn Minuten, da stehen wir an der Kreuzung, die entweder zum Heim zurückführt oder eben noch nicht. Ich beuge mich ein Stück hinunter. Zwischen Mütze und Schal schauen nur die blauen Eskimo-Augen und die spitze, rote Nase hervor.

»Geht es Ihnen gut?«, frage ich.

Sie nickt, und ich nehme die andere Straße. Schließlich habe ich das Mädchen die beiden Male zuvor auch erst ein paar Minuten vor vier Uhr gesehen, und logischerweise ist meine Chance am größten, wenn wir etwa um die gleiche Zeit zurückkommen.

Nun bin ich also selbst einer von denen, die ich bemitleidet habe, wenn ich hier entlanglief: Die Person im Rollstuhl tat mir immer leid, aber auch derjenige, der schieben musste. Jetzt kann ich mich selbst bemitleiden. Blöd auch, dass hier auf einmal der Gehweg so holprig wird. Frau Silbersteins Kopf fliegt hin und her, als wäre er nicht richtig festgewachsen.

Wir gehen um den Block, und als wir wieder an der Kreuzung sind, ist es erst kurz nach halb vier. Vielleicht noch eben durch die Straße laufen, in der Pascal wohnt, nur ein klitzekleiner Umweg.

»Aber du musst vorsichtig sein. Ist auch so holprig dort.«

»Klar, keine Angst.«

In Pascals Straße kommt uns ein eisiger Windstoß entgegen. Frau Silbersteins Haare, die unter der Mütze hervorschauen, stehen einen Moment senkrecht zu allen Seiten weg. Schon von Weitem sehe ich Pascal auf seinem Fahrrad, tolles Timing. Er schaut mir und Frau Silberstein entgegen, als säßen wir in einem Ufo im Landeanflug.

»Was machst *du* denn hier!«, ruft er mir zu und glotzt das dick eingepackte Etwas, das ich ihm da vorstelle, an. Plötzlich muss

ich lachen. Ich beuge mich zu Frau Silberstein runter und sage nah an ihrem Ohr: »Das ist ein Freund von mir, Pascal.« Und ganz leise flüstere ich noch, ich weiß nicht warum, aber ich tue es: »Der war auch dabei.«
»Wo dabei?«, flüstert sie zurück, wie eine Komplizin eben, und über diesen Gedanken muss ich noch mehr lachen und bringe gerade so hervor: »Wir drehen eine Runde.«
Ich kann fast sehen, was Pascal denkt: Was ist denn mit dem los und was flüstern die beiden da, warum lacht der so doof und wieso drehen die eine Runde?
»Also dann«, sage ich. »Langsam müssen wir zurück ins Warme.«
»Ja, dann«, sagt er und kratzt sich am Kopf. Greift nach seinem Fahrradschloss, lässt es dann aber wieder los und sagt ganz komisch, als würde ich spinnen, als würde das Heim, in dem die verrückten Alten wohnen, auch mich irre machen: »Also, äh, kannst nachher noch kurz vorbeikommen, wenn du Bock hast. Ich bin da.«
Wir gehen weiter, und ich spüre Pascals Blick im Rücken. Kaum bin ich um die Ecke, bemerke ich Frau Silbersteins Zucken. Sie bebt und zittert unter der Decke, und plötzlich neigt sie sich zur Seite, kippt fast aus dem Stuhl. Ich fasse sie bei den Schultern und frage erschrocken: »Kann ich Ihnen helfen?«
»Nein«, flüstert sie und zittert immer mehr.
Ich bekomme Panik. Bricht sie mir hier etwa zusammen? »Wir sind gleich da! Da hinten ist schon der Bunker, äh … das Heim. Schaffen Sie das? Sie fallen ja gleich raus!«
Ich schiebe, so schnell ich kann, fast fahre ich einen Mann um, der aus einer Haustür kommt. Echt, wenn mir jemand vor ein paar Wochen gesagt hätte, dass ich hier mit einem Rollstuhl ent-

langrennen würde, hätte ich ihn für geisteskrank erklärt. Erst kurz vor dem Ziel werde ich langsamer, bin völlig außer Atem, bestimmt habe ich einen roten Kopf, den bekomme ich leider schnell, wenn ich mich sehr anstrenge. Nur noch ein paar Meter, und auf einmal kriege ich keine Luft mehr und fange selbst fast an zu zittern, genau wie Frau Silberstein. Lange braune Haare, große Augen. Das Mega-Mädchen! Sie kommt mir aus dem Tunnel entgegen. Da ist sie jetzt, genau wie ich es mir ausgerechnet habe – aber nicht so, wie ich es mir gedacht habe. Ich fühle mich voll daneben.

Sie schiebt eine Oma vor sich her, deren Gesicht halb hinter einem Mantelkragen versteckt ist. Gleich, in zwei Sekunden, gehen wir aneinander vorbei.

Ich bleibe stehen, als wäre da ein Stoppschild. Mein Traumgirl trägt eine blaue Mütze und einen hellblauen Anorak, und sie hat genau die dunkelbraunen Augen, an die ich die ganze Zeit gedacht habe. Sie ist geschminkt. Ihre Handschuhe sind auch blau. Ihre Lippen sind rosarot. Sie ist ganz nah, und wir sehen uns an. Was soll ich denn jetzt sagen?

Da lacht die Frau hinter dem Mantelkragen und ruft: »Frau Silberstein, hallo! Auch mal wieder draußen?«

»Hallo, Frau Wissmann, ja, ausnahmsweise«, antwortet der Deckenberg vor mir. Zum Glück sitzt Frau Silberstein wieder einigermaßen gerade.

Das Mädchen bleibt auch stehen.

»Ganz schön kalt, was?«, fragt der Mantelkragen und dampft dabei, und Frau Silberstein vor mir dampft auch und sagt: »Ganz schön kalt.«

Das Mädchen lächelt mich und Frau Silberstein an. »Hi«, sagt sie.

Jetzt müsste irgendjemand hier was Sinnvolles sagen, aber mein Mund lächelt nur verkrampft zurück.
»Wir haben es leider eilig.« Das war noch mal der Mantelkragen, und ich schaue dem Mädchen nach, schaue auf ihre Beine in den engen Jeans, die davongehen. Immerhin hat sie mich angelächelt, sie hat sogar zuerst gelächelt!
Drinnen grinst uns Ziegenbärtchen entgegen. Ziegenbärtchen, der hier alles weiß, kennt bestimmt auch das Mädchen. Aber ihn kann ich unmöglich nach ihr fragen. Meine Hände fangen an zu prickeln, Frau Silberstein niest, der ganze Rollstuhl wackelt mit, und im selben Augenblick wird mir klar, wie es weitergehen kann, wie es weitergehen muss: Frau Silberstein kann mir helfen, natürlich! Sie hat doch diese Frau Wissmann gegrüßt, und vielleicht kennt sie also auch das Mädchen und kann mir etwas über sie sagen, wo sie wohnt, was sie hier macht, in welche Schule sie geht oder wenigstens nur eine Sache davon. Noch nie hatte ich es so eilig, in Zimmer 72 anzukommen.
Oben zittert Frau Silberstein immer noch. Schwester Susanne streicht ihr übers Haar. Wir schälen Frau Silberstein aus dem Rollstuhl und sie will die Augen dabei nicht aufmachen. Schwester Susanne legt sie aufs Bett, und dort seufzt sie auf.
»Lennard, es ist kurz vor vier. Ich ziehe sie allein aus«, sagt Schwester Susanne und ich glaube, ich bin im falschen Film. Jetzt will ich mal nicht gehen, jetzt soll ich aber gehen.
»Nicht ausziehen«, flüstert Frau Silberstein. »Mir ist kalt. Sehr kalt.« Sie schaut an die Decke und ihre Augen werden ganz groß. »Es war für mich oft das Schlimmste. Die Kälte. Die Kälte und der quälende Durst. Wir hatten kein sauberes Wasser, und im Winter war der ganze Dreck gefroren, und überall Schlamm, eisiger Schlamm. Wir hatten nichts zum Anziehen. Ich hatte

keine Jacke. Überall Dreck, dreckiger Schnee, und Asche. Ich brauche eine neue Windel.« Frau Silbersteins Körper zuckt von oben bis unten zusammen.
Schwester Susanne streicht über ihren Kopf. »Du weißt?«, fragt sie mich leise, und ich weiß nicht ob ich weiß. So richtig haben wir darüber ja nicht geredet. Aber ich weiß genug, um irgendwelche schrecklichen Bilder und Gedanken im Kopf zu haben. Eisiger Winter. Nichts Warmes zum Anziehen. Wahrscheinlich hatte nicht einmal jeder eine Decke. Wie überlebt man da einen Tag wie heute, selbst wenn die Sonne scheint? Wie eine Nacht? Wie ein Jahr? Und trotzdem, fast komme ich mir vor wie ein Schwerverbrecher, will ich jetzt nicht darüber, sondern über das Mädchen reden! Bitte, flehe ich innerlich. »Ich könnte noch bleiben«, höre ich mich sagen.
»Das ist toll von dir«, sagt Schwester Susanne, und zu Frau Silberstein: »Soll er noch bleiben? Möchten Sie ein bisschen was erzählen?«
Mist, Mist, Mist, dann ist es vielleicht doch besser, dass Frau Silberstein ein leises »Nein« von sich gibt, denn das bringe ich gerade nicht: so zu tun, als würde ich *jetzt* über *das* reden wollen. Frau Silberstein streckt ihre Hand nach mir aus, sie ist eiskalt, meine auch. Wir frieren aneinander fest.
»Es tut mir leid, das mit dem KZ«, sage ich, irgendetwas muss ich ja dazu sagen.
»Vereinzelt gab es Engel«, sagt Frau Silberstein und lächelt ein wenig. »So wie Schwester Susanne hier der Engel ist.«
»Nein!«, ruft Schwester Susanne. »Bitte vergleichen Sie mich nicht, nicht damit. Ich mache hier nur meine Arbeit.«
»Aber Sie machen Ihre Arbeit gern«, sagt Frau Silberstein. »Und Sie sind dabei ein Mensch. Andere haben das einfach vergessen.

Nicht nur das. Damals haben fast alle gesagt, ich mache meine Arbeit. Quälen, schlagen, brüllen, foltern, töten.«
Ich habe immer noch die kalten Finger von Frau Silberstein in der Hand. Sie drückt schwach zu, ich lasse los, und sie schaut wieder an die Decke. »Aber es gibt immer eine Wahl, nämlich das Wie, wie etwas gemacht wird. Warum musste das Mädchen, damals kaum älter als ich, im Lager auf der Erde hocken und zwei Ziegelsteine mit den schrecklich dürren Armen in die Luft halten, stundenlang? Warum mussten wir wie Vieh zusammengepfercht im Waggon fahren, ohne Luft und Licht, ohne eine Möglichkeit, um uns zu erleichtern? Eine unermessliche Quälerei.«
Schwester Susanne sagt nichts, und ich will schon fragen: Warum musste das andere Mädchen auf dem Boden hocken und Ziegelsteine hochhalten? Da sagt Frau Silberstein: »Ja, das ist ein hübsches Mädchen.«
»War sie das?« Ich bin immer noch bei dem Mädchen im KZ.
»Draußen. Eben. Lea. Mit Frau Wissmann. Lea ohne ›h‹.«
Im Bett nebenan dreht sich Gerda auf den Rücken und stöhnt.
»Oje, jetzt passiert alles auf einmal. Ich glaube, wir müssen uns mit der Windel beeilen«, sagt Schwester Susanne, Wink mit dem Zaunpfahl, ich sollte jetzt wohl besser gehen. Gerda fängt an zu wimmern, definitiv kann ich hier nicht länger herumstehen, dabei würde ich am liebsten einen Luftsprung machen, denn Frau Silberstein kennt sie tatsächlich. Lea. Ohne ›h‹. Es ist ein Anfang.
»Lennard?« Schwester Susanne nickt mir freundlich zu.
Ich schnappe mir meine Jacke, an der Tür drehe ich mich noch mal um. »Beim nächsten Sonnenschein wieder?«, frage ich, denn ich will das unbedingt. Und dann ohne roten Kopf das Mädchen treffen.

»Sobald es wieder geht, sage ich es dir, versprochen«, antwortet Frau Silberstein, und kaum bin ich raus, kann ich mich nicht entscheiden, ob ich mich in ein Honigkuchenpferd verwandeln soll, weil ich schon mal den Namen weiß, oder ob ich geschockt davon bin, was Frau Silberstein eben sonst noch von sich gegeben hat ...

»Versprochen«, hatte sie gesagt, und es klang so, als wüsste sie genau, dass sie *mir* einen Gefallen tut und nicht umgekehrt. Da siegt das Honigkuchenpferd.

Draußen vor der Tür ist von einem hellblauen Anorak nichts zu sehen, und es dämmert schon, als ich bei Pascal ankomme. Die Wohnung seiner Eltern ist klein, sein Zimmer ist ein Schuhkarton, noch kleiner als unser Rumpelraum, und seine Schwester bewohnt ebenso einen Schuhkarton. Sein Vater hat eine Werkstatt für Metallarbeiten und solche Sachen, die aber nicht richtig läuft, das hat er mir selbst mal erzählt, da saß er in der Küche vor seinem Bier und hat so lange auf mich eingeredet, bis Pascal mich holen kam.

Wir sitzen auf seinem Bett, mit dem Rücken an die Wand gelehnt, und ich bin ziemlich happy wegen Lea. Seit heute finde ich meine Sozialstunden nicht mehr schlimm. Als Erstes brauche ich Leas Nummer ...

»Mal so 'ne Alte um den Block schieben ist doch easy, oder? Ich muss stattdessen am Wochenende jetzt immer früh raus, Werkstatt saubermachen und so eine Kacke. Aber solltest du nicht eigentlich vorlesen?«, fragt Pascal.

»Mache ich ja auch. Aus *Tschick.*« Pascal hat kaum Bücher im Zimmer, dafür ein paar Hanteln, große und kleine. Er stemmt jetzt zu Hause Gewichte. »Das ist eine coole Geschichte. Und

Frau Silberstein schiebe ich deswegen um den Block, damit ich jemanden ganz zufällig treffe: Lea. Die kommt auch immer in das Heim.« Jetzt ist es mal raus, und wir reden sowieso öfter über Mädchen.
Er grinst. »Ach so? Ich dachte schon, du wirst jetzt richtig sozial und willst mal Altenpfleger werden oder so.« Er lacht, ich nicht. Wenn ich jetzt erzähle, dass ich mich nicht getraut habe, Lea überhaupt anzusprechen, bin ich wirklich eine Lachnummer. Lieber doch über was anderes reden …
»Ich habe da noch ein anderes kleines Problem«, sage ich. »Was meinst du, wie schwierig es ist, eine bestimmte Person zu finden?«
»Was soll das denn? Schau doch mal im Internet.« Pascal grinst. »Deine Lea?«
Ich schüttle den Kopf.
»Wo wohnt diese Person denn?«, fragt Pascal.
»Das will ich ja rausfinden.«
»Hä? Die Stadt meine ich!«
»Muss ich rausfinden.«
Pascal verdreht die Augen. »Und wie heißt die Person?«
»Elisabeth Schwarz. Aber die ist eher nicht bei Facebook und Instagram und so. Ich glaube, sie hat nicht mal ein Handy.«
»Ich habe eine Idee.« Pascal tippt irgendwas auf dem Handy rum und sagt nach einer kleinen Weile: »Na ja, den Vor- und Nachnamen gibt's im Telefonbuch über hundert Mal.«
»Telefonbuch?«
»Digitales Telefonbuch.«
»Ach so, ja. Ich brauche die Festnetznummer. Es ist eine Verwandte von Frau Silberstein. Eine alte, wahrscheinlich sehr alte Oma. Sie ist kürzlich umgezogen.«

»Und wohnt allein?«
»Nee, mit ihrer Tochter.«
»Da hilft wahrscheinlich eher der Name der Tochter, wenn die so alt ist. Wie heißt die denn?«
Fast werde ich sauer auf Pascal, der so klug tut und vielleicht auch noch richtigliegt. Digitales Telefonbuch, darauf wäre ich nicht gekommen. Ich rufe es auf und gebe ›Schwarz‹ ein. Dann scrolle ich. Und scrolle und scrolle … »O Mann. Wie oft gibt es den Nachnamen eigentlich?«
Ich kann nicht entdecken, ob es irgendwo steht, aber Pascal sagt: »Warte mal … hier. Ich kann es nachschauen. Fast dreißigtausend Mal in Deutschland.«
»Quatsch!«
»Dann mal viel Spaß«, sagt er. »Warum willst du die überhaupt finden?«
Ich scrolle immer noch. »Ein Gefallen für Frau Silberstein. Aber es ist ein geheimer Gefallen, sie darf nichts von dem Gespräch hier wissen, klar?« Die Nummern fliegen vor meinen Augen vorbei. »Es hat mit dem Handy zu tun, das Samuel für mich verkaufen will. Da war ein Kontakt drin, den ich wiederfinden muss, aber es ist alles schon gelöscht.« So genau hatte ich das nicht mal Samuel erklärt.
Pascal lacht auf. »Er hat das Ding immer noch nicht los?«
»Mann, das ist mir gerade echt egal! Die Information im Telefon war wichtig!«
»Ist ja gut.« Jetzt sieht mein Freund mich wieder an, als würde ich spinnen. Wie vorhin auf der Straße.
»Frau Silberstein war im KZ.« Auch das will ich endlich mal jemandem erzählen. »Heftig, oder?«
»Was?«

»Sie war im Konzentrationslager, früher, im Krieg.«
»So wie die ganzen Juden?«
»Ja, ich glaube schon.«
Pascal schaut mich an und boxt mir von der Seite in die Schulter. »Krass.«
»Sage aber auch das niemandem, ja?« Ich boxe zurück. »Ist vielleicht noch ein Geheimnis, was ich da erfahren habe. Ich glaube, sie redet da nicht so gerne drüber.«
»Ja, klar. Aber erzähl mir lieber was von deiner Lea. Wie sieht sie aus?«
Ich schaue auf eine Stelle an der Wand. Dort hat Pascal mal was hingekritzelt, das steht da, seit ich denken kann, rote ineinander verschlungene Buchstaben, und er hat nie verraten, was das heißen soll. »Sie ist übelst hübsch«, antworte ich.
Er lacht, und weil ich sonst nichts weiter erzählen kann, sage ich: »Ich finde das echt heftig mit dem KZ.«
Er boxt noch mal gegen meine Schulter, es tut schon fast weh. »Sage ich doch: richtig sozial.«

7

Draußen mischen sich Schnee und Regen, und ich brauche nicht zu fragen, ob Frau Silberstein zufällig Lust hat, mit mir rauszugehen. Ich meine, ob ich mit ihr rausgehen soll, so herum müsste ich es einigermaßen intelligent anstellen. Ich ziehe den Stuhl an ihr Bett und sage: »Na?« Sie ist allein im Zimmer.

»Na?« Frau Silbersteins Gesicht ist heute weiß wie eine Wand und irgendwie eckig, das ist mir bisher noch gar nicht so aufgefallen. Beim Reinkommen dachte ich für einen kurzen Moment: Da liegt ein Totenkopf.

»Lesen?«, frage ich.

»Lesen«, sagt sie und greift nach ihrem zweiten Kissen. »So weit sind wir noch nicht, und die Zeit vergeht schnell. Aber mit jeder Seite, die du mir vorliest, erfahre ich ein bisschen was von der Welt da draußen.«

Hoffentlich vergeht die Zeit nicht zu schnell, schießt es mir ganz im Gegensatz zu den ersten Malen, als ich hierherkam, durch den Kopf. Denn wenn meine ›Strategie‹, die ich nicht habe, weiter so vor sich hin dümpelt, könnte es ewig dauern, bis mit Lea mal was läuft, ich weiß ja nicht mal, ob sie sich überhaupt an mich erinnert. Frau Silberstein sofort nach ihr zu fragen, das geht irgendwie nicht. Und überhaupt gar niemand muss wissen, dass ich in jeder Sekunde nur noch an Lea denke. »Wo waren wir?« Mal sehen, ob Frau Silberstein es noch weiß.

»Kapitel vier, jetzt kommt fünf«, antwortet sie brav, als wäre ich ein Lehrer. Ich muss kurz lachen und schlage das Buch auf. Es liegt wirklich noch eine Menge vor uns, und Freikaufen steht kaum mehr zur Debatte. Doch erst habe ich eine ganz unauffällige Frage: »Diese Elisabeth, diese Cousine, wo wohnt die eigentlich?«

Frau Silberstein schaut mich mit plötzlich großen Augen an. »Wo?« Sie starrt in die Luft. »Nanu, warum habe ich den Namen nicht parat?«

»Große Stadt? Kleine Stadt?« Mit etwas Hilfestellung wird es ihr ja wohl wieder einfallen …

»Nein, keine große Stadt. Sie sind erst vor einigen Wochen in einen anderen Ort umgezogen. Nach der Scheidung. Ihre Tochter, sie heißt Mirjam, kümmert sich sehr gut um sie.« Frau Silberstein starrt durch mich hindurch. »Wieso fällt es mir nicht ein?«, fragt sie die Luft hinter mir. »Schwester Susanne hat es aber notiert. Ich kann zwar manchmal noch ein bisschen lesen, aber schreiben – nein. Ich kann mein Gekrakel nicht mehr entziffern.«

Während Frau Silberstein überlegt und überlegt, bekomme ich übers Handy raus, dass diese Tochter etwa zehnmal schneller zu finden ist als Elisabeth. Wenn sie angeblich kein Handy hat, dann ja wohl einen Festnetzanschluss, sonst könnte sie auch in eine Höhle ziehen. »Geht doch«, sage ich, und Frau Silberstein guckt nicht mehr in die Luft, sondern auf das Handy in meiner Hand. Ich stecke es weg. »Sorry. War, ähm, geschäftlich.«

Ich tue so, als ob mich nur noch das Buch interessiert, und jetzt geht es darum, warum Maik, der Held, keine echten Freunde hat, und er erklärt es sich damit, dass er eben ein Langweiler ist. Das hübscheste Mädchen aus der Klasse, in das er verknallt ist, beachtet Maik überhaupt nicht, doch im Gegensatz zu meiner Situation ist es das Paradies! Jeden Tag darf er seine Tatjana in der Schule sehen, praktisch jederzeit kann er mit ihr reden oder sie mal zufällig berühren. Beim ersten Mal, als ich das Buch las, tat Maik mir fast leid. Blödsinn! Ich hingegen kann mich draußen bei Schneeregen auf die Lauer legen und mir einen klugen Spruch einfallen lassen. Vielleicht: »Mein Arzt hat mir möglichst viel frische Luft verordnet« oder »Ich warte hier auf den Bus«. Na ja. Oder ich interviewe gleich Frau Silberstein …

Nach einer Weile muss ich Pause machen, lasse das Buch kurz sinken, und Frau Silberstein fragt: »Weißt du, was ich weiß?«

»Nö.« Frau Silberstein mag es anscheinend, mir rätselhafte Fragen zu stellen.

»Ich habe mit Frau Wissmann gesprochen, habe sie im Kaffeesaal getroffen.«

»Kaffeesaal. Aha.«

»Schwester Susanne hat mich vor drei Tagen mal wieder runtergebracht. Wenn sie mich begleitet, mag ich es.«

Mein Herz schlägt schneller. Ich frage jetzt nicht, wie es war, will nicht wissen, welchen Kuchen es gab, ich will nur eines: Frau Silberstein soll mir sofort alles über das Mädchen sagen!

»Frau Wissmann?« Ich stelle mich doof, weil ich sonst vor Aufregung gleich vom Stuhl kippe. Wieder ist es so ein Moment, in dem meine Stimme erst nach oben und dann nach unten ausbricht, Stimmbruch eben. Ich räuspere mich.

»Frau Wissmann, die wir mit Lea getroffen haben. Letzte Woche.«

»Lea.«

»Das Mädchen heißt Lea, habe ich dir das nicht schon gesagt? Sie ist die Großnichte von Frau Wissmann.«

»Großnichte.« Wie ein Idiot wiederhole ich die Wörter, die ich höre, weil mir keine eigenen einfallen.
»Weißt du nicht, was eine Großnichte ist?«
In meinem Gehirn ist ein Knoten. Trotzdem ist mir eines klar: Ich werde nicht so sein wie Maik. Ich werde nicht Tausende von Möglichkeiten einfach so dahingehen lassen, wenn ich weiß, wann und wo und wie ich Lea treffen und mit ihr reden kann.
»Die Tochter eines Neffen oder einer Nichte ist die Großnichte«, sagt Frau Silberstein.
»Haben Sie auch eine Großnichte?«, frage ich ziemlich planlos. Will ja nicht immer wie ein Kranker ständig einzelne Wörter wiederholen.
»Nein. Niemand, das weißt du doch. Keine Schwester, nicht mehr. Keinen Bruder. Also auch keine Nichten, Neffen und auch sonst nichts. Meine Familie ist ausgelöscht worden. Ganz und gar.«
Ich beiße mir auf die Zunge, es tut höllisch weh. Hätte ich nicht eine andere Frage stellen können? Irgendwann, ja irgendwann möchte ich wirklich mehr wissen über das KZ, über Frau Silbersteins Familie. Aber jetzt ist Lea dran! Und als ob Frau Silberstein wieder meine Gedanken lesen kann, erzählt sie an der richtigen Stelle weiter: »Also, Folgendes weiß ich: Lea ist wie du in der neunten Klasse, und sie besucht ihre Großtante jeden zweiten Dienstag. Sie ist Frau Wissmanns Sonnenschein. Ich kenne beide schon länger. Früher kam sie mit ihrer Mutter, und wir saßen hin und wieder im Kaffeesaal an einem Tisch. Lea ist groß geworden. Und hübsch.«
»Sonnenschein.« Wenn sie nur jeden zweiten Dienstag hier ist, dann heute also nicht …
»Ja, wenn die Sonne scheint, bei der nächsten Gelegenheit, gehen wir raus«, sagt Frau Silberstein.

Wann denn, möchte ich laut rufen, und was soll das bringen, wenn wir beide um den Block laufen und ich die Großnichte immer nur von hinten sehe? Ich brauche eine Strategie!
»Wir alle vier gemeinsam. Ich und du, Lea und Frau Wissmann.«
Die Worte bleiben mir im Hals stecken. Wir vier …?
»Dachte ich mir so.«
»Dachten Sie sich so.«
Sie lacht ihr Hexenlachen. »Hast du Lust?«
Reiß dich zusammen, Mann! »Ja, Lust. Ich finde das … toll. Ich finde … es gut, wenn Sie auch mal andere Gesellschaft haben.«
»Ich?«
»Sie?«
»Ach, lass nur. Ich habe das eingefädelt, ich glaube, ich wollte das so. Einverstanden?« Sie zwinkert mir zu, und es sieht verschwörerisch aus, vielleicht, weil ihr Gesicht so alt und faltig ist und mir sonst alte Menschen nie so zuzwinkern. »Jetzt Kapitel sechs, und ein bisschen langsamer bitte. Bekommt denn der Held am Ende seine Tatjana? Ich mag Geschichten, die gut ausgehen.«
Ich starre auf das Buch. Vor Augen jedoch habe ich nur das Bild, wie ich neben Lea die Straße entlanglaufe …
»Lennard?«
Ich zwinge das Bild von Lea weg und mich zu einer Antwort auf Frau Silbersteins Frage: »Das darf ich doch nicht verraten. Aber ich glaube, Maik lässt viel zu viel unversucht.« Endlich kann ich wieder normal sprechen. »Wann ist denn die nächste Gelegenheit?«
»Da musst du das Wetter fragen.«
Fragen? Ich werde beten, jeden Abend, jede Nacht! Meine Hand zuckt schon, um auf dem Handy nachzusehen. Aber ich lese wei-

ter. Irgendwann sagt Frau Silberstein: »Die Geschichte gefällt mir immer besser.«
Und mir gefällt Frau Silberstein immer besser. Die alte Frau hat für mich eine Strategie gestrickt! Ich im Gegenzug muss auf jeden Fall herausfinden, wo ihre Elisabeth wohnt. »Ich wünschte, unsere Omi wäre ein bisschen so wie Sie«, sage ich.
»Wieso? Was ist mit deiner Großmutter?«
»Weiß nicht. Sie ist fast immer traurig. Sie freut sich nie, über gar nichts. Und Sie freuen sich sogar über einen Butterkeks.«
»Bis an mein Lebensende.«
»Dabei sind Sie ganz allein. Und dann noch das KZ.« Jetzt muss ich das irgendwie mal so sagen.
»Du willst davon wissen?«, fragt sie.
Ich klappe das Buch zu und nicke.
»Es ist und bleibt unbeschreiblich«, sagt Frau Silberstein mit ihrer allerdunkelsten Stimme. »Meine Schwester und meine Mutter mussten gleich ins Gas, mein Vater später. Vielleicht ist er auch anders gestorben. Nur ich habe von allen, die ich kannte, überlebt. Nur ich. Über zwei Jahre musste ich das durchstehen. An vieles habe ich lange nicht mehr gedacht. Jetzt aber, wo ich weiß, dass ich …«
Sie hört mitten im Satz auf, und ich frage: »Ja?«
»… dass ich … ach, ich meine nur, jetzt erinnere ich mich plötzlich wieder daran.«
Ich spüre mein Herz im Hals schlagen. Es ist so anders, das in echt zu hören, so anders, als in einem Geschichtsbuch zu blättern. Das Geschichtsbuch! Jetzt fällt mir ein, wie Frau Silberstein so seltsam wurde, nachdem sie darin gelesen hatte. »Haben Sie darüber in meinem Schulbuch gelesen?«
Sie schaut wieder zu mir. »Du bist sehr aufmerksam. Ja, in dei-

nem Buch habe ich ein Foto gesehen vom meinem Lager.« Sie schüttelt den Kopf. »Mein Lager, warum sage ich das so? Die Vergangenheit war ein anderes Leben, ein früheres Leben, ein fremdes Leben. Aber nun geht meine Zeit zu Ende, und die Bilder kommen zurück.« Sie dreht den Kopf weg.
Welches Lager meint sie? Was haben die Nazis mit ihr gemacht? Aber ich bekomme nur heraus: »Das tut mir leid.« Da ist wieder diese tonnenstarke Schwere, die sich auf mich legt, und ich will uns beide ganz schnell aufheitern: »Wir lesen das Buch zu Ende, das wird noch witzig. Und wir gehen raus, das wird toll.«
Vor der Tür ist das schon vertraute Geklapper zu hören. Frau Silberstein greift zu ihrer Bürste, sie macht sich wohl für ihre Tasse Kaffee und die Kekse schön – sonst hat sie ja niemanden.
»Manchmal muss man einfach beschließen, glücklich zu sein«, sagt sie. »Ich musste das später jedenfalls tun, von allein wäre es nicht passiert. Und wegen deiner Großmutter: Alles lebt irgendwie in uns fort, über die Generationen hinweg.«
»Weil ich ein Kriegsurenkel bin«, fällt mir dazu ein.
Die Schwester mit den roten Locken, die hier schon mal so hektisch war, kommt herein. »Hallo«, sagt sie und stellt die Kekse und die Tasse Kaffee an Frau Silbersteins Bett. Ein bisschen was schwappt über.
»Schwester!«, ruft ihr Frau Silberstein hinterher, und die Schwester blickt über die Schulter hinweg noch mal kurz herüber.
»Können Sie bitte gleich nochmals vorbeischauen?«, fragt Frau Silberstein.
»Hier warten gerade noch einige andere auf ihren Kaffee. Was ist denn los?« Sie schaut so, als wäre sie aufgefordert worden, aufs Dach zu steigen und von dort herunterzuspringen. »Ich tue, was ich kann.« Dann ist sie weg.

Frau Silberstein sieht auf einmal so aus, als wäre sie in ihrem Bett ganz klein geworden. Sie lässt den Kopf hängen. »Habe gar keinen Appetit, wenn die so unfreundlich sind.«
»Shit«, sage ich. »Die war wirklich nicht nett. Sind die anderen auch so?« Ich halte ihr den Kaffee hin. »Hier.«
Sie schüttelt den Kopf. Ich stelle die Tasse wieder zurück und es ist so ein Moment, wo ich am liebsten einfach abhauen würde. Das alles hier geht mich doch gar nichts an …
»Ohne Schwester Susanne wäre ich hier sehr einsam. Es gibt keine Worte dafür, wie einsam ich nach dem Krieg war. Später gab es wunderbare Dinge und Menschen in meinem Leben. Du darfst nie alles in einen Topf werfen, hörst du?«
Ich kann nur mit den Schultern zucken.
»Wenn du verzweifelt bist, schau genau hin. Im selben Moment gibt es trotzdem auch Schönes in deinem Leben, ganz bestimmt. Das ist es wert, dass man es sieht.«
»Hm«, mache ich.
»Ich bin heute sehr, sehr müde«, sagt sie. »Leider ist mein Engel heute nicht da.« Frau Silberstein schließt die Augen, und der Kaffee wird kalt.
Ich sitze noch kurz herum, dann stehe ich auf und sage: »Dann geh ich mal.« Im selben Augenblick entdecke ich das Paket Windeln unter dem Bett. ›Seniorenwindel XXL‹ steht da drauf. Auf einmal ahne ich, was Frau Silberstein von der Schwester wollte.
Draußen laufe ich Richtung Schwesternzimmer. Ich schaue in die offenen Türen, in den Zimmern stehen überall zwei Betten, manche leer, manche belegt, und einige Bewohner sind vielleicht auch im Kaffeesaal oder an der frischen Luft oder sonst irgendwo. Es ist schließlich kein Krankenhaus und kein Gefängnis hier, aber es ist eben doch ein bisschen wie eingesperrt. Ganz

hinten steht der Servierwagen, und ich finde die unfreundliche Schwester in einem der Zimmer davor. Sie macht an einem Tropf herum, der neben einem Bett steht. Eine abgemagerte Frau liegt dort, ihre Arme auf der Bettdecke sind nur noch lange Knochen. Ich klopfe an die offene Tür, und die Schwester schaut mich an, als ob sie mich noch nie gesehen hätte. »Ja?«

»Bitte, Frau Silberstein braucht, glaube ich, noch Ihre Hilfe.«

»Hat sie mir gerade gesagt.«

»Können Sie dann gleich …?«

»Ich tue, was ich kann, junger Mann!«, fährt mich die Schwester an. »Es gibt hier nicht nur eine Windel zu wechseln, das kannst du mir glauben.«

»Wusste ich nicht«, sage ich und hebe die Hände hoch, als würde sie mit einer Pistole auf mich zielen, und gehe sogar ein paar Schritte rückwärts. Ganz schön heftig hier alles, mir ist fast schlecht. Wo ist dann hier das Schöne, von dem Frau Silberstein gesprochen hat und das es immer und überall zu entdecken gilt? Wo hat sich Frau Silbersteins toller göttlicher Funke versteckt? Da fällt mir wenigstens eines ein, das mich eigentlich froh machen sollte. Zwar nicht für jene, die hier wohnen, aber für mich: Ich muss hier nicht bleiben, ich kann einfach gehen.

Die Stimmung am Tisch beim Abendbrot ist so grau, wie es der Himmel in der nächsten Woche auf keinen Fall sein darf. Es soll laut den meisten Apps am nächsten Dienstag Plusgrade geben, dazu ein Mix aus Sonne und Wolken mit ein paar Tropfen, und das bei einer Regenwahrscheinlichkeit von 50 Prozent. Heißt, es kann genauso gut regnen wie nicht regnen, heißt gar nichts. Wenn es also nicht klappt, vergehen vielleicht wieder zwei Wochen bis zur nächsten Chance, Lea endlich kennenzulernen.

Aber dann schneit es vielleicht schon, denn auf dem Kalender nähert sich bald Weihnachten …

»Wir haben uns heute zwei Wohnmöglichkeiten angesehen.« Meine Mutter massiert sich mit den Fingern die Stirn. Sie hat den ersten großen Übersetzungsauftrag seit Langem angenommen, ein dickes fettes Buch, und abends sitzt sie nur noch an ihrem kleinen Schreibtisch im Schlafzimmer. »Die erste war ein bisschen zu eng und etwas, na ja, dunkel und muffig. Die andere Frau war erst gestorben, es standen noch ihre Möbel darin.«

Mein Vater gießt sich Bier ein, Jana fragt erschrocken: »Da standen die Möbel von einer Toten drin?«

Mama nickt. »Wir haben auch etwas Schönes gesehen, das nannte sich Premium-Zimmer, alles sehr schön und gepflegt, und es wäre auch ganz gut erreichbar von hier.«

»Das geht doch nicht«, murmelt Omi, ihre Lippen zittern ein bisschen. Sie weint nun öfter und will sich kaum trösten lassen.

»Ja, und?«, fragt Papa.

»Na, was wohl. Zu teuer«, antwortet meine Mutter.

Mein Vater stößt einen brummigen Laut aus und wird sicherlich gleich wieder etwas zu unserem unsozialen Sozialsystem sagen, das Wortspiel finde ich gut.

»Balkon und Garten sind in der Großstadt eben Luxus«, sagt meine Mutter. »Wir sollten doch noch mal über eine andere, größere Wohnung für alle nachdenken. Wer weiß, wozu das alles gut ist?«

Wir sitzen alle ganz still. Mein Vater nimmt die Brille ab und reibt sich die Augen. Omi schüttelt den Kopf: »Nein, nein.«

»Etwas mit einer Art Einliegerwohnung, das hatten wir doch schon mal angedacht.« Meine Mutter schaut uns alle der Reihe nach an.

Omi schüttelt wieder nur den Kopf. Fast bin ich ein bisschen wütend, weil sie sich immer mehr hängen lässt, während wir alle immer versuchen, sie bei Laune zu halten.
»Das haben wir doch so oft schon besprochen«, sagt mein Vater.
»Du kannst gerne auch mal auf die Suche gehen, so ganz nebenbei«, antwortet meine Mutter.
O Mann, nicht schon wieder diese Diskussion!
»Ich glaube, es nützt nichts, wenn wir in eine neue Wohnung ziehen«, höre ich mich sagen.
»Ach nein? Es geht doch wohl darum, dass ihr nicht wegziehen *wollt*«, sagt meine Mutter.
»Das auch«, gebe ich einfach mal so zu, denn ich spreche mindestens für mich und für Jana. »Aber ich glaube einfach, dass Omi nirgends glücklich ist, auch nicht in einem Palast.«
Alle schauen mich erstaunt an. Ich weiß, meine Meinung hat was mit heute Nachmittag zu tun, mit dem Gespräch mit Frau Silberstein: Omi ist eine von denen, die beschlossen haben, nicht glücklich zu sein, zumindest nicht ohne Opa. Und der kommt nun mal nicht wieder.
Meine Mutter lehnt sich zurück. »Ach, Lenny.«
Omi steht auf und wackelt dabei ziemlich. »Ich habe keinen Appetit. Ich gehe in mein Zimmer.«
Diesmal bin ich schneller als Jana. »Ich bringe dich.«
Niemand sagt was und Omi lässt sich führen, geht mit winzigen, unsicheren Schritten. »Seit wann kannst du nicht mehr richtig laufen?«, frage ich, als wir in ihrem Zimmer sind.
Sie antwortet nur: »Ach.«
Ich helfe ihr, sich aufs Bett zu setzen. Sie bückt sich, zieht ihre Pantoffeln aus, schiebt sich ein Kissen hinter ihren Rücken und legt sich mit einem leisen Stöhnen hin.

»Was ist denn?« Ich setze mich auf den Boden. Nun sind wir fast auf Augenhöhe.
Erstaunt sieht sie mich an. »Was ist denn?«, fragt sie, als ob sie gar nicht wüsste, dass sie wie eine Schwerkranke rüberkommt.
»Warum leidest du denn so schrecklich?«, frage ich.
Jetzt presst sie kurz die Augen zusammen, als würde sie weinen, aber ich sehe keine Träne. »Geh nur«, sagt sie.
Immer dieses »Geh nur«! Kein Wunder, dass sie sich einsam fühlt, das sagt sie, seit ich denken kann. »Bist du böse, weil ich gesagt habe, du wärst nirgends glücklich?«
»Nein. Es stimmt.«
»Aber du bist nicht ganz allein. Die Frau, zu der ich immer hingehe, hat gar niemanden. Ich glaube, ihre ganze Familie ist im Krieg gestorben. Im …« Ich breche ab, das KZ erwähne ich lieber nicht, ich wollte für mich behalten, was im Heim los ist.
»Ach Gott«, sagt Omi.
»Frau Silberstein liegt fast nur noch im Bett. Die andere im Zimmer redet nicht mehr. Und trotzdem ist Frau Silberstein nie so traurig wie du.«
Omi kneift wieder die Augen zusammen und dreht den Kopf ein Stück weg. »Ich bin nur noch ein Klotz am Bein«, sagt sie, und jetzt reicht es mir.
»Wie oft willst du das noch sagen? Freu dich doch lieber ein bisschen, dass du bei uns sein kannst!« Ich weiß nicht, ob ich jemals so laut mit Omi war. Sie schnieft. Ich nehme ihre Hand, die warm ist und weich, und drücke sie. »Wenn du das immer so sagst, dann können wir bald alle gemeinsam depressiv sein.«
Nun schaut sie mich ein bisschen erschrocken an. Dann drückt sie auch meine Hand, ziemlich fest. Noch ein »Geh nur«, und ich flippe aus. Doch sie sagt leise: »Danke.«

8

Ich kannte Herzklopfen und Herzpochen, auch unter Herzrasen konnte ich mir etwas vorstellen – aber Herzflattern, wie sich das anfühlt, das weiß ich erst seit eben. Frau Silberstein sitzt dick eingepackt im Rollstuhl, vermummt hoch zehn, als gingen wir auf eine Tagesreise in den arktischen Winter. Sie ist wieder zum uralten Eskimo geworden und zwinkert mir mit ihren blauen Augen zu. Draußen scheint die Wintersonne, und ich kippe gleich um.

»Viel Spaß!«, wünscht uns Schwester Susanne und hält uns die Tür.

Auf dem Gang bekomme ich Gummiknie. Unten in der Eingangshalle treffe ich gleich Lea – noch nie war ich wegen einem Mädchen so aufgeregt.

Der Fahrstuhl braucht eine Ewigkeit und ist doch zu schnell. Frau Silberstein habe ich diesmal richtig herum eingeparkt. Ziegenbärtchen ist nicht da. Bisher stimmt alles bei Besuch Nummer acht. Die Fahrstuhltür geht auf. Ich schiebe Frau Silberstein raus und scanne den Raum, aber außer den üblichen Gestalten auf dem Sofa ist niemand zu sehen. »Puuh!«, mache ich, genau wie meine Mutter auf der Yogamatte. Druckausgleich, so nennt sie diese Geräusche. Den brauche ich jetzt aber auch, schließlich kann mir oder Lea kurz vor meinem wichtigsten Moment des Lebens auch was dazwischenkommen – ein Schwächeanfall, ein

Herzinfarkt, eine Entführung durch Aliens, der Himmel fällt einem auf den Kopf oder vielleicht ist es Lea oder ihrer Großtante schlecht geworden, weil ein schlimmer Virus grassiert, gerade in Heimen und Krankenhäusern soll so etwas immer wieder mal passieren.

»Ist noch eine Minute Zeit«, sagt Frau Silberstein da vor mir, und an diese Möglichkeit habe ich gar nicht gedacht – wir sind zu früh dran.

»Ja, klar«, sage ich erleichtert, kein Virus, kein Weltuntergang. Ich schiebe den Rollstuhl weiter bis kurz vor die Tür. Dann, ohne mich umzudrehen, spüre ich, dass sie kommt.

Lea steht plötzlich mit dem Rollstuhl neben mir. Keinen Meter entfernt. Sie ist nicht viel kleiner als ich, und sie lächelt mich an.

»Hi, ich bin Lea. Das ist meine Großtante Betty.«

Großtante Betty trägt eine rosa Häkelmütze und sieht aus, als wäre sie einem Katalog für frisch gebackene Großmütter oder eben Großtanten entsprungen – säße sie nicht im Rollstuhl. Sie schaut zu mir auf und hält mir ihre Hand hin. Das Lachen der Großtante klingt hoch und hell, ganz anders als das von Frau Silberstein.

»Na, dann«, sagt Lea und drückt auf einen Knopf an der Wand, den ich noch nie bemerkt habe, und die Tür schwingt vor uns auf. »An die Luft!« Und ich hinter ihr her.

Draußen läuft sie mit schnellen Schritten zur Straße, und ich kann sie von hinten betrachten. Seit einiger Zeit schaue ich öfter auf die Figur von Mädchen, und an der Straße vorne bleibt Lea stehen und sieht mir über die Schulter entgegen. Schnell den Blick in den Himmel gerichtet, aber sicherlich ahnt sie, wo ich hingeguckt habe, die Mädchen aus der Schule wissen das schließlich auch ganz genau mit ihren knallengen Hosen. Als

wir wieder nebeneinander stehen, beugt sich Lea zu ihrer Großtante. »Wohin, Tante Betty?«
»Gern in den Park«, so die Antwort.
»Versuchen wir es«, sagt Frau Silberstein. »Die Sonne scheint noch ein bisschen.« Sie deutet auf die andere Straßenseite.
Lea nickt mir zu, und wir schieben die Damen rüber, ich langsamer als Lea, und ich kann noch mal ihre magnetische Stelle betrachten, die da anfängt, wo der Anorak aufhört. Dann laufen wir nebeneinander. »Kommst du oft hierher?«, frage ich.
»So alle zwei Wochen«, sagt sie und sieht geradeaus.
Von der Seite ist sie auch ziemlich hübsch. Es fällt schwer, wieder nach vorne zu schauen.
»Ich wechsle mich mit meiner Mutter ab, und manchmal springe ich auch für sie ein, wenn sie mal wieder zusätzlich arbeiten muss. Du?«
»Ich jeden Dienstag, aber noch nicht so lange«, sage ich.
»War das deine Idee?«
»Die Lesepatenschaft?«
»Was für eine Lesepatenschaft? Ich meinte eigentlich, hier zusammen rauszugehen.«
»Das war meine Idee«, steigt es vor mir auf, offenbar spitzt Frau Silberstein immerzu die Ohren.
»Was für eine Lesepatenschaft?«, fragt Lea wieder.
Mein Lieblingsthema, selbst serviert. Aber wenn es auch nicht die spannendste Sache der Welt ist, habe ich wenigstens was zu erzählen.
»Und was lest ihr?«
»Tschick«, antworte ich.
»Eine ganz tolle Geschichte«, krächzt es vor uns. »Und ein ganz toller Junge.«

»Wer?«, fragt Lea sofort. »Der aus dem Buch oder der neben mir?«
»Beide.«
Danke, es reicht! Wenn Frau Silberstein so weitermacht, versinke ich noch im Erdboden. Toller Junge …!
»Ach ja?« Wieder sieht mich Lea von der Seite an und fragt sich wahrscheinlich, was an mir so toll sein soll – außer vielleicht, dass ich nicht klein, dick und picklig bin. »Was ist denn an dir so toll?«, will sie auch schon genauer wissen.
Exakt die richtige Frage, vielen Dank, Frau Silberstein! Vielleicht hätte ich vorhin doch besser einen Herzanfall vortäuschen sollen. Ich habe noch nie zu denen gehört, die immer und überall einen genialen Spruch parat haben, und im Moment fällt mir rein gar nichts als Antwort ein, null. »Ich schwimme megaschnell« – diese wahre Superantwort verkneife ich mir.
Dann erinnere ich mich daran, was Samuel gesagt hat: »Gib dich cool, Mann. Halt lieber die Klappe, bevor du was Peinliches sagst. Aber anschauen musst du sie immer wieder mal, nur kurz, und dann wieder wegschauen.«
Ich drehe also den Kopf zur Seite, und als sich unsere Blicke treffen, blitzt es zwischen uns. So jedenfalls würde ich es zeichnen, wenn ich eine Comicfigur wäre. Dann würde um mich herum ein großer Blitz zucken, und um den Blitz herum würden noch ein paar Herzchen durch die Gegend fliegen. Ich versuche, entspannt zu grinsen, als würde ich damit sagen wollen: »Finde es doch selbst heraus …« Dann fangen die beiden vor uns in ihren Rollstühlen an, sich zu unterhalten, ein Glück. Ein kompletter Schweigemarsch wäre das Ende.
Wir erreichen die Straße, die zum Park führt. Lea schiebt den Rollstuhl nun schneller, und in der Tasche meldet sich mein

Handy. Als ich mir die Nachricht ansehe, streife ich mit dem Rollstuhl fast eine Mauer. Samuel hat mir ein Foto von seiner blonden Freundin geschickt, die einen Kussmund Richtung Kamera macht, und Frau Silberstein ruft: »Achtung!«

Gerade so komme ich wieder in die Spur. »Okay, da muss ich wohl noch ein bisschen üben«, sage ich, und Lea grinst mit mir mit. An Coolness ist es wohl kaum zu überbieten, hier mit zwei Omis langzulaufen und fast gegen die Wand zu fahren. »Aber ich mache das hier erst zum zweiten Mal. Sonst fahre ich Ferrari.« Auch vor uns lachen die beiden über irgendetwas, und endlich sind wir beim Park.

Lea steuert auf eine große Tanne zu, vor der zwei Bänke stehen. Noch scheint die Sonne darauf. »Hier«, sagt sie, »hier sitzen wir oft.« Atemwölkchen steigen vor ihr auf, wenn sie spricht. Sie nimmt die rechte Bank, stellt den Rollstuhl nah davor und setzt sich. Dann legt sie von hinten die Hände auf die Schultern ihrer Großtante. Die sieht mich neugierig an. »Na?«, sagt sie, und ich kann mir aussuchen, was sie meint: Na, du toller Lesepate, oder vielleicht: Na, du Held?

Ich weiß nicht, wo ich mich hinsetzen soll. Direkt neben Lea oder auf die andere Bank? Warum ist das alles verdammt noch mal so kompliziert? Platz genug wäre neben Lea … Ich schicke auf die Schnelle drei Smileys als Antwort an Samuel, das rettet mich für den Augenblick.

»Setz dich doch«, blinzelt Lea mich nun an und klopft mit der Hand neben sich. Den Rollstuhl stelle ich aber ein bisschen anders hin als sie, denn schließlich würde ich meine Arme lieber um Lea und nicht um Frau Silberstein legen! Dann schauen wir alle in die Sonne, die kaum noch Kraft hat. Ich mache kurz die Augen zu, hinter den geschlossenen Lidern ist es rot, helle

Lichtflecken schweben herum. Lea fragt ihre Großtante: »Alles okay da vorne?«
»Die Luft! Das Licht!«, antwortet Frau Silberstein.
Plötzlich muss ich mal tief durchatmen. Irgendein Gott oder Schutzengel, zuständig für unglücklich Verliebte und für alte Menschen, die sich früher im KZ fast zu Tode frieren mussten, ist für uns heute wohl am Start.
Die Großtante nickt, und Lea lehnt sich zurück, sieht mich an. Blitz! Ich muss nun richtig breit grinsen, fühle mich plötzlich knallwohl, mir ist warm, obwohl die Bank von unten kalt ist. Mann, bin ich happy! Ich habe es geschafft. Ich sitze hier mit Lea, alles andere ist doch egal. »Kriege ich deine Nummer?«, frage ich sie.
Sie lacht, ist aber plötzlich nicht mehr ganz so locker. »Mein Akku ist alle, gerade vorhin ist es passiert, voll doof, auswendig kenne ich sie nicht.«
Ich muss ganz schön schlucken. Wäre zu schön gewesen …
»Aber sag mal, freiwillig vorlesen?«, redet sie gleich weiter. »Die Jungs, die ich kenne, haben ganz andere Sachen zu tun.«
Mein Glücksgefühl bekommt Risse. Erst die Nummer mit der Nummer, und dann weiß ich nicht, wie sie das meint: Findet sie das, was ich mache, bescheuert oder gut? Meint sie, ich bin langweilig? Oder am schlimmsten davon wäre, wenn sie mich *deswegen* toll findet. Bitte nicht!
»Och, doch«, sage ich. Dabei haben sich bei uns nur ein paar Mädchen freiwillig gemeldet, bis auf einen, und der ist sowieso schon immer Oberstreber von Beruf gewesen. Er gilt als Mädchen. »Aber erzähl doch lieber mal von dir.«
»Was denn?«, fragt sie.
Ihre Lippen sind rosarot geschminkt, und sie sprechen mit mir!

Immerhin bin ich jetzt schon weiter als Maik im Buch mit seiner Tatjana, die sich kaum dazu herablässt, länger mit ihm zu reden.
»Was über dich«, antworte ich.
Lea streckt das Gesicht wieder in die untergehende Sonne, deren Strahlen langsam gelblich werden. »Über mich?«
Jetzt tut sie auch noch so. Dabei will ich alles über sie wissen!
»Ich finde es gut, dass wir zusammen draußen sind, mal was anderes. Ich komme schon lange ins Heim, aber wir sind bis jetzt immer allein unterwegs gewesen. Außer einmal mit Tobi.«
»Tobi?«
»Na, unten, der nette Typ am Eingang.«
»Der mit dem komischen Bart?«
»Genau der. Und wieso komisch, das ist doch süß, so ein gefärbtes Bärtchen. Jedenfalls ist der mal ein Stück mit uns mitgegangen, total nett. Sonst finde ich die Leute im Heim, die dort arbeiten, eher komisch …«
Ziegenbärtchen! Und dann auch noch süß und nett! Etwas Besseres hätte sie mir jetzt nicht erzählen können.
Die anderen reden nun über irgendwas, aber ich sehe nur rot, auch ohne geschlossene Augen – Tobi heißt er also. Idiot, Schleimer! Macht sich auch noch an Lea ran, dabei ist er hundert Jahre älter als sie. Aber vielleicht steht Lea auf ältere Typen. Soll es geben. Dann habe ich Pech gehabt.
Ich zwinge mich, wieder zuzuhören. »Lea oder ihre Mutter bringen mir jede Woche etwas Leckeres mit«, erzählt die Großtante gerade, sie reden über das Essen im Heim. Wahnsinnig spannend. Eine Wolke, wo kommt die plötzlich her, wirft einen Schatten auf die Bank.
»Für mich ist auch ein Butterbrot ein Paradies. Ich würde mir nur frisches Brot wünschen und nicht solches aus der Tüte«, sagt

Frau Silberstein. »Aber selbst das ist besser.« Frau Silberstein dreht sich zu mir um, soweit sie das dick eingepackt schafft, und sucht meinen Blick: »Bist du noch da?«

Ich ziehe die Mundwinkel nach oben. »Klar.«

»Ich war früher oft mit meinem Mann hier im Park, bis zuletzt, wir haben hier in der Nähe gewohnt. Deswegen habe ich mir auch dieses Heim ausgesucht, auch wenn ich vielleicht ein anderes, besseres gefunden hätte. Aber ich wollte nicht schon wieder eine fremde Umgebung, und ich kannte zwei Frauen im Heim. Leider sind sie schon gestorben.«

»Und jetzt?«, fragt Lea.

»Habe ich noch die Angehörigen meines Mannes, seine Cousine und ihre Familie. Wir schreiben uns aber nur noch.«

Die Sache trifft mich mit voller Wucht. Lea neben mir wirkt wie ein Verstärker für das, was ich verbrochen habe. Wenn die alle wüssten, dass ich die Adresse quasi verkauft habe – ach, noch nicht mal das. Samuel bekommt das Handy nicht mal los, doppelte Schande.

»Wo wohnen die denn?«, fragt Lea wie von mir bestellt, und ich halte die Luft an. Vielleicht fällt es Frau Silberstein heute ein …

Der Deckenberg vor mir gibt einen Brummlaut von sich. »Sie sind umgezogen, und über den letzten Brief habe ich Kaffee gekippt, ich kann es nicht mehr lesen.« Langsam setzt sich das Puzzle zusammen. Der Kaffee ist schuld, aber Schwester Susanne könnte doch wissen, wo der Brief herkam …?

»Jetzt denke ich nur noch an etwas Heißes. Wollen wir zurück?«, fragt Frau Silberstein.

Lea steht sofort auf, und meine Stimmung sinkt auf weit unter null. Frau Silberstein fängt an zu zittern. Mist, Mist, Mist. Sie soll mir jetzt bloß nicht wieder fast zusammenbrechen!

»Ist das öfter so?«, fragt Lea leise, als wir ziemlich schnell zurücklaufen.
»Weiß nicht, aber einmal war es schon so«, flüstere ich zurück, und mir liegt es auf der Zunge zu sagen: Das kommt vielleicht von früher, das kommt vielleicht von der Zeit im KZ …
Wir warten an der Kreuzung, und Frau Silberstein zuckt heftig. Ich lege kurz von hinten die Hand auf ihren Rücken und spüre ihren Körper unter der Decke beben. »Wir sind gleich da«, sage ich. »Wir sind gleich im Warmen!«
Zwei rasende Rollstühle. Für Lea war das garantiert das Rendezvous ihres Lebens. Das Heim kommt in Sicht, ich werde immer schneller, bin im Eingangstunnel, an der Tür. Ich klingele Sturm, kann meine Finger kaum mehr bewegen. Vorbei an Ziegenbärtchen, und erst vor dem Fahrstuhl bleibe ich völlig fertig stehen.
»Wow, du bist ja wirklich ein Ferrari«, sagt Lea, als sie hinter mir ankommt, und ihre Großtante: »Das war fix.«
Gleich bin ich weg. Gleich ist Lea weg!
»Wir gehen noch in den Kaffeesaal«, sagt sie.
Frau Silberstein richtet sich im Rollstuhl auf und sagt leise: »Ich möchte nach oben.«
»Na gut«, sagt Lea, und es klingt nicht sehr enttäuscht. »Dann bis bald mal.« Sie geht vor Frau Silberstein in die Knie und streichelt über ihre Wange. »Tschüss, alles wieder in Ordnung jetzt?«
»Ja, tschüss«, krächzt es zurück.
Die rosa Handschuhe der Großtante winken mir zu, alles geht so schnell, Lea dreht sich weg, und die Fahrstuhltür geht auf. Das habe ich echt toll gemacht, ich Held. Als Lea um die Ecke verschwunden ist, fühle ich mich nur noch beschissen.
Oben sitzt Frau Seeberger mit Gerda am Tisch, und ich platze fast vor Ungeduld. Ich möchte, dass alles schnell geht, doch die

Minuten, bis Schwester Susanne endlich auftaucht, dehnen sich wie Kaugummi. Eine Minute in Zimmer 72 hat gerade mindestens 72 Sekunden. Ich ziehe Frau Silberstein die Mütze und die Handschuhe aus, den Mantel will sie nicht hergeben. Draußen auf dem Servierwagen finde ich Kaffee und den Teller mit drei Butterkeksen. Milch und Zucker, erinnere ich mich. Mein Handy zeigt bald vier, Samuel hat noch ein anderes Foto von seiner sexy Freundin geschickt, und ich habe nicht einmal Leas Nummer.
»Kommt doch her«, sagt Frau Seeberger, und ich rolle Frau Silberstein rüber, nehme den dritten Stuhl. Es ist eng am Tisch. Frau Seeberger ist dabei, Gerda mit Marmorkuchen zu füttern, doch die macht den Mund nicht auf und sieht aus, als wüsste sie überhaupt nicht, was das alles soll.
»Deine Stunde ist doch gleich um«, murmelt Frau Silberstein.
Stimmt, möchte ich laut rufen und aufspringen – und kann dieses Häufchen Elend nicht einfach so sitzen lassen. Also gebe ich Frau Silberstein die Tasse, doch ihre Hände zucken, und sie kann sich im Mantel, den sie nicht ausziehen mag, auch kaum bewegen. Ich muss wohl helfen und führe die Tasse an ihre Lippen, sie nimmt einen kleinen Schluck. Noch einen. »Tut gut«, flüstert sie. »Danke. Schön langsam.«
Gerda macht den Mund auf, und Frau Seeberger kann ein Stück Kuchen reinschieben. Doch jetzt ist es so, dass Gerda weiterhin regungslos vor sich hinschaut, und ein bisschen von dem Kuchen fällt wieder heraus und auf den Tisch. Frau Seeberger seufzt. »Das dauert wohl nicht mehr lange bis zur Sonde.«
Frau Silbersteins Fragezeichen-Augenbrauen steigen weit nach oben. »Eine Magensonde für künstliche Ernährung?«
Frau Seeberger hält die Gabel wieder an die Lippen von Gerda. »Natürlich«, sagt sie. »Dann kann sie noch eine Weile leben.«

Wow, das sind ja Aussichten! Nicht mehr sprechen, nicht mehr essen, sich an nichts mehr erinnern. Was ist von einem Menschen dann überhaupt noch übrig?
Ich gebe Frau Silberstein noch einen Schluck. »Ich möchte niemals eine Sonde«, sagt sie und wirkt plötzlich ganz wach. »Ein Schluck Warmes wirkt bei mir Wunder. Auch daran kann ich mich noch gut erinnern. Ab und zu bekam ich was richtig Heißes. Das war lebensrettend.«
»Ohne Sonde würde meine Mutter bald verhungern«, sagt Frau Seeberger und gibt es auf, Gerda weiter mit der Kuchengabel vor dem Mund herumzufuchteln. Mir kommen die Leichenberge aus den KZs in den Sinn, die zum Skelett abgemagerten, übereinandergetürmten Menschen, und ich habe von Frau Silberstein geträumt, die dort gewesen ist. Ihr Gesicht konnte ich nicht so richtig sehen, ob es jung oder alt war, aber es war irgendwie schmutzig und sie hatte die strubbeligen Haare von Gerda. Sie stand hinter Stacheldraht, und hinter ihr waren die Menschenknochenberge.
Frau Silberstein sieht mich an. »Das richtige, echte und erzwungene Verhungern, das ist furchtbar. Aber am Ende des Lebens ist es einfach natürlich.«
»Echtes Verhungern?«, fragt Frau Seeberger.
»Die Zeit im Krieg«, antwortet Frau Silberstein.
»Krieg! Wir haben aber keinen Krieg!«, ruft Frau Seeberger. Sie spießt ein großes Stück Kuchen auf und schiebt es sich selbst in den Mund.
Endlich geht die Tür auf und Schwester Susanne ist da. Sofort stehe ich auf, und Frau Silberstein sagt: »Kannst gern gehen.«
Dass es so bald kein nächstes Mal geben wird, dafür brauche ich nicht hellsehen zu können, und deswegen habe ich es jetzt

verdammt eilig, nach unten zu kommen, obwohl ich eigentlich noch den Wohnort der Cousine rausfinden wollte. Aber alles auf einmal funktioniert eben nicht. Ich schnappe meine Jacke. »Tschüss!« Dann bin ich draußen.

Ich renne die Treppe runter, folge unten dem Schild ›Saal‹, komme an eine große offen stehende Tür und schaue hinein. Der Saal besteht aus Braun, der Boden, die Wände, die Holztische, alles in so einer komischen Farbe, und auf den Tischen liegen hellbraune Deckchen, Beige, die Trendfarbe aller Rentner.

Die meisten Tische sind leer, Lea und ihre Großtante kann ich nicht entdecken. Das kurze Glücksgefühl auf der Bank in der Sonne muss totale Einbildung gewesen sein, vielleicht eine Art Sekundenschlaf. Eine Oma, die allein nah bei der Tür sitzt, fängt an, mit der Hand auf den Tisch vor sich zu klopfen. Klopf klopf, klopf klopf, immer wieder, und sie sieht mich dabei an, als wollte sie mir eine Botschaft vermitteln, total durchgeknallt, sie oder ich oder wir beide: Ich bin der Loser des Tages, so klingt mir ihr Klopfklopf in den Ohren nach: Lo – ser. Lo – ser. Nichts habe ich auf die Reihe gekriegt, nichts habe ich über Lea herausgefunden. Lo – ser! Lo – ser!

9

Unser Bewachungsplan ist nicht aufgegangen. Omi ist wieder schlimm gestürzt. Dabei war immer jemand mit ihr in der Wohnung, meine Mutter vormittags und Jana oder ich abwechselnd nachmittags und am frühen Abend, wenn meine Mutter konzentriert im Schlafzimmer an ihrem Schreibtisch saß.

Ich stehe vor der riesigen Collage mit den Familienbildern, die im Flur vor dem Badezimmer hängt. Das Foto, auf dem Opa und Omi in die Kamera lachen und mich in ihrer Mitte haben, muss aus einem anderen Leben stammen. Ich halte es nicht mehr aus, strecke den Kopf ins Bad. Der Notarzt tastet Omi gerade ab: »Tut das auch weh?«

»Ja!«, ächzt Omi.

»Wir müssen sie mitnehmen«, sagt der Arzt.

Meine Mutter reibt sich mit der Hand die Stirn, dann beugt sie sich zu Omi und flüstert ihr etwas ins Ohr. Auf ihrem T-Shirt sind Blutflecken zu sehen.

Die Sanitäter kommen rein, Omi wird auf die Trage gehoben, hat die Augen jetzt geschlossen. Ich wünschte mir, sie sähe mich kurz an und sagte: Macht euch keine Sorgen. Als ich vorhin ins Bad gegangen bin, lag sie auf dem Boden und rührte sich nicht. Ich habe geschrien, und meine Mutter kam sofort, hat Omis blutigen Kopf auf den Schoß genommen und gerufen: »Wach auf, was ist los, bitte, wach auf!« Zu mir: »Ruf den Notarzt, ruf die 112. Gib unsere Adresse durch, sag, deine Großmutter ist im Bad hingefallen und ohnmächtig!«

Meine Finger haben ziemlich gezittert, jetzt geht's wieder. Ich starre ins Bad. Eine Platzwunde, das habe ich schon mitgekriegt.

»Wir bringen sie in die Notaufnahme, wir versorgen sie weiter im Wagen, aber wir müssen röntgen und sie für Untersuchungen dabehalten«, sagt der Arzt.

»Ich komme gleich nach, meine Mutter weiß das schon«, antwortet meine Mutter, und der Arzt verabschiedet sich mit einem Nicken.

Wir hören die Sanitäter die Treppe hinuntergehen, meine Mutter schließt die Tür und steht ein paar Sekunden regungslos davor.

»Mama?«, frage ich. Sie dreht sich um. Sie ist weiß im Gesicht, sogar die Lippen haben kaum Farbe. Nun sehe ich ihre Tränen.

»Verdammt«, flüstert sie.

Ich nehme sie am Arm, und wir gehen in die Küche. Dort steht sie und sagt nichts, bis ich sie auf den Stuhl drücke, als wäre sie Gerda, die nicht weiß, was sie tun soll. Ich setze mich zu ihr und greife nach ihrer Hand. Dabei bin ich selbst total geschockt. Endlich sieht sie mich an. »Ich packe ein paar Sachen.«

»Soll ich mitkommen?«

»Musst du heute nicht zu deiner Lesestunde?«

»Doch. Die neunte.« Warum ich das jetzt sage, weiß ich nicht, bin eben auch ein bisschen durcheinander. Wir haben Mittag gegessen, und danach ist es passiert. Zum Glück ist Jana nicht da, die würde so richtig rumheulen.

Meine Mutter wischt sich die Tränen weg. »Mist, morgen wollte ich mit Omi ein schönes Zimmer anschauen. Aber das klappt jetzt wohl nicht, und die Heimleitung muss ganz schnell die Zusage haben.«

»Und jetzt?«
»Ich weiß es nicht. Ich weiß gerade gar nichts.« So ratlos hat sie mich noch nie angesehen.
»Nimm mich morgen mit«, sage ich. »Ich kann für Omi ein paar Fotos machen, dann wissen wir wenigstens, ob sie es sich dort vorstellen könnte.« Der Vorschlag klingt in meinen Ohren ziemlich vernünftig.
Meine Mutter lehnt sich zurück und verschränkt die Arme vor der Brust. »Gute Idee«, sagt sie. »Du kennst dich ja sogar schon ein bisschen aus.«
Wahrscheinlich werde ich noch ein Heim-Spezialist. Und meine Mutter wittert wieder mal eine Chance, mehr aus mir herauszubekommen. Ich habe immer noch nichts, kein Wort von meinen Besuchen dort erzählt. Nichts vom KZ, nichts von der verrückten Gerda, schon gar nichts vom schlechten Gewissen wegen der Handy-Geschichte und überhaupt schon gar nichts von Lea. Lea, die heute wahrscheinlich nicht da ist, weil sie meistens nur alle zwei Wochen kommt. »Weiß nicht«, sage ich. »Es geht ein bisschen hektisch zu.« So viel verrate ich.
»Ja, das hört man oft, leider. Deswegen habe ich auch so große Bedenken, Omi in ein Heim zu geben.«
»Sie will nicht bei uns wohnen. Das hat sie doch selbst gesagt.«
»Hmm«, macht meine Mutter. »Ich glaube, ich würde es auch nicht wollen, wenn ihr Kinder für mich oder Papa irgendwann euer Leben zu sehr einschränken müsstet. Das ist einfach so.«
»Hmm«, mache ich nun auch. Das Gespräch fühlt sich jetzt nicht nur ernst, sondern auch wichtig an. Allerdings kann ich mir meine Eltern alt und grauhaarig überhaupt nicht vorstellen.
»Wenn Papa und ich alt werden, muss das anders laufen. Irgendwie. Vielleicht wohnen wir dann in einem großen Haus mit

Freunden, und wir helfen uns gegenseitig. Das fände ich gut«, sagt meine Mutter und steht auf: »Ich mache eben sauber. Dann fahre ich ins Krankenhaus. Und heute Abend haben wir Krisensitzung.«

Ich gehe mit ihr. Im Bad sieht es schlimm aus. Omis Pantoffeln liegen dort, mitten im Blut. Zwar spritzt in manchen Filmen die rote Farbe nur so herum, und da macht es mir gar nichts aus. Aber das eine stelle ich mir vor, das andere ist wirklich da. So wie mit dem KZ. Da gibt es Bilder von Leichenbergen oder von Menschen in den Baracken, wie sie halb verhungert daliegen, aber irgendwie ist es weit weg und wie in einem Film. In Wirklichkeit liegt Frau Silberstein aber in ihrem Bett, und sie hätte selbst eines von diesen furchtbaren Skeletten sein können. Kein Film. Und irgendjemand muss das echte Blut wegmachen. »Ich helfe dir«, sage ich.

Meine Mutter sieht mich erstaunt an. Endlich lächelt sie wieder. »Dank dir, mein Großer.«

Draußen wirbelt der kalte Wind ein paar Schneeflocken durch den grauen Himmel. Mit hochgezogenen Schultern laufe ich zum Bunker und fühle mich wie eingefroren. Schock wegen Omi, aber nicht nur das. Da ist noch eine andere Sache: Die Spur über Miriam Schwarz hat mich nicht weitergebracht. Ich habe alle, die infrage kamen, angerufen. Es waren kaum zehn, niemand kannte eine Elisabeth, manchmal war auch ein Mann am Telefon. Dann hatte ich einen Einfall, es gab noch ganz wenige Mirjams mit ›j‹, sogar die habe ich versucht, sicherheitshalber, umsonst. Die meisten dachten am Telefon bestimmt: Was ist das für ein Verrückter, der da so rumstottert? Fremde Leute anzurufen ist total peinlich. Ich muss Schwester Susanne endlich unauffällig nach dem Wohnort der Cousine fragen, oder ich rufe erst mal bei den hundert Elisabeths an, die im Telefonbuch stehen …

Im Heim angekommen nicke ich Ziegenbärtchen kurz zu, schnell an ihm vorbei. Im Zimmer gibt es eine Überraschung, ein neues Gesicht, ein Mädchen, das mich aber auf den zweiten Blick schon nicht mehr interessiert. Alle außer Lea sind im Moment Luft für mich.

»Das ist meine Tochter Anna«, sagt Frau Seeberger. Sie ist nicht halb so hübsch wie Lea. Außerdem hat sie voll kurze Haare.

Frau Silberstein sitzt im Rollstuhl bei ihnen, und auf dem Tisch steht ein mit Schokolade überzogener Kuchen, eine große Kerze brennt. Frau Silberstein begrüßt mich krächzend, und heute klingt es besonders heiser.

Ich stehe dumm herum. Bin ich nun als Lesepate hier oder zum Damen-Kaffeeklatsch? Es gibt noch einen Hocker, ein niedriges Ding mit drei Beinen, darauf sitze ich eingezwängt neben Frau Silberstein und der Tischecke wie ein Zwerg. Wenn meine Laune vorhin im Keller war, dann ist sie jetzt unterirdisch.

Gerda schaut vor sich hin, sie kapiert nicht, dass sie heute Geburtstag hat. Frau Silberstein hängt in ihrem Rollstuhl wie ein Schluck Wasser in der Kurve. Heute sieht sie wirklich halbtot aus, ohne dass ich sagen könnte, warum genau. Sie ist ja sonst auch nicht gerade der Frühling in Person. Jetzt hier nur rumsitzen und auf Kaffee warten, das mag ich nicht. Gerda stößt einen komischen Laut aus – da stehe ich wieder auf. »Ich lese trotzdem vor«, sage ich, sonst werde ich nie fertig mit dem Buch, und alles ist besser, als da jetzt zu hocken.

»Wie schön«, sagt Frau Seeberger, und zu Gerda: »Er liest uns etwas vor!«

Ich hole das Buch heraus und lasse mich auf der Kante von Frau Silbersteins Bett nieder. Wahrscheinlich erwartet Frau Seeberger nun eine Weihnachtsgeschichte, aber *Tschick* ist alles andere als das und nicht nur deswegen, weil es in den Sommerferien spielt.
»Wo waren wir?«, frage ich und Frau Silberstein antwortet sogleich: »Kapitel sieben.« Es freut mich immer, wenn sie das weiß. Erst mal dreht es sich noch darum, dass Maik für seine Angebetete Tatjana so was wie Luft ist, und so ähnlich fühle ich mich seit dem verkorksten Spaziergang mit Lea und den Omis ehrlich gesagt auch. Frau Seeberger betrachtet mich lächelnd, wahrscheinlich wartet sie noch auf den Weihnachtsmann in der Story. Aber es geht um Sportunterricht, und es wird für Maik nicht besser. Er legt beim Hochsprung eine Höchstleistung hin und könnte Tatjana endlich beeindrucken, doch sie kriegt seinen Höhenflug nicht mal mit, sie interessiert sich einfach nicht für ihn, fertig, aus, da gibt es eben viel interessantere Jungs. Was für ein Horrorgedanke, dass es bei mir mit Lea ähnlich sein könnte …!
»So weit erst mal?« Das Kapitel ist fertig, ich klappe das Buch zu.
»Finde ich cool«, sagt Anna, sie hat eine ziemlich hohe Stimme, eine Pieps-Stimme, und sieht mich irgendwie bewundernd an. Leider ist sie das falsche Mädchen …
Die Tür geht auf, und die Schwester mit dem roten Lockenkopf trägt das Tablett zum Tisch. Ich mache schnell einen Schritt zur Seite, sonst hätte sie mich fast angerempelt.
»So, Geburtstagskind!«, ruft sie und tätschelt Gerda die Wange. Dann ist sie auch schon wieder verschwunden.
Frau Seeberger greift nach der Kanne für den Geburtstagskaffee. »Du auch?« Sie sieht mich an.
»Oder Tee?«, fragt Anna und holt eine silberne Thermosflasche heraus. »Den habe ich mitgebracht, Wildkirschtee mit Vanille.«

Ganz bestimmt nicht. »Kaffee«, sage ich und denke daran, wie mein Vater Omis Morgenkaffee immer noch still und leise verflucht. Omi – die jetzt in der Notaufnahme liegt. Ich bin bei 1000 Prozent Frust. Sind denn alle um mich herum eigentlich nur noch krank oder irre? Würde jetzt einer wie Tschick mit einem geklauten Wagen vorfahren und sagen: »Steig ein, wir suchen das Abenteuer, schöne Mädchen und die Gefahr«, ich würde mitfahren. Aber im Buch muss sich Maik auch erst ziemlich oft beschissen fühlen, bevor sein Leben interessant wird. Hoffentlich ändert sich auch bei mir was. Ist gerade nicht besonders prickelnd alles …

Dann bekommt jeder ein Stück Kuchen auf den Teller, ich soll mich wieder setzen, aber niemand fängt an zu essen. Die werden hier doch nicht … o Gott, nein, bitte nicht, ich ahne es schon. Maik und Tschick müssen auf ihrer Reise allerdings auch mal beten, als sie bei einer netten Frau mit vielen seltsam klugen Kindern zum Essen eingeladen sind. Zur Belohnung schmeckt es ihnen ziemlich gut. Tatsächlich falten Frau Seeberger und Anna die Hände und senken ein wenig die Köpfe. Ich schaue zu Frau Silberstein. Sie zwinkert mir zu. Beten scheint wohl auch nicht ihr Ding zu sein, aber wenn sie Jüdin ist, wie ist das da überhaupt, die beten doch bestimmt auch? Als das Gemurmel vorbei ist, greift immer noch niemand zur Gabel.

»Nun ein Lied«, sagt Frau Seeberger. »Ein Geburtstagslied und ein Weihnachtslied für dich, Muttchen. Du hörst doch so gerne Lieder!«

Wenn es nicht so traurig wäre, wie Frau Seeberger immer versucht, mit ihrer Mutter zu reden und eine Antwort zu erhalten, würde ich sagen, das geht mir total auf die Nerven. Warum lässt sie Gerda nicht einfach in Ruhe?

»Wir wollen singen und fröhlich sein«, sagt Frau Seeberger laut und fast ein bisschen streng. »Bitte! Zum Geburtstag viel Glück …« Und sie greift um sich.
Anna streckt mir ihre Hand entgegen, von der anderen Seite kommt die von Frau Silberstein auf mich zu. Ich ergebe mich. Komisch fühlt sich das an. Die von Anna ist kühl und klein, die von Frau Silberstein ist weich und warm und groß. Ich brumme nur ein bisschen mit. Lesen ist okay, aber gegen Singen habe ich was, erst recht mit Anfassen wie im Kindergarten. Nicht so Anna, sie singt laut, und Gerda betrachtet sie erstaunt von der Seite. Es folgt *Leise rieselt der Schnee*, und ich sehe zum Fenster. Da rieselt es wirklich ein bisschen.
Das kleine Radio wird angestellt, eins aus dem letzten Jahrhundert mit drehbaren Knöpfen. Anna redet viel, erzählt irgendwas aus ihrer Schule, ich höre nicht richtig hin und schaue immer wieder auf mein Handy, aber da passiert gerade gar nichts.
»Ich kann nicht mehr«, sagt Frau Silberstein dann auch schon. Sie hat nicht mal die Hälfte ihres Kuchens gegessen. »Ich mache die Augen hier am Tisch ein bisschen zu.« Todmüde sieht sie aus. »Es ist nicht mein Tag.«
Heißt, ich kann gehen. Da überfällt mich eine wahnsinnige Hoffnung wie aus dem Nichts: Vielleicht habe ich heute doch noch Glück. Manchmal springt Lea ja für ihre Mutter ein, und bei diesem Wetter ist sie dann bestimmt im Zimmer, ich müsste nur mutig an die Tür klopfen …
»Bleib doch noch«, sagt Anna, die mich eben tausend Dinge gefragt hat, Sachen, die ich längst von Lea wissen wollte. Aber ich habe immer nur kurz geantwortet. Ich stehe auf, beuge mich zu Frau Silberstein runter und habe plötzlich noch eine andere Eingebung und flüstere: »Wenn Sie Frau Wissmann wiederse-

hen wollen, ich weiß nicht, vielleicht könnten wir mal zu viert in den Kaffeesaal gehen?« Das ist immerhin der Ansatz einer weiteren Strategie.
Noch nie war ich so nah an Frau Silbersteins Gesicht. Als sie ihre Augen aufmacht, ist es, als ob mich zwei Blaulichter anblinken. »Wenn ich die Kraft habe. Wir werden sehen.«
Schnell verabschiede ich mich, und diesmal hat mich Frau Silberstein garantiert durchschaut. »Tschüss, die Damen!«
Das Schwesternzimmer hinten ist leer, wieder keine Schwester Susanne, die ich nach dem Wohnort fragen kann, und unten trifft mich fast der Schlag. Am Empfang steht tatsächlich Lea – oder ist es eine Fata Morgana im Winter? Sie trägt wieder ihren hellblauen Anorak und lacht. Offenbar unterhält sie sich blendend mit Ziegenbärtchen, mit Tobi, von dem sie gesprochen hat, als wäre er ein Mega-Star. Ich muss da jetzt hin. »Hey, hallo.«
Ziegenbärtchen, der mit verschränkten Armen vor seinem Monitor steht, grinst mich an. »Der Lesepate!«
Mist, Mist, Mist. Einer von uns beiden ist hier definitiv überflüssig. Was Lea und der Typ wohl so reden?
»Hallo«, sage ich, wie originell, gefolgt von der intelligenten Frage an Lea: »Du bist heute also hier?«
»Du meinst, weil ich auch letzte Woche hier war?«
Weil wir vor einer Woche zusammen draußen waren, würde ich sie am liebsten laut korrigieren, damit Ziegenbärtchen das auch weiß, aber ich habe einen Riesenkloß im Hals.
»Meine Mutter und ich haben getauscht«, sagt Lea, ihre Lippen sind knallrot geschminkt heute. Wegen Ziegenbärtchen? Den sehe ich aus den Augenwinkeln heraus dauergrinsen.
»Ach so«, kriege ich nun auch heraus, und dann, was für eine Gnade, klingelt das Telefon vor dem tollen Tobi, und er geht ran.

Jetzt hat Lea Zeit für mich. »Meiner Großtante hat es letztes Mal gut gefallen«, sagt sie, aber was interessiert mich denn ihre Großtante, ich will wissen, ob es Lea gut gefallen hat! Hoffentlich bekommt mein inneres Chaos niemand mit, und dann, an Spannung nicht zu überbieten, sage ich: »Nächstes Mal können wir alle vielleicht in den Kaffeesaal gehen, wenn du magst.«
»Hm, nee«, meint Lea. »Nächstes Mal kommt meine Mutter, und dann ist schon Weihnachten, da holen wir meine Großtante ein paar Tage zu uns nach Hause. Machen wir immer so.«
»Aha.« Etwas brennt mir in der Kehle. »War nur so eine Idee.«
»Klar«, sagt Lea. »Vielleicht dann … nächstes Jahr sozusagen.«
»Ja, klar«, sage ich und denke an Samuels Rat: Immer schön lässig bleiben. Ist sowieso die bessere Variante, als im Erdboden zu versinken.
Ziegenbärtchen ist schon wieder fertig mit Telefonieren, beugt sich über seinen Tisch ein Stück in meine Richtung. »Wie geht's denn so mit Frau Silberstein?«
Ich weiß überhaupt nicht, was der immer von mir will, und sage nur: »Ich muss los.« Denn hier habe ich jetzt nichts zu verlieren, außer vielleicht noch mehr von meinem Gesicht, wenn ich Lea weiterhin anstarre und mir dabei wünsche, sie würde sagen: »Komm, wir gehen.« Oder: »Los, wir suchen das Abenteuer und das Glück und noch viel mehr!« Aber das müsste ich wohl vorschlagen anstatt eines Kaffeekränzchens im Altenheim, nur kriege ich es nicht über meine Lippen, schon gar nicht, wenn dieser Idiot da mit dabei ist.
»Ja dann … Fröhliche Weihnachten!«, sagt Lea und lacht. Ihr Tobi meckert mit, ich hebe nur die Hand und setze einen Fuß vor den anderen, die Tür kommt näher, ich fühle mich wie ein Roboter. Ich spüre die Blicke der beiden im Rücken, höre sie

immer noch lachen und würde am liebsten eine Bombe über die Schulter nach hinten schmeißen.
Draußen schmelzen die Schneeflocken auf meinem Gesicht, mein Kopf fühlt sich an wie ein glühender Ballon. Wahrscheinlich bin ich knallrot wie der Weihnachtsmann. Fröhliche Weihnachten! Bis nächstes Jahr, ja toll! Das fühlt sich an wie »Bis zum nächsten Jahrhundert« oder hört sich an wie »Leck mich am Arsch, du Langweiler«. Heute dachte ich schon ein paarmal, ich fühle mich unterirdisch schlecht, aber jetzt weiß ich, das war noch super im Vergleich zu jetzt. Wohin mit diesem ätzenden Kackgefühl? Ich reiße die Jacke auf, mir ist auf einmal heiß, ich ziehe die Jacke aus, werfe sie mir über die Schulter und will nur noch weg. Als ich ein Stück die Straße entlanggeflüchtet bin, bleibe ich stehen, starre in den farblosen Himmel. Ich zittere, die Kälte schneidet mit tausend kleinen Messern in die Haut. Ich will nicht an Lea und Ziegenbärtchen denken, wie sie über mich lachen. Ich brauche dringend einen Übersprungsgedanken, sonst drehe ich durch! Da fällt mir etwas ein: das KZ. Die Kälte, die Frau Silberstein in die Knochen gekrochen ist. Dort hatten sie keine richtigen Jacken und keine richtigen Schuhe – den ganzen Winter? Aber irgendwie hilft mir die Tatsache, dass ich immerhin was zum Anziehen habe, im Moment nicht weiter. Im Gegenteil, am liebsten würde ich meine Jacke auf den Boden schmeißen. Erst eine blutende Omi, dann von Lea abserviert werden, und Frau Silberstein und Anna haben mich auch nicht gerade gut drauf gebracht. Die Kälte sticht immer tiefer in die Haut, und ich will einfach nur einfrieren. Das ist besser, als darüber nachzudenken, was alles so passiert ist – damals, heute, überhaupt und bei mir, in meinem kleinen grauen Leben.

10

»Kommst du mal eben?«, ruft mir meine Mutter aus dem Wohnzimmer zu. Ich habe bereits meine Jacke an und seit Tagen wird kontrolliert, ob ich dick genug eingepackt bin. Ich stecke den Kopf durch die Tür. »Was ist denn?«

Meine Mutter liegt auf dem Sofa und blinzelt mir entgegen. »Setz dich doch noch kurz.«

»Ich muss aber los«, sage ich und bleibe vor ihr stehen.

»Bitte«, sagt sie.

Ich setze mich auf den Rand des Sofas.

»Ich finde es toll, dass du heute wieder zu Frau Silberstein gehst, auch wenn du dich noch schonen solltest«, sagt sie nun.

»Toll? Weil ich so lange krank war, fehlen immer noch schlappe vierzig Mal, um bei euch schuldenfrei zu werden.«

»Wirklich?« Sie streckt die Hand nach mir aus, aber Streicheleinheiten, ob ich wollte oder nicht, habe ich genug bekommen in den letzten Wochen. Über ein Monat ist seit dem letzten Bunkerbesuch vergangen. Ein Monat, in dem ich fast nur zu Hause war, weil ich mir beinahe die Lunge aus der Brust gehustet habe. Nach diesem grauen schlimmen Tag, als mich Leas und Ziegenbärtchens Lachen bis nach draußen verfolgt hat, bekam ich Fieber. Aber ich habe erst mal nichts davon gesagt, schließlich stand diese megawichtige Heim-Besichtigung für Omi auf dem Programm. Sie wohnt nun in einem großen, hellen Zimmer im

Erdgeschoss, kennt schon mehr als nur eine nette Pflegerin und kann mit ihren Zimmernachbarn auf einer Terrasse sitzen oder im Garten spazieren gehen. Wir haben ihre Bilder und Fotos in genau gleichen Abständen an die Wand gehängt und die Blusen ordentlich auf die Bügel, die bei ihr alle in eine bestimmte Richtung schauen müssen, und nun weiß ich auch, warum: So hat es ihre Mutter im Krieg gemacht, da musste alles schnell gehen, wenn Bombenalarm war, da musste alles genau am Platz sein, da zählte jeder Handgriff. Und ich dachte immer, Omi spinnt einfach nur.

»Über deine Lesebesuche wollte ich mit dir sprechen«, sagt meine Mutter und zieht ihren Arm wieder zurück, als sie merkt, dass ich auf der Sofaecke festgewachsen bin. »Omi braucht uns jetzt alle, bis sie sich in ihrem neuen Zuhause eingewöhnt hat.«

»Wie oft soll ich denn noch in so ein Heim gehen? Bin doch kein Sozialarbeiter!«

»Genau deswegen stimme ich Papas Vorschlag nun zu. Wir erlassen dir die Schulden, wenn du dafür öfter zu Omi gehst.«

Ich kratze mich erst mal am Kopf. Längst ist das neue Jahr da, und Samuel hat sogar 100 Euro für das Handy bekommen. Die wären dann meine. Er war ziemlich beleidigt, als ich ihm nicht vor Begeisterung um den Hals gefallen bin. Tatsache aber ist: Ich hätte lieber die Zeit zurückgedreht und das Handy vom Besucherklo erst gar nicht mitgenommen. »Ich müsste nicht mehr zu Frau Silberstein gehen?«, frage ich.

»Vielleicht solltest du nicht von heute auf morgen wegbleiben, aber möglicherweise kann ein Ersatz für dich und deine Lesepatenschaft gefunden werden«, sagt meine Mutter. »Wärst du dann dabei?«

»Das klingt bei dir immer so gefährlich, wenn man irgendwo

zustimmen soll«, sage ich, und meine Mutter lacht. Wir sind alle entspannter, seit Omi untergebracht ist.
»Nichts ist gefährlich bei mir, das weißt du doch. Alles ist gut gemeint«, sagt sie.
»Ich weiß nicht.« Meine Mutter hat keinen Schimmer davon, warum sich meine Begeisterung in Grenzen hält. Im Moment *muss* ich weiterhin ins Heim gehen, aus zwei ihr unbekannten Gründen: Einer beginnt mit ›L‹ und hat drei Buchstaben. Und der andere …
Ich habe nicht nur oft an Lea, sondern auch an Frau Silberstein gedacht. Kein Besuch zu Weihnachten oder Silvester. Mich krank hinzuschleppen und hustend wegen Elisabeth herumzutelefonieren, so weit ging mein tolles Engagement aber nicht. Ich brauchte auch eine Pause vom schlechten Gewissen. Außerdem – vielleicht hat mich Lea ja ein kleines bisschen vermisst. Bescheuerte Hoffnung …
»Du weißt es nicht?« Meine Mutter richtet sich auf.
»Ich habe Frau Silberstein versprochen, *Tschick* zu Ende zu lesen, und das will sie auch.« Das ist tatsächlich wahr.
Meine Mutter schüttelt verwundert den Kopf. »Was habe ich da nur für gute Kinder erzogen!«
»Bullshit!« Ich bin sofort auf hundertachtzig. Den zweiten Grund aber wird meine Mutter nie erfahren, und es wird nicht besser. Ich habe mit Schwester Susanne vor zwei Tagen telefoniert und mal nachgefragt, bevor ich heute wiederkomme: Frau Silberstein hat von ihren Angehörigen keine Post bekommen, und Schwester Susanne konnte zum Glück nicht sehen, wie rot oder weiß ich im Gesicht wurde. Eines von beidem jedenfalls. Auch sie hatte auf eine Nachricht zu Weihnachten oder Neujahr gehofft, inklusive der neuen Adresse als Absender, gut leserlich

ohne Kaffeeflecken und auch nicht in ein Handy einprogrammiert, das dann gestohlen wird. Leider weiß sie den Wohnort auch nicht!

»Vielleicht sind die Angehörigen beleidigt, manche Menschen sind empfindlich«, sagte sie. »Das mit dem Schreiben ging nämlich abwechselnd, und Frau Silberstein wäre an Weihnachten dran gewesen und die anderen an Neujahr«, fügte sie hinzu und erzählte dann noch, dass sie schon versucht hatte, über die alte Adresse und einen Nachsendeantrag den Kontakt wiederherzustellen. Hat aber nicht geklappt. Wenigstens konnte sich Frau Silberstein über Grüße freuen, weil die Tochter der Cousine zwischen den Jahren auf der Station anrief, um zu erfahren, ob alles in Ordnung sei. Es war nur irgendeine Aushilfe dran, die natürlich weder die neue Nummer noch eine Adresse aufgeschrieben hat, sonst wäre alles wieder gut gewesen. »Frau Silbersteins eigene Weihnachtspost kam zurück, weil ich, so sagte ich es ihr, angeblich aus Versehen die alte Adresse verwendet hatte«, erzählte Schwester Susanne. »Mit der Wahrheit, dass die neue Anschrift verschwunden ist, warte ich, so lange es geht. Frau Silberstein braucht jetzt alle Kraft für sich, und vielleicht melden sich die Angehörigen bald wieder.«

Alles in allem eine Katastrophe. »Echter Bullshit«, sage ich noch mal, und die Blicke meiner Mutter bohren sich in mich. Ich stehe auf.

»Nanu, mit dir stimmt doch was nicht?«, fragt sie, aber ich gehe einfach raus, und sie ruft »Zieh dich warm an!« hinter mir her. Ich könnte kotzen. Bin nicht gut drauf in der letzten Zeit. Na ja, schlau war es wirklich nicht gerade, dieses Ohne-Jacke-Experiment zu machen. Aber einzufrieren war nach dem letzten Bunkerbesuch besser als daran zu denken, was für eine krasse Abfuhr ich von Lea bekommen habe. *Ja dann … Fröhliche Weihnachten!*

Es waren beschissene Weihnachtsferien gewesen. Danach ging ich zwei Tage zur Schule und hatte einen Rückfall, fast schon eine Lungenentzündung. Ich binde mir einen Schal um und werfe die Tür hinter mir zu.

Draußen ist es nasskalt, alle warten auf echten Schnee. Ziegenbärtchen als erster Anblick im Bunker bleibt mir erspart, eine ältere Frau mit einem dicken Haarknoten auf dem Kopf sitzt am Empfang. Sicherheitshalber frage ich nach der Zimmernummer von Frau Wissmann, und es ist die 14, und die 14 halte ich einfach mal für ein gutes Omen, weil ich 14 bin.

Ich habe eine Tafel Schokolade für Frau Silberstein in der Tasche, teure Schokolade, Omi hat sie mir mitgegeben: »Für diese Frau, die so alleine ist«, sagte sie.

Ich klopfe an ihre Tür. Frau Silberstein sitzt im Rollstuhl am Fenster, eine Decke auf den Knien, und blickt mir entgegen. Sie ist allein im Zimmer und sieht wieder so totenkopfmäßig aus. An den Schultern stehen die Knochen spitz nach oben. Wird sie langsam zum Skelett?

»Da bin ich wieder«, sage ich. »Tut mir leid, dass ich so lange krank war. Ich konnte auch nicht zur Schule.«

»Ja, Schwester Susanne ließ es mir ausrichten, du hast vorgestern angerufen.« Sie sieht mich freundlich an. »Ich hatte schon überlegt, ob du gar nicht mehr kommst. Da habe ich mich sehr gefreut. Deswegen bin ich jetzt auch schon fertig zum Gehen.«

»Zum Gehen?«, frage ich. »Sie wollen weg?«

»Wir treffen die anderen im Kaffeesaal, das wolltest du doch gern. Fast hätte ich abgesagt, weil mir heute wieder nicht gut ist, aber es wird schon eine halbe Stunde klappen.«

Mir wird ein bisschen schwindelig, ich glaube, ich habe mich verhört. »Mit den anderen?«
»Na, mit Lea und Frau Wissmann.« Frau Silberstein sagt das ganz ruhig, als wäre es das Normalste der Welt.
»Äh …«
»Willst du nicht?«
»Doch, natürlich!«, sage ich schnell, viel zu laut. »Jetzt gleich? Das ist eine tolle Idee!«
»Es war deine Idee, weißt du nicht mehr?«
Da habe ich im Moment wohl keine Chance, es anders hinzudrehen.
»Ja, aber wie und wann haben Sie das denn klargemacht?« Ich reiße mir den Schal runter, mein Hals ist heiß.
Frau Silberstein lächelt geheimnisvoll. »Ist das für dich wichtig?«
Ich bekomme kaum Luft. »Ja dann«, kann ich nur sagen und weiß jetzt hundertprozentig: Frau Silberstein hat das für mich eingefädelt. Zum Glück fällt mir in dem Moment die Schokolade ein, zum Glück kann ich vom Thema ablenken – und ein bisschen was zurückgeben. Sie strahlt über das ganze Gesicht, es ist ein Volltreffer. »Von deiner Großmutter? Wirklich? Bitte richte meinen herzlichsten Dank aus. Ich werde Stück für Stück genießen, versprochen.« Sie rollert zu ihrem Tisch und legt die Tafel darauf. Kurz sitzt sie ganz still. »Schokolade! Das war unvorstellbar. Immer wieder fällt mir so etwas nun ein.« Von einer Sekunde auf die andere wird sie traurig. »Ich denke so viel an früher. Ich vermisse Post. Ich müsste Elisabeth noch mal schreiben, aber Schwester Susanne hat so viel zu tun, und sie kümmert sich schon so lieb um mich.«
Ich putze mir umständlich die Nase, so kann Frau Silberstein nicht sehen, wie entsetzt ich schaue. »Und jetzt?«, frage ich leise.

»Jetzt gehen wir los«, antwortet Frau Silberstein, obwohl ich natürlich die Sache mit der Post gemeint hatte. Ich räuspere mich und bin erst mal erleichtert: »Alles klar.«
Unten im Saal sind noch einige Plätze frei, und ich entdecke die anderen sofort. Sie sitzen an einem Vierertisch am Fenster, Lea sehe ich nur von hinten, sie beugt sich gerade zu ihrer Großtante und bringt sie mit irgendetwas zum Lachen. Meine Hände schwitzen. An einer Seite des Tisches steht kein Stuhl, also schiebe ich Frau Silberstein an diese Stelle, während ich möglichst lässig sage: »Einen wunderschönen Tag die Damen!«
Das mit den Damen habe ich von meinem Vater, der behauptet, so punktet man bei den Frauen, egal ob alt oder jung, auf Höflichkeit und Charme stehen die immer, auch – oder gerade – wenn es manchmal ganz übertrieben ist. Was noch ganz wichtig wäre: die Damen zum Lachen bringen!
Als ich krank zu Hause herumlag, habe ich mir nicht nur einmal ausgemalt, dass Lea mich langweilig findet. Doch jetzt lacht sie mich an und streicht sich über die Haare. Sie trägt einen weiten, dicken Pullover, und darüber hängt ein Schal, da sehe ich an den wichtigsten Stellen so gut wie gar nichts. Auf dem Tisch stehen eine Kanne Kaffee und daneben ein Teller mit Streuselkuchenstückchen.
Lea tut jedem etwas auf, ich übernehme den Kaffee. »Willst du?«, frage ich sie, und sie nickt. »Ja, aber nur wenig.«
Dann sitzen wir alle da und rühren in unseren Tassen, und ich soll Lea nun also zum Lachen bringen. Leider habe ich das Lustigsein nicht gerade abonniert, nicht mal ein Witz fällt mir ein. Soll ich ein Lied singen, einen Handstand machen, auf dem Tisch tanzen? Essen wir also den Kuchen, der genauso trocken ist, wie er aussieht, schnell einen Schluck Kaffee hinterher. Frau

Silbersteins Hand zittert ziemlich. Als endlich ein kleines Stückchen Kuchen auf der Gabel ist, fällt es wieder herunter. Dann greift sie nach ihrer Tasse, zieht die Hand aber wieder zurück. »Bitte, lasst euch nicht die Stimmung verderben. Esst, trinkt. Schmeckt der Kuchen?«
Lea flüstert irgendwas mit ihrer Großtante. »Und Sie?«, frage ich Frau Silberstein.
»Ich fühle mich so zittrig«, antwortet sie, und das hat mir gerade noch gefehlt. Jetzt Frau Silberstein mit Kuchen füttern? Kann mich mal eben jemand wegbeamen?
»Ja, willst du nicht helfen?«, höre ich Leas Stimme wie von weit her, und ich könnte über mich selbst lachen, über die tolle Idee von mir, in diesen kackbraunen Saal zu kommen, nachdem der Ausflug mit den beiden Rollstühlen schon so wahnsinnig erfolgreich war.
Ich helfe Frau Silberstein beim Trinken, sie nimmt winzige Schlückchen. »Danke.«
»Ein bisschen trocken«, sagt Lea, und ich muss sogar husten, die Krümel kratzen im Hals.
Dann setzt plötzlich Musik ein. Ein Akkordeonspieler ist auf der anderen Seite des Saals aufgetaucht, er trägt einen grünen Hut und eine Art Tracht. Lea verdreht ein bisschen die Augen. Der Typ mit dem Hut spielt irgendeine Melodie und fängt an, dazu zu singen, es klingt furchtbar, und Lea fängt an zu lachen.
Dann kommt Musik, Musik, Musik, Applaus, Applaus, Applaus, und dabei flöße ich Frau Silberstein den Kaffee ein, Kratzkuchen will sie nach dem ersten Hustenanfall nicht mehr. Hin und wieder ein Blick zu Lea, und ich kann kurz nicht richtig atmen. Die Musik ist zum Davonlaufen, aber wenigstens müssen wir uns nicht krampfhaft unterhalten, die Großtante schunkelt mit, und

vielleicht gefällt es auch Frau Silberstein ein bisschen. Irgendwann, nach zwei Tassen bitterem Kaffee, die ich nur trinke, um überhaupt etwas zu tun, verbeugt sich der Trachten-Typ, und alle klatschen noch mal.
»Wie schön!«, ruft Frau Wissmann begeistert.
»Musik«, sagt Frau Silberstein und schaut uns alle an. »Musik. Es war so schön, sie zu hören. Wie von einer anderen Welt.«
Ein paar im Saal klopfen auf die Tische, Lea bückt sich nach ihrer Tasche und macht halb verschwunden irgendwas herum. Am liebsten würde ich mich auch bücken und dort unten mit ihr reden, denn der Musikgeschmack der beiden Omas interessiert mich alles andere als brennend.
»Es war auch gefährlich«, sagt Frau Silberstein, und ich kapiere sofort, wovon sie spricht. »Alles Schöne, alles, was etwas Linderung verschaffte, war gefährlich. Eine Frau konnte wunderschön singen. Eines Tages wurden ihr dafür alle Zähne ausgeschlagen. Später bei den Konzerten habe ich immer auch an diese Frau gedacht.«
»Welche Frau?«, fragt Frau Wissmann, und in diesem Moment taucht Lea wieder auf.
Frau Silberstein lächelt. »Sie haben Ihre Tochter und Lea, das ist gut«, sagt sie.
»Sie haben Lennard«, sagt Frau Wissmann.
Jetzt möchte ich wirklich unter den Tisch kriechen. Nun fängt auch noch die Großtante so an!
»Ja, alles ist wie ein kleines Wunder«, sagt Frau Silberstein. Fehlt nur noch, dass sie gleich erzählt, wie und warum ich am Anfang überhaupt in den Bunker gekommen bin. Dann gäbe es gleich ein richtig tolles Gesprächsthema. Oder sie erzählt vielleicht noch mehr von der Frau mit den eingeschlagenen Zähnen …

Frau Silberstein legt ihre Hand auf meinen Arm. »Tut mir leid, ich möchte nach oben, mich hinlegen.«
Mist. Okay. Dann jetzt. Das ist meine letzte Chance. Ich muss den Mund aufkriegen, denn ich habe immer noch nicht Leas Nummer, und alle anderen können denken, was sie wollen. »Treffen wir uns gleich noch?« Ich frage das so normal wie möglich in Leas Richtung. Sie legt den Kopf schräg, als müsste sie sich das gut überlegen. Ich höre auf zu atmen. »Hol mich doch nachher im Zimmer ab«, sagt sie, und ich schiebe meinen Stuhl irre lässig zurück. »Okay, mach ich.« Bei einer Abfuhr hätte ich jetzt allerdings auch mal an Selbstmord gedacht. Ich gehe mit Frau Silberstein aus dem Saal, und draußen sagt sie laut: »Siehst du.« Zum Glück hat sie hinten keine Augen.

Mit feuchten Händen klopfe ich an die 14. Das Zimmer von Frau Wissmann ist mini. Lea sitzt auf der Bettkante und schaut mir entgegen. »Ich komme«, sagt sie und steht auf. Sie zieht ihren Anorak an und lässt ihrer Großtante noch einen Kuss da.
»Bis bald, mein Sonnenschein. Viel Spaß, ihr beiden!« Die Großtante winkt uns zu, dann ist Lea bei mir, und ich rieche etwas Süßes, Blumiges, ihr Parfüm, und lächle in mich hinein. Mann, wie ich hier das erste Mal um die Ecke gespäht habe, aufgeregt, Lea vielleicht zu sehen! Nun bin ich einen großen Schritt weiter – nur, was mache ich mit ihr an einem Nachmittag mitten im Winter? Auf dem Weg nach draußen redet Lea von dem trockenen Kuchen und dem singenden Trachten-Typ, Mädels fällt immer was zum Reden ein.
Es ist fast dunkel, als wir aus dem Bunker kommen. Lea hat eine große Tasche dabei und zieht ihre blaue Mütze auf, sie sieht supersüß damit aus.

»Auf was hast du Bock?«, frage ich.
»Viel Zeit habe ich nicht. Wir können mal Richtung U-Bahn gehen.«
»Musst du schon nach Hause?«
»Ja, ich brauche immer eine halbe Stunde mit der Bahn, mindestens«, sagt sie.
»Oh. Wieso wohnt deine Tante denn so weit weg von euch?«
»Warum? Na, weil sie hier ein Zimmer bekommen hat. Ist zwar klein, aber sie muss es sich nicht teilen.«
»Und wo wohnst du?«, frage ich und erfahre, es ist das andere Ende der Stadt. Lea mal ganz zufällig auf der Straße treffen ist also nicht drin.
Wir laufen los, und ich würde total gerne den Arm um sie legen. Einmal habe ich es mir bei einem Mädchen getraut, wir sind ein Stück wie ein Paar gelaufen, aber dann musste sie plötzlich weg.
Leas Handy klingelt irgendwo in ihrem Anorak, und sie geht ran. Viel höre ich nicht, nur: Hallo, ja, nein, hmm, ja, okay, bis gleich, dazwischen lange Pausen. Wer das wohl ist? Eine Männerstimme ist zu hören …
Wir kommen an die große Straße, dort gibt es alles, Geschäfte, Imbisse und Feierabendverkehr. Es ist viel los, und die Lichter schimmern auf dem nassen Boden. Wir sehen unseren Atem als Wölkchen in den Himmel steigen, und ich möchte, dass jetzt etwas passiert, etwas Besonderes. »Gehen wir was trinken?«
»Das wird knapp.«
Ich schaue geradeaus. Meine Enttäuschung, die im Bauch immer größer wird und sich anfühlt wie ein großes Loch, braucht Lea ja nicht unbedingt mitzukriegen. Wir gehen weiter Richtung U-Bahn, ein paar wenige Minuten habe ich noch, bevor sie weg ist und das große Loch im Bauch mich auffressen wird. An der

Ecke kommt mein Lieblings-Dönerladen in Sicht. Ich esse mit meinen Freunden hier manchmal was, und außerdem kann man durch die großen Fenster gut Leute beobachten. »Ich habe Hunger«, sage ich, »ich lade dich ein, wenn du willst.«
Einen Moment lang laufen wir nah nebeneinander und berühren uns fast. Bis Lea sagt: »Hunger habe ich nicht. Aber ich komm kurz mit rein.« Da traue ich mich vor lauter Freude sogar, ihr kurz den Arm um die Schulter zu legen, und sie lässt mich. Leider sind wir dann auch schon da.
Im Dönerladen ist Platz am Fenster, und sie setzt sich auf einen der Hocker. »Cool. Bringst du mir eine Cola mit?«
»Klar«, sage ich und komme dabei hoffentlich so rüber, als lade ich hier nicht zum ersten Mal ein Mädchen ein.
Es stehen viele Leute an, es dauert, bis ich an die Reihe komme. Einmal drehe ich mich um und schaue zu Lea. Sie ist mit ihrem Handy beschäftigt, tippt eine Nachricht. Vielleicht an eine Freundin: *Sitze hier mit einem tollen Typen …* Schön wär's, und noch schöner wäre es, wenn *sie* gleich meine Nummer will.
Endlich bin ich dran. Ich weiß nicht, ob sie auch Kalorien zählt oder eine normale Cola trinkt, will nicht durch den Laden schreien und nehme einfach eine von jeder Sorte. Als ich ihr die Wahl lasse, schaut sie mich mit großen Augen an und sagt: »Du bist ja süß!«
Dann sitzen wir nebeneinander auf den Hockern und schauen raus auf die Straße, sehen den Leuten nach, die dick eingepackt vorbeirennen. »Schau mal, die« und »Kuck mal, der« – das macht immer Spaß. Lea will doch mal bei mir beißen, etwas von der Dönerladung fällt runter auf den Boden, wir lachen. Dann aber schaut sie auf einmal ganz ernst. »Du weißt das schon mit Frau Silberstein, oder?«

Ich schiebe mir den letzten Rest rein. »Was?« Also weiß Lea auch vom KZ? Hatte mich schon gewundert, dass Frau Silberstein vorhin fast davon angefangen hätte.
»Na, dass sie krank ist.«
»Aha …« Ich spüle den Klumpen im Hals mit einem großen Schluck Cola herunter, Lea nagt an ihrer Unterlippe herum. »Lass doch«, sage ich und strecke die Hand nach ihr aus, berühre kurz ihr Gesicht. Ich will nicht, dass sie so unglücklich aussieht. Sie lächelt, und mir wird heiß. Habe ich mich das gerade echt getraut?
Sie schaut auf ihr Handy und dann wieder zu mir. »Na gut, noch ganz kurz. Ich glaube, es ist wichtig, dass du es weißt.«
»Was denn?«
»Also, Frau Silberstein hat Krebs. Meine Großtante hat es mir erzählt. Heute am Tisch, da hat man auch voll gesehen, wie Frau Silberstein abgebaut hat. Ich meine, sie ist echt alt, und meine Großtante sagt, viele alte Menschen haben Krebs. Der entwickelt sich dann auch langsamer, je älter man ist, das ist quasi ein Vorteil, hat sie mir erklärt. Aber wenn Frau Silberstein dir bis jetzt nichts gesagt hat, wollte sie dich wahrscheinlich nicht schockieren.«
Ich schaue die ganze Zeit auf Leas Mund, der redet und redet. Sie streicht sich eine Haarsträhne zurück. »Jetzt bist du doch schockiert? Hätte ich es dir nicht sagen sollen? Aber mit dir geht sie sogar raus und zeigt sich mal wieder, das finde ich so toll!«
Super. Lea findet mich also genau deswegen toll, weil ich mich um Frau Silberstein kümmere, und die ist nun auch noch todkrank. Lea soll sofort aufhören, von meinem tollen Einsatz zu schwärmen, und stattdessen mal auf die Idee kommen, dass das alles auch irgendwie mit ihr zu tun hat. Ich falle vom Stuhl,

wenn Lea mich jetzt hier alleine lässt. Was ich eben gehört habe, macht mir Angst. Sie schaut schon wieder aufs Handy.
»Gibst du mir deine Nummer?«, frage ich, es ist das Mindeste, was ich jetzt von ihr will, wenn es schon keine Gelegenheit zu mehr gibt, zum Nebeneinanderlaufen und zum Küssen etwa. »Vielleicht können wir ja das nächste Mal … was hast du denn jetzt vor?«
Sie zieht sich ihre Mütze über den Kopf. »Dienstags habe ich Jazzdance. Ich muss wirklich los.«
»Warte.« Ich greife nach ihrem Arm, das passiert wie von selbst. »Wie soll ich mich denn nun bei Frau Silberstein verhalten?«, frage ich, denn wen außer Lea sollte ich sonst fragen? Zu Hause will ich nichts aus dem Heim erzählen, und dabei bleibe ich auch, und Samuel und Pascal machen wahrscheinlich nur komische Sprüche.
Lea steht auf, als gäbe es die Hand auf ihrem Arm gar nicht. Mein Magen tut weh, ich habe einen halben Liter kalte Cola in mich reingekippt und einen Döner verschlungen, aber das allein ist es nicht.
»Ich weiß es nicht. Einfach nett zu ihr sein, glaube ich. Und jetzt …«
»Weißt du eigentlich, dass Frau Silberstein im Krieg im KZ war?«, höre ich mich fragen. Lea darf jetzt nicht einfach so gehen!
»Quatsch!« Sie setzt sich wieder auf ihren Hocker und sieht mich erschrocken an. »Echt jetzt? Was hat sie denn erzählt?«
Das wusste sie also nicht. Vielleicht weiß es wirklich kaum jemand, und dann habe ich mit Lea ein Geheimnis. Leider kein schönes. »Nicht viel«, antworte ich. »Sie ist Jüdin. Ich weiß nie, ob ich näher nachfragen soll.«

»Mensch«, sagt Lea und starrt mich an. »Wahnsinn.« Ihre Augen sind ganz groß.
»Wir haben das gerade in der Schule«, sagt sie. »Ihr nicht?«
»Ja, doch«, sage ich. »Kommt bei uns jetzt dran, klar.« Lea schaut mich gebannt an. Ob es in der Klasse ein Grund zum Angeben wäre, eine Überlebende zu kennen? Das fänden einige bestimmt krass interessant. So wie Lea jetzt.
»Dann ist Frau Silberstein eine der wenigen, die noch davon erzählen können«, sagt sie und rutscht wieder vom Hocker, lässt mich nicht aus den Augen. »Was sie wohl erlebt hat?« So lange hat mich Lea noch nie angesehen. »Mir tut Frau Silberstein leid, jetzt noch viel mehr. Vielleicht sollten wir mal … ach, egal, ich muss los.«
Ich hole mein Handy raus. Wenn Lea mir jetzt nicht das Wichtigste überhaupt gibt, habe ich verloren, bin ich verloren, bin ich tot, auch ohne Krebs. Doch dann weiß sie ihre Nummer auswendig, ich tippe sie ein und wähle sie gleich an. In ihrer Tasche klingelt es. »Das bin ich«, sage ich.
»Ja, okay«, sagt sie. »Aber es gibt eine Sondervereinbarung zwischen uns, das ist wichtig, das musst du mir versprechen. Erstens: nur schreiben, komm nicht auf die Idee, mich anzurufen, ich sage das nur sicherheitshalber. Und zweitens: Ich schreibe dir zuerst, warte bitte, in Ordnung? Warum, das erkläre ich dir später mal.« Dann beugt sie sich zu mir und gibt mir einen Kuss auf die Wange. Einfach so, ich kann so schnell gar nicht reagieren. »Tschüss. Vielleicht treffen wir uns ja doch bald mal«, sagt sie und dreht sich um. An der Tür schaut sie zurück und winkt, dann verschwinden der hellblaue Anorak und die blaue Mütze zwischen den vielen anderen Menschen im Dämmerlicht.
Schau noch mal rüber, nur noch ein Mal! Sie tut es nicht, und

in mir herrscht Chaos. Erst wollte sie sich nicht verabreden und nun plötzlich doch, inklusive Küsschen. Ich soll mich nicht bei ihr melden, und Frau Silberstein ist auch noch schwer krank. Alles schlägt wie eine Welle über mir zusammen – aber ich habe Leas Nummer, und das ist mein Rettungsanker. Habe ich mir nicht gesagt, wenn ich die habe, brauche ich nicht mehr ins Heim zu gehen? Freikaufen muss ich mich auch nicht mehr. Die Strichliste hinten im Buch ist jedoch noch nicht fertig. Ich muss die Adresse von Elisabeth Schwarz rausfinden, bevor Frau Silberstein zum echten Totenkopf wird.

11

Jana sitzt am Tisch und tut so, als würde sie unendlich leiden. »Ich kann Omi heute nicht besuchen«, sagt sie. »Ich habe meine Tage.« Sie schiebt ihren Teller weg, hat beim Mittagessen richtig zugeschlagen und ich glaube ihr nicht richtig, dass es ihr schlecht geht.
»Ich kann auch nicht«, sagt meine Mutter, »unmöglich. Ich schaffe die Übersetzung sonst nie.«
Beide sehen mich an. »Nee, nee«, sage ich und stehe sofort auf. »Ich möchte heute mal wieder ins Hallenbad, da war ich wegen meiner doofen Erkältung ewig nicht mehr, und morgen ist Frau Silberstein dran. Da geht gar nichts.«
»Setz dich bitte noch mal«, sagt meine Mutter, »wir müssen eine Lösung finden.«
Ich setze mich nicht, denn die Lösung heißt Jana. »Gerade eben ging es dir noch ziemlich gut«, sage ich zu ihr. Da lag sie nämlich in ihrem Zimmer auf dem Boden und hat in ihr Handy gekichert.
»Du weißt ja gar nicht, wie das ist!«, kreischt Jana. »Lenny soll gehen! Ist doch seine Strafe, dass er die Besuche bei Frau Silberstein zusätzlich machen muss, oder nicht?«
»Ich muss gar nichts, ich gehe mittlerweile freiwillig!«, gebe ich es ihr zurück. Es kann ja wohl nicht wahr sein, dass sie mich jetzt damit fertigmachen will.

»Dann kannst du heute erst recht gehen!«
Diese Logik verstehe ich nicht, will ich auch gar nicht. »Kannst du vergessen!«
»Kinder!«, ruft meine Mutter. »Jetzt beruhigt euch mal. Jana, du könntest deinen Bruder bitte in aller Ruhe fragen, ob er für dich einspringt. Du, Lennard, kannst wenigstens mal eine Minute darüber nachdenken, bevor du gleich Nein sagst.«
»Wenn der mich so anmacht!« Immer noch kreischt sie.
»Mit der kann man doch gar nicht reden, die ist doch hysterisch!« Ich bin total sauer, denn jetzt werde ich mit Jana auch noch in eine Schublade gesteckt.
Jana springt auf. »Arschloch!« Sie rennt aus dem Zimmer und knallt die Tür zu.
»Du bist mit Abräumen dran!«, rufe ich ihr hinterher, denn davor kann sie sich jetzt nicht auch noch drücken.
Meine Mutter reibt sich die Schläfen. »Lass sie doch. Es wird schon stimmen, dass es ihr nicht gut geht. Ein bisschen hat sie auch recht. Das mit Frau Silberstein darf nicht zu sehr zu Lasten von Omi gehen. Darüber haben wir schon ein paarmal gesprochen.«
Ich kann es nicht fassen, nun verbünden sich die beiden auch noch gegen mich! Was stellen die sich eigentlich vor? Dass es ganz easy bei Frau Silberstein ist?
»Keine Chance«, sage ich.
»Könnt ihr vielleicht auch einmal an mich denken? Du gehst heute bitte zu Omi, fertig!«
»Dann gibt es heute eben mal keinen Besuch, ist doch kein Weltuntergang! Anderen geht es viel schlimmer!« Das haben meine Eltern nun davon, dass sie uns immer gepredigt haben, wir sollten an die vielen armen Kinder in der Welt denken, die gar

nichts hätten, und wir machten so ein Theater wegen einem Eis oder sonst was.

»Komm mir nicht mit so etwas«, sagt meine Mutter, und auf ihrer Stirn entsteht diese steile Falte.

»Doch«, sage ich.

»Du gehst bitte. Oder …«

»Du hast ja keine Ahnung!«, schreie ich, dabei wollte ich gar nicht so laut sein wie Jana, aber die Wut im Bauch ist genau dieselbe wie damals, als meine Mutter mich zu dieser Lesepatenschaft gezwungen hat. »Gar nichts weißt du, aber du tust immer so, als wäre alles nur zu unserem Wohl!«

»Wie meinst du das?«

Ich starre auf den Tisch. »So wie ich es sage.«

»Dann habe ich es nicht verstanden.«

Okay, jetzt kann sie es haben. »Ich gehe nicht freiwillig zu Frau Silberstein, weil es da toll ist, ich gehe da hin, weil es da schlimm ist.« Wir sitzen uns gegenüber und sehen uns an. Die Falte auf Mamas Stirn ist wieder verschwunden, und meine Wut ist so plötzlich weg, wie sie gekommen ist. Verraucht. »Frau Silberstein ist sehr krank«, sage ich. »Ich glaube sogar, sie stirbt bald.«

»Ach, Lenny«, sagt meine Mutter. »Das tut mir leid. Sie ist doch aber auch schon sehr alt, oder nicht?«

»Ja. Und sie hat niemanden mehr.«

»Es ist aber nicht deine Aufgabe …«

»Dann ist da noch Gerda, ihre Zimmernachbarin. Die redet nichts mehr, aber manchmal weint sie laut.«

»Das wusste ich …«

»Und dann ist da noch etwas«, unterbreche ich sie. Jetzt kann sie den Rest auch noch wissen – fast. »Frau Silberstein war im KZ. Das geht mir gar nicht aus dem Kopf.«

Meine Mutter wird ein Stück kleiner und stützt ihr Kinn auf die Hände. »Das tut mir sehr leid. Ich wollte längst mehr über Frau Silberstein erfahren, habe mir schon meine Gedanken gemacht. Aber du wolltest mir bisher nie etwas erzählen. Daraus kannst du mir keinen Vorwurf machen.«

»Mach ich nicht, wenn du mir keinen Vorwurf machst, dass ich nicht oft genug zu Omi gehe.«

Sie runzelt die Stirn. »Du bist ganz schön schlagfertig geworden«, sagt sie. »Aber gut, dass du endlich etwas erzählst. Zwingen konnte ich dich ja nicht.«

Ich halte Mamas forschendem Blick stand. Reicht das jetzt, um die Absolution zu bekommen und heute nicht zu Omi zu müssen?

»Deswegen also möchtest du weiter dorthin gehen? Weil Frau Silberstein dir leidtut? Weil du ihr helfen möchtest?«

»Wie soll ich ihr denn helfen?«, frage ich, vielleicht hat meine Mutter eine Idee, sonst weiß sie ja auch fast immer alles.

»Ich bin richtig gerührt«, antwortet sie. »Das finde ich toll von dir.«

Schon sitze ich wieder in der Falle. Zum Schutz hebe ich die Arme, damit nicht wieder zu viel des Lobes auf mich herabregnet, Lob, das sich noch nie richtig angefühlt hat. Denn wenn Lea nicht wäre, hätte ich die Stunden vielleicht wirklich schon hingeworfen. Dazu habe ich auch noch Frau Silbersteins letzten Kontakt zu ihrer Familie geklaut.

»Erzähl mal was von Frau Silberstein. Warum ist sie so krank? Was können wir für sie tun?«

Schon ist meine Mutter beim ›Wir‹. Aber es fühlt sich gar nicht schlecht an. »Irgendeinen Krebs, wir haben noch nicht so richtig darüber gesprochen, auch über das andere nicht. Wegen dem

KZ deutet sie manchmal nur was an. Soll ich sie direkt danach fragen?«

»Puh«, macht meine Mutter. »Das weiß ich auch nicht. Wahrscheinlich haben viele über das, was sie erleben mussten, nie richtig geredet. Einige sprechen aber zum Glück darüber.«

»Zum Glück?«

»Na ja, Glück. Sonst würden die Überlebenden alles mit ins Grab nehmen. Sie sollten aber eine Spur hinterlassen, erzählen, wie es war, damit wir das Unvorstellbare nicht einfach vergessen.«

»Das Unvorstellbare«, wiederhole ich nur.

»Oder kannst du dir über eine Million Kinder vorstellen? Eineinhalb Millionen Kinder wurden Opfer des Holocaust, mussten ins Gas oder wurden anders umgebracht.«

»Anders … wie denn?« Von den Gaskammern weiß ich, die Krematorien in Buchenwald habe ich ja gesehen. So viele wurden verbrannt!

»Es gab da einen Bericht – einer von sehr vielen. Es wird von einem besonders eisigen Winter berichtet in einem der Lager …« Sie schüttelt den Kopf.

»Und?« Jetzt will ich's auch hören.

»Da … wurden die Kinder dort mit eiskaltem Wasser gewaschen. So stand es geschrieben: gewaschen.«

»Und dann?«

»Dann wurden die Kinder nach der ›Waschung‹ – vermutlich wurden sie mit einem Kübel dreckigem Wasser übergossen – in den Schnee geschickt. Dort standen sie im Schneetreiben in ihren nassen Fetzen, oder vielleicht waren sie auch nackt. Stundenlang. Einfach so. Bis sie tot umgefallen sind. Die anderen Häftlinge mussten zusehen, wie die kleinen Gestalten dort erfroren, und mussten sie dann … ›entsorgen‹, wie es ebenso schön hieß.«

Es ist ganz still im Zimmer. Mein Hals ist trocken, ich rühre mich nicht. So etwas wusste ich nicht, und jetzt habe ich nicht nur das Bild von Frau Silberstein hinter Stacheldraht vor mir, sondern auch noch Kinder im Schneetreiben, die der Reihe nach tot umfallen. Was mag Frau Silberstein wohl selbst erlebt haben, weil sie immer so zittert und friert? »So etwas nimmt sie vielleicht auch bald mit ins Grab«, sage ich.
»Hat sie denn niemanden mehr?«, fragt meine Mutter.
»Es kommt niemand außer mir zu Besuch«, antworte ich. So ausgedrückt ist es nicht gelogen.
»Das alles tut mir unheimlich leid. Warum hast du mir nicht eher davon erzählt?«
»Weiß nicht. Ich war so sauer am Anfang, ich dachte, dich geht gar nichts mehr etwas an.«
Meine Mutter betrachtet mich und kann sich nicht entscheiden, ob sie lachen oder weinen soll. »Du bist mir einer«, sagt sie und wischt sich eine Träne weg. »Wie machen wir denn jetzt weiter?«
Kurz, eine Zehntelsekunde lang vielleicht, will ich auch vom Handyklau erzählen. Ganz sicher würde meiner Mutter etwas einfallen, um zu helfen, allein Frau Silbersteins wegen, und alles wäre viel einfacher … Ich stehe schnell auf. »Ich hole jetzt Jana, damit sie abräumt.«
»Bitte, lass sie doch.«
»Warum nimmst du sie so in Schutz?«, frage ich und werde schon wieder sauer.
»Ich würde auch dich schützen, wo immer es nötig ist. Du musst mir sagen, wenn dir etwas zu viel wird. Jetzt bist du in ein fremdes Schicksal hineingeraten. Andererseits ist es natürlich toll, Frau Silberstein mit deinen Besuchen eine Freude zu machen.«
»Na ja, anfangs hielt sich ihre Begeisterung in Grenzen.«

»Wie meinst du das denn jetzt?«
»Weil sie alles weiß.« Nun bekommt meine Mutter das auch noch verpasst. »Ich habe ihr erzählt, warum ich zu ihr komme. Warum ich kommen muss! Sie weiß von den Graffiti.«
»Das hast du tatsächlich erzählt?«
»Frau Silberstein ist entspannt. Sie meint, es macht ihr nichts aus, wenn ich meine Stunden nur absitze, ich könnte dabei tun, was ich will. Sie schläft sowieso oft und ist müde. Na ja, aber nur rumzusitzen ist Blödsinn. Ein paar Kapitel aus *Tschick* habe ich schon vorgelesen.«
»Das sind ja alles Neuigkeiten«, sagt meine Mutter und steht langsam auf. »Die muss ich mitsamt dem Mittagessen erst einmal verdauen. Ich bin platt.«
»Ich gehe in mein Zimmer«, sage ich, staple aber noch schnell Pfanne, Teller und Topf übereinander. Soll Jana bleiben, wo sie ist.
»Lenny!«, ruft mir meine Mutter hinterher. »Ich bin immer für dich da, und zwar erst recht, wenn du dich mal in Schwierigkeiten bringst. Vergiss das nicht.«

Auf dem Weg zu Frau Silberstein halte ich es nicht mehr aus. Ich schreibe Lea. *Bist du heute da?* Seit wir unsere Nummern ausgetauscht haben, schaue ich ständig aufs Handy. Ich meine, ich schaue sowieso jeden Tag hundertmal drauf, nun aber eben zweihundertmal. Ich kann nicht einfach nur warten, bis was von ihr kommt, und in ihrem Status auf WhatsApp habe ich kein Foto oder sonst was Interessantes über sie gefunden, leider. Tausendmal habe ich mir unser letztes Treffen durch den Kopf gehen lassen, habe immer wieder dieses ziehende Gefühl im Bauch gespürt, als ich mir wünschte, sie solle sich noch mal umdrehen, bevor sie zwischen den anderen Menschen auf der Straße verschwunden ist. Wenigstens – mindestens – möchte ich mit ihr heute wieder zur U-Bahn laufen …

Im Bunker ist kein Ziegenbärtchen zu sehen, ich mag ihn noch viel weniger, seit Lea gesagt hat, er wäre süß und toll. Auf Frau Silbersteins Etage schreit wieder jemand in einem der Zimmer herum, und als ich an die 72 klopfe, bin ich am Ende. Warum antwortet Lea nicht? Gelesen hat sie meine Nachricht. Ist sie jetzt sauer, weil ich eben doch zuerst geschrieben habe? Wo ist das Problem?

Im Zimmer ist es still. Frau Silberstein ist unter der Decke fast gar nicht zu sehen, auch Gerda liegt zugedeckt da. Neben ihr steht ein Tropf, ein Schlauch geht in ihren Arm. Nun ist es wirklich wie im Krankenhaus hier.

Ich setze mich zu Frau Silberstein. »Hallo? Frau Silberstein?«

Keine Regung, nur Gerdas Atem höre ich, der ist ziemlich laut. Ich schaue auf mein Handy, auch von Samuel kein Lebenszeichen, durch seine Freundin ist er so gut wie abgemeldet. Er schickt fast nur noch Smileys in allen Variationen als Antwort auf egal welche Frage.

Erst sitze ich nur am Bett herum, dann hole ich *Tschick* aus der Tasche. Hinten im Buch trage ich einen Strich ein. Ich fange an, halblaut zu lesen. So ziehe ich wenigstens das Ding hier durch, und ich mag auch nicht die Wand anstarren. Alles ist besser, als in diesem seltsamen Frust zu versinken, der mich in letzter Zeit immer öfter überfällt und hier und jetzt gerade besonders.

In der Story kommt endlich Tschick ins Spiel, er ist neu in Maiks Klasse und stammt aus den »unendlichen russischen Weiten«, wie der Lehrer es formuliert. Maik findet Tschick ein bisschen

asozial wegen seiner komischen Klamotten, und auch, weil Tschick kaum redet. Aber er findet ihn auch irgendwie cool, weil Tschick eben einfach cool ist, das wird im Lauf der Story immer klarer.
Schon nach den ersten Zeilen fühle ich mich besser. Seltsam, wie Figuren aus einer Geschichte vom eigenen Elend ablenken können. Ich meine, das hier ist alles erfunden, aber es könnte auch wirklich so passiert sein, das ist kein Fantasy-Roman. Und als Tschick in Maiks Leben hineingerät, wird dessen Leben auf einmal spannend, also könnte logischerweise auch bei mir jederzeit etwas Neues und Spannendes passieren. Dieser Gedanke ist es, der mich besser drauf bringt. Nur nicht die Hoffnung aufgeben. Kaum habe ich die erste Seite zu Ende gelesen, da bewegt sich die Decke vor mir. Frau Silberstein bekommt die Augen kaum auf.
»Du bist da«, sagt sie leise.
»Ja, klar, es ist doch Dienstag«, sage ich.
»Hilf mir«, sagt sie, und ich helfe ihr, sich aufrechter hinzusetzen.
Sie sieht aus wie ein Geist, die Haare sind unordentlich, und ihr Gesicht hat die Farbe Schneeweiß. »Ich dachte, du kommst nicht mehr«, sagt sie und streicht sich mit zittriger Hand über das Gesicht. »Sonst hätte ich mich gekämmt. Aber ich bin eingeschlafen.«
Sie wirkt total fertig, so schlimm wie noch nie. Aber ich weiß ja nun, dass sie sehr krank ist. »Wieso sollte ich nicht mehr kommen?«, frage ich.
»Ich möchte einen Schluck Wasser.«
»Wir wollten doch das Buch zu Ende lesen«, sage ich und reiche ihr das Glas. Dass ich auch wegen Lea komme, kann sie sich

dazudenken, und den anderen Grund, die Sache mit Elisabeth, möchte sie nicht wissen …

Ihre Hände zittern, und während sie trinkt, entsteht ein Sturm im Wasserglas. Aber sie schafft es allein. »Ich komme immer öfter mit der Zeit durcheinander«, sagt sie leise. »War es erst vergangene Woche, als du da warst?«

Ich nicke.

»Dann lies, ich höre zu. Ich höre gerne zu.« Sie nimmt ihre Bürste, und ich fange noch mal von vorne an, das Kapitel ist ein bisschen länger. Das nächste mag sie schon nicht mehr hören. »Ich kann mich nicht so gut konzentrieren«, flüstert sie.

»Ihnen geht's nicht gut, stimmt's? Und Gerda? Warum hat sie einen Tropf?«

Frau Silberstein sieht zum anderen Bett hinüber. »Sie bekommt bald diese Sonde und muss woanders versorgt werden. Es wird jemand Neues einziehen. Die Dame war schon hier und hat sich das Zimmer angesehen. Bestimmt ist sie nett, sie war freundlich. Aber sie möchte einen Fernseher mitbringen.«

»Ja, und?« Erst jetzt wird mir klar, dass es hier im Zimmer gar keinen Fernseher gibt. Ein Leben ohne alles – Fernsehen, Internet, Handy – wie geht denn da die Zeit rum?

»Weißt du, vieles mag ich nicht mehr wissen und sehen. Noch ein Grund mehr, bald zu gehen.«

»Sie gehen auch weg? Wohin denn?«

Frau Silberstein schüttelt den Kopf. »Ich meine es anders, Lennard. Ich weiß nicht, ob wir das Buch noch schaffen.«

Total geschockt bin ich nicht, ich weiß es schließlich schon. »Sie sind sehr krank«, sage ich leise. Dann sitze ich da und warte, aber ich muss ihr alles aus der Nase ziehen. »Warum haben Sie mir nichts davon erzählt?« In meiner Jacke tut sich was, eine

Nachricht ist angekommen, es durchfährt mich wie ein kleiner Elektroschock. Am liebsten würde ich sofort nachschauen, ob es Leas Antwort ist.
»Nimm es dir nicht zu sehr zu Herzen«, antwortet sie. »Die Diagnose lautet Krebs. Es tut mir nicht besonders weh.«
Und als wären wir im Supermarkt, frage ich: »Welchen denn?« Welchen Krebs hätten Sie denn gern?
»Alterskrebs. Irgendwie muss ich doch aus dem Leben gehen, nachdem ich so viel überlebt habe. Die Diagnose kam erst vor ein paar Wochen, sonst hätte ich gleich Nein zu deinen Besuchen gesagt. Nun aber kann ich dir nicht versprechen, wie es weitergeht.«
»Aber was müssen Sie mir denn versprechen?« Ich verstehe nicht, wovon sie redet, und Frau Silberstein tut mir total leid, noch mehr als sonst.
»Wer weiß, wie alles verläuft. Ich möchte dich nicht erschrecken. Du bist sowieso nur zufällig an mich geraten. Also, du musst wirklich nicht mehr herkommen, wenn du nicht willst. Ich habe nur noch sehr wenige Wünsche.«
»Und welche?«, muss ich einfach fragen.
»Post. Aber wäre etwas Schlimmeres passiert, wüsste ich es. Trotzdem ist es das erste Mal, dass wir uns zum Jahreswechsel nichts geschrieben haben. Als wäre ich, oder Elisabeth, schon tot.«
Sie sieht mich an, und das schlechte Gewissen überrollt mich wie eine ganze Armee von Panzern. Eine Handvoll Elisabeths habe ich schon angerufen, nachdem ich bei den Miriams und Mirjams keinen Erfolg hatte, und sie klangen alle nicht nach alter Oma, alles fühlte sich gleich falsch verbunden an. Ohne Wohnort drehe ich mich im Kreis. Ich greife nach Frau Silber-

steins Hand, es passiert wie von selbst. Frau Silberstein schließt die Augen und drückt meine Finger ein bisschen.
Die Tür geht auf, und ich lasse die Hand lieber wieder los. Muss ja niemand mitbekommen, wie sehr ich mich hier um Frau Silberstein kümmere, ich toller Lesepate und Handydieb. Leider ist es nicht Schwester Susanne, die den Kaffee bringt. Ich hole mein Handy hervor – die Message eben war tatsächlich von Lea! Sie schreibt: *Bin erst nächste Woche wieder da. ICH melde mich. Ok? Bye.* Immer wieder lese ich die paar Worte, nicht, dass ich in der Aufregung ein paar wichtige Buchstaben übersehe, einen geheimen Hinweis darauf, wie sie mich findet. Aber da ist nur der Hinweis, dass ich mich nicht melden soll. Trotzdem fühle ich mich von einer Sekunde auf die andere viel besser. Endlich habe ich was von ihr auf meinem Handy.
»Na, hast du gute Neuigkeiten bekommen?«, fragt Frau Silberstein, die mich wohl beobachtet hat.
»Glaube schon«, sage ich und muss grinsen. Eins und eins, plötzlich passt da auch noch was anderes gut zusammen: Ich habe mich freiwillig dazu entschlossen, Frau Silberstein nicht alleinzulassen, und jetzt kann ich beim nächsten Mal Lea wiedersehen – diesmal sogar ohne Nachhilfe von Frau Silberstein. Das ist wie eine Belohnung. Das ist das fast schon ausgestorbene Gefühl, dass die Dinge endlich richtig laufen. Als Nächstes findet sich der Wohnort der Cousine, dann die Nummer, dann komme ich mit Lea zusammen und wir lesen das Buch zu Ende. Bingo!

12

Auf dem Frühstückstisch liegt die Zeitung. Heute ist der Jahrestag der Befreiung von Auschwitz, steht da groß geschrieben. Ich schaue schon die ganze Zeit auf die Titelseite, nur meine Hand will nicht danach greifen. Heute gehe ich zu Frau Silberstein, gerade heute, vielleicht war sie damals in Auschwitz? Meine Mutter schaut jetzt auch auf die Zeitung: »Ich lese es, und ich lese es wieder, da steht alles: größtes Vernichtungslager der Nationalsozialisten. Über eine Million Menschen dort ermordet. Todesfabrik. Endlösung. Es geht über meinen Verstand.«
Wenn ich nicht wüsste, dass Lea nachher da ist, wäre Besuch Nummer zwölf vielleicht der, vor dem ich mich drücken würde.
»Im Heim – soll ich heute etwas Besonderes sagen oder machen?« Bin froh, dass ich das nun einfach so fragen kann. »Frau Silberstein sagt Dinge wie: Die Kälte war schlimm, der Hunger war furchtbar. Und ich weiß, dass ihre ganze Familie im KZ umgekommen ist, keine Ahnung, wo und wie.«
Meine Mutter zeichnet mit den Fingerspitzen kleine Kreise auf den Tisch. »Können wir ihr denn etwas Gutes tun, was meinst du?« Sie sieht mich an, als wüsste ich tatsächlich eine Antwort. »Aber vielleicht möchte sie überhaupt nicht daran erinnert werden. Ich glaube, es ist wichtig, da sensibel zu sein.«
Meine Mutter kann mir also auch nicht sagen, wie ich mich bei Frau Silberstein verhalten soll – außer sensibel zu sein, was im-

mer das genau heißen soll. Am liebsten würde ich mich in meinem Zimmer verbunkern und an etwas anderes denken, aber das funktioniert heute nicht. Immer wieder geht mir auch der Film durch den Sinn, den wir inzwischen mit der Klasse gesehen haben.

»Da ist eine Frau, die mit 13 ins KZ Theresienstadt kam«, erzähle ich meiner Mutter davon. »In dem Lager wurde damals eine Kinderoper aufgeführt, und sie hat die Hauptrolle gesungen. Im Film fährt die Frau mit Jugendlichen von heute, die genau die gleiche Oper in Berlin aufführen, noch mal nach Theresienstadt. Dort erinnert sie sich, wie es gewesen ist. Die Nazis haben damals so getan, als wäre das Leben für die Juden dort ganz okay. Die Nazis haben einen Film über dieses anscheinend überhaupt nicht schlimme Lager gedreht, in dem dann genau diese Oper mit der Hauptdarstellerin vorkommt. Der Film sollte so tun, als ginge es den Juden dort gut, als hätten sie dort Spaß – so ungefähr. Er war eine totale Täuschung. In Wirklichkeit haben die Kinder dort am einen Tag auf der Bühne mitgesungen, und am nächsten wurden sie weggeschafft und umgebracht, fast alle. Die Frau aus dem Film hat irgendwie überlebt. Aber ihre Schwester wurde in Auschwitz ermordet. Im Film wird viel über die Jugendlichen berichtet, was sie heute so denken und fühlen. Beim Besuch im ehemaligen KZ lag dann diese Überlebende, die ganz fit und lebenslustig rüberkam, mit einem Mädchen auf der Wiese der Gedenkstätte. Fand ich erst komisch, weil sie sich ganz locker unterhalten und gelacht haben. Dann dachte ich aber: Ist doch auch gut«, erzähle ich an einem Stück durch.

»Ja«, sagt meine Mutter nachdenklich. »Jeder von den Überlebenden musste wohl seinen eigenen Weg finden, mit dieser furchtbaren Erfahrung umzugehen.«

»Vielleicht sagt Frau Silberstein deswegen immer, ihr ginge es ganz gut. Weil es so schlimm wie damals nie wieder werden kann«, fällt mir dazu ein. Über die Diskussion nach dem Film erzähle ich meiner Mutter nichts, weil sonst wahrscheinlich mein Herz wieder zu hämmern beginnt. Nach dem Film kam in der Klasse die Frage auf, ob wir Jugendlichen uns heute wegen des Holocausts noch irgendwie schuldig fühlen müssten. Diejenigen, die sich meldeten, sagten alle so was Ähnliches: Sie glaubten, es gäbe keine Schuld mehr für uns heute abzutragen, einfach auch deswegen, weil so viel Zeit vergangen ist. Dann kam der Hinweis der Lehrerin, die neuen Generationen – also wir – sollten Zeugen dieser Zeitzeugen sein und gut zuhören, damit die Erinnerung lebendig bleibt, weil die letzten Überlebenden des Holocausts bald sterben. Das war der Moment, in dem ich plötzlich total aufgeregt wurde. Sie redete genau von Frau Silberstein! Vielleicht bin ich der Einzige weit und breit, der eine solche Zeitzeugin kennt, von denen gibt's wirklich nicht mehr viele. Dann kam die Tonnenschwere. Es war, als hätte ich eben doch was mit dem Holocaust zu tun. Die Nazis haben Frau Silbersteins Familie ermordet, und ich habe den Kontakt zu den letzten Angehörigen geklaut. Ich, Lennard, und niemand anders. Ich hatte auf einmal schweißnasse Hände, und auch jetzt muss ich meine Hände, genau wie bei der Diskussion, an der Hose abwischen.

»Lenny?« Meine Mutter beugt sich ein Stück zu mir hin, mitten in meine aufgeregten Gedanken hinein. »Alles in Ordnung? Möchtest du Frau Silberstein vielleicht einen schönen Strauß Blumen mitbringen? Ich gebe dir Geld.«

»Blumen?« Ich komme wieder ins Hier und Jetzt zurück. »Was, wenn sie fragt, warum denn heute Blumen? Sage ich dann: Wegen der Befreiung von Auschwitz?«

Meine Mutter schüttelt den Kopf. »Ich denke einfach nur daran, ihr eine Freude zu machen. Nett zu ihr zu sein. Blumen sind Blumen.«

Plötzlich finde ich die Idee super. Einfach nett zu Frau Silberstein sein, das war auch Leas Tipp. So einen Strauß mitzubringen wäre schon mal eine Maßnahme.

Da kommt eine Nachricht auf meinem Handy an. *Hey, heute wieder zur U-Bahn? Hol mich nachher im Zimmer ab.* Bestimmt leuchtet mein Gesicht auf wie ein Scheinwerfer, es fühlt sich jedenfalls so an. Nach Leas letzter Nachricht war Funkstille, weil sie ja darauf bestand, *sie* würde sich melden. Im Kopf aber schreibe ich ständig Nachrichten an sie …

»Nanu, was ist denn jetzt los?«, fragt meine Mutter. »Eben sahst du noch so unglücklich aus, dann genügt ein Blick auf dein Telefon und du strahlst wieder?«

»Eine Message, mit der du nichts anfangen kannst«, sage ich, und es stimmt sogar. Ich habe genug aus dem Heim berichtet, mehr verrate ich nicht.

»Bist du dir sicher?« Sie steht auf. »Ich hole Geld für die Blumen.«

Während sie weg ist, lese ich wieder und wieder den Text von Lea, kann mich gar nicht sattlesen. Dann liegen 20 Euro vor mir. »Bitte herzliche Grüße und frage Frau Silberstein, ob sie etwas braucht, ob sie einen Wunsch hat«, sagt meine Mutter. »Und dann verrätst du mir vielleicht, was ihr so gesprochen habt.«

»Ja, klar«, antworte ich, und mir ist in diesem Moment fast egal, wie sehr sich meine Mutter schon wieder einmischt. Ich denke nur an die Blumen. Denn wahrscheinlich werde ich nicht nur Frau Silberstein welche kaufen.

Mit zwei in Papier eingewickelten Blumensträußen komme ich aus dem Laden, einem großen bunten für Frau Silberstein und einem kleinen rosafarbenen für Lea. Aber auf dem Weg zum Gardinenbunker frage ich mich plötzlich: Was, wenn Lea eher genervt ist? Wenn Frau Silberstein wissen will, für wen ich einen zweiten Strauß mit mir herumschleppe? Wenn Ziegenbärtchen sich mal wieder über mich, diesmal über den Blumenboten, kaputtlacht? War alles nur eine Schnapsidee? Oder es sind eben keine blöden Fragen, sondern wichtiges Nach- und Vordenken für meine Strategie. Mir fällt auch gleich Plan B ein.
Ich bleibe bei einer Hecke stehen, die auch im Winter grün ist. Nachher, wenn wir zur U-Bahn laufen, müssen wir hier vorbei. Ich schaue mich um, ob nicht gerade zufällig Lea um die Ecke kommt oder mich sonst jemand beobachtet und denkt, ich wäre übergeschnappt. Der Strauß für Lea ist jedenfalls klein genug, um ihn unter der Hecke zu verstecken. Wenn ich herausgefunden habe, ob sie Blumen mag, hole ich sie dort auf dem Rückweg hervor. Wenn nicht, kann der Strauß bleiben, wo er ist, ist mir dann auch egal.
Tatsächlich ist Ziegenbärtchen da und grinst. Ich sage nur »Hi« und gehe an ihm vorbei.
»Oh, heute Blumen? Das ist toll von dir!«, ruft er mir doof hinterher. Warum kann er seine Sprüche nicht einfach lassen?
Vor Nummer 72 bleibe ich stehen und lausche, drinnen sind Stimmen zu hören, es könnte das Radio sein. Ich klopfe und bleibe in der offenen Tür stehen. Bin ich überhaupt im richtigen Zimmer? Kein Sessel steht mehr in der Ecke, dafür ein kleiner Fernseher auf einem Tischchen. Die Frau davor habe ich noch nie gesehen. Aber da ist der große, dunkle Schrank, und über Frau Silbersteins Bett hängt ihr Kalender, der für diesen Monat

eine Schneelandschaft zeigt. Dann sehe ich silbernes Haar, das unter der Decke hervorschaut. Die neue Zimmernachbarin ist also da, inklusive Fernseher, so laut, dass mich die Frau gar nicht bemerkt.

Ich trete nah an Frau Silbersteins Bett. »Hallo, ich bin da!«

Ihr Gesicht schiebt sich ein Stück hervor.

»Ich habe Ihnen eine Überraschung mitgebracht«, sage ich.

»Und ich habe mich verkrochen.«

»Gerda ist weg?«

»Ja, sie ist nun in einem anderen Wohnbereich, wo sie besser betreut werden kann.«

Ich bin fast ein bisschen erleichtert. Gerda, oder das, was noch von ihr übrig war, fand ich krass. Ich stelle Frau Silbersteins Bett hoch. Kaum sitzt sie bequem, schnappe ich mir den Strauß, den ich eben auf dem Boden abgelegt hatte, und reiße das Papier weg.

»Blumen!«, ruft sie so begeistert, als sei es wirklich das Allergrößte der Welt. »Ein so schöner Strauß! Aber warum denn?«

»Um Ihnen eine Freude zu machen«, sage ich. Im selben Moment höre ich im Hintergrund: »… wird heute der Befreiung des Vernichtungs- und Konzentrationslagers Auschwitz gedacht.«

Ich drehe mich um und schaue zum Fernseher. Nachrichten. Laut und deutlich. Ich starre eine ganze Weile hin, Menschen laufen über ein karges Gelände, schauen ernst, schauen traurig, Baracken sind zu sehen, das muss Auschwitz sein, heute und in Farbe.

Frau Silbersteins Lachen ist verschwunden. Ich lege den Strauß auf ihr Bett und hole einen Stuhl, muss mich erst einmal setzen. Sie schaut auf die Blumen, streicht mit zittrigen Fingern darüber. »Blumen habe ich immer geliebt. Nach Auschwitz und dem Rest hatte ich immer Blumen um mich herum, immer, bis ich hierherkam. Wenn du wüsstest, was für eine Freude du mir damit machst.«

Wäre es mal meine Idee gewesen!

»Der Strauß ist eigentlich von meiner Mutter. Sie lässt Sie herzlich grüßen. Gefällt er Ihnen? Sie lässt auch fragen, ob Sie vielleicht sonst noch was brauchen. Soll ich eine Vase holen?« Ich frage alles auf einmal und rede dabei ganz schnell, weil ich mal wieder Lob für etwas bekomme, das nicht auf meinem Mist gewachsen ist. Und weil Frau Silberstein wirklich in Auschwitz war, das da gerade im Fernsehen gezeigt wird.

Ihr Blick wandert Richtung Fernseher. »Ich erkenne von hier aus nichts Genaues, aber ich höre alles. Nun ist alles wieder da.« Sie dreht den Kopf weg und rutscht wieder ein Stück unter die Decke, bis sie fast ganz verschwunden ist.

»Eine Vase.« Ich springe auf und renne auf den Flur. Ein Felsbrocken fällt mir vom Herz, als ich Schwester Susanne finde. Sie sitzt neben einer anderen älteren Frau an einem Tisch im Schwesternzimmer und schreibt etwas in eine Akte. Freundlich schaut sie mich an: »Lennard! Ist irgendwas?«

»Ich brauche eine Vase.«

Schwester Susanne schaut zu der anderen: »Machst du das mal?« Mein »Nein!« hallt mir in den Ohren. »Ich wollte Sie noch was fragen!«

Nun schauen beide überrascht, wahrscheinlich, weil ich so laut bin. »Was denn?«, fragt Schwester Susanne.

»Vertraulich«, fällt mir nur ein, aber »geheim« wäre ja wohl noch blöder.

Schwester Susanne steht auf und kommt zu mir. Wir machen ein paar Schritte den Gang entlang, ich muss mich zweimal räuspern. »Ich glaube, Frau Silberstein geht es schlecht. Ich habe ihr Blumen mitgebracht, um ihr eine Freude zu machen, das war auch so, aber im Zimmer läuft der Fernseher, und …« Ich bleibe stehen. »Es kamen Nachrichten über Auschwitz. Das wollte sie nicht hören, glaube ich.«

»Mensch!« Schwester Susanne fasst sich an den Kopf.

»Ich weiß nicht, wie ich mich verhalten soll, was soll ich denn tun, soll ich überhaupt was tun?«, frage ich.

Schwester Susanne schaut in Richtung von Frau Silbersteins Zimmer. »Tatsächlich spricht sie kaum darüber. Aber immer, wenn ich sie eincreme, denke ich daran, was sie erlitten hat. Manchmal gibt sie ein paar Gedankensplitter preis, aber nicht viel.«

»Beim Eincremen?«

»Die Nummer. Die ist noch zu sehen.«

»Was für eine Nummer?« Ich verstehe nur Bahnhof.

»Die Häftlingsnummer. Sie wurde den KZ-Häftlingen auf den Arm tätowiert. Aber heute – an die Nachrichten habe ich nicht mehr gedacht. Es ist mal wieder so viel zu tun, ich habe es einfach vergessen.«

Ich muss schlucken. Nie habe ich davon etwas gesehen. »Wer weiß denn von der Nummer?«, frage ich.

»Alle, die hier mit ihrer Körperpflege zu tun haben, werden wohl auch die Nummer bemerkt haben. Aber nicht alle sagen etwas dazu. Ob aus Rücksicht oder Desinteresse oder Zeitnot – das weiß ich nicht. Manche können sich vielleicht auch gar nicht vorstellen, was diese Nummer bedeuten könnte. Ich jedenfalls versuche, mit Frau Silbersteins Vergangenheit … sagen wir mal, sensibel umzugehen. Kurzärmelige Sachen mag sie nicht. Sie versteckt ihre Arme.«

Sensibel. Das Wort hat meine Mutter auch benutzt. »Was mache ich denn jetzt?« Ich fühle mich überfordert.
Schwester Susanne zuckt mit den Schultern. »Sie wird darüber sprechen, wenn sie will, und wenn nicht, nicht. Klingt banal, aber ich habe kein Geheimrezept. Leider kann ich heute kaum länger als sonst bei ihr sein. Blumen sind aber eine tolle Idee. Wenn sie ihren Geburtstagsstrauß bekommt, ist sie tagelang glücklich. Wir können nur beten, dass bis dahin auch der Kontakt zu ihren Angehörigen wieder hergestellt ist.«
Ich zögere keine Sekunde. »Warum können wir den Wohnort der Cousine oder ihrer Tochter nicht irgendwie rauskriegen?«, frage ich ganz beiläufig.
Schwester Susanne lacht kurz auf, aber es klingt nicht fröhlich. »So einfach ist das nicht. Es gibt viele solche Namen. Derjenige, der das Telefon an sich genommen hat, weiß jedenfalls nicht, was er angerichtet hat.«
Mein Gesicht fühlt sich an wie eingefroren. Meint sie mich? Weiß sie Bescheid? Schwester Susanne starrt erst auf den Boden und dann in mein vereistes Gesicht. Auf einmal ist sie ganz aufgebracht. »Es war ein Tipp meiner Therapeutin! Ich nehme Gesprächsstunden, um meine Arbeit zu verdauen. Sie empfahl mir, Arbeit und Privates strikt zu trennen, weil mir manche Schicksale hier so an die Nieren gehen. Manchmal verfluche ich mich für meine Empfindsamkeit. Manche der Angehörigen hier rufen mich nämlich auch mal privat an, wenn sie großen Kummer haben oder nicht weiterwissen, weil ich eine bin, die immer zuhört. So habe ich mir noch ein Telefon zugelegt, zusätzlich zu meinem privaten Handy und dem Stationstelefon, wo nicht immer jemand rangehen kann. Ich habe alle wichtigen Kontakte aus der Pflegeeinrichtung übertragen, sie im privaten Handy

wie empfohlen brav gelöscht, und das ist die ganze dumme Geschichte. Vor lauter Stress habe ich die neue Adresse leider auch nicht bei der Heimleitung hinterlegt, was ich hätte tun müssen. So, jetzt weißt du alles. Weil du manchmal so fragst.«
Ich zähle innerlich langsam bis fünf. Das hilft, die Kontrolle zu bewahren. »Ich habe doch nur gefragt, wo die wohnen«, murmele ich.
Schwester Susanne atmet laut aus. »Weißt du, ich bin wütend auf mich selbst, weil mir der Wohnort nicht mehr einfällt. Sonst wäre es halb so schlimm, sonst könnte ich das an einem Abend rausfinden. Aber nicht mal das! Das Verrückte ist: Auch Frau Silberstein weiß den neuen Wohnort nicht. Es ist alles unglaublich, aber leider wahr. Ich hatte bisher weder Zeit noch Kraft, mich quer durch Deutschland zu telefonieren. Ich schaffe auch nicht alles. Ich warte noch ab. Frau Silberstein wäre untröstlich.«
Mein Plan ist nur noch Asche im Wind. »Wann ist denn Frau Silbersteins Geburtstag?«, schaffe ich es, ganz normal zu fragen, muss wissen, wie viel Zeit ich habe …
»Im Mai, zwei Tage nach Kriegsende, das hat sie besonders betont. Da musste ich doch weiterleben, meinte sie. Kurz vorher wurde sie offenbar aus einem Lager, einem anderen, weiteren Lager, in dem sie nach Auschwitz war, befreit.«
Kriegsende, wann war das genau? Ich nicke wissend.
»Hoffen wir, dass Frau Silberstein dann noch einigermaßen munter ist, darüber wollte ich sowieso mit dir sprechen, weil …« Schwester Susanne seufzt. »Es ist ganz schön viel alles.«
»Weil sie ziemlich krank ist«, sage ich, und Frau Silbersteins Lieblingsschwester schaut erstaunt. »Das weißt du schon? Ich wollte es dir nicht zwischen Tür und Angel sagen, ja, Frau Silberstein wird wohl keine hundert Jahre alt werden. Aber

jetzt – wenn du trotz fortschreitendem Alterskrebs weiterhin kommen magst, wäre es toll. Sie sagte kürzlich sogar: Manchmal stelle ich mir vor, Lennard wäre mein Enkel, den ich nie gehabt habe.«

Mir wird fast schlecht. Ich bin in dieser Geschichte nicht nur Heldensohn und engagierter Lesepate, sondern auch noch ein eingebildeter Enkel. »Alterskrebs?«, kann ich nur fragen, mir fällt sonst nichts ein.

»Das sagen wir hier so. Bei alten Menschen sitzt Krebs dann oft im Darm und in der Lunge.«

»Das klingt schrecklich.«

»Ja und nein. Lennard, ich bin froh, mit dir offen reden zu können. Weißt du, viele Menschen tun so, als sollte man besser nicht darüber sprechen. Ich sehe das anders. Wir müssen alle sterben, irgendwie. Ich habe Frau Silberstein von Anfang an ins Herz geschlossen, noch bevor ich diese furchtbare Nummer sah. Ich versuche, so gut wie möglich für sie da zu sein.«

»Und jetzt?«, frage ich, denn irgendwie muss es ja weitergehen mit Frau Silberstein und ihrem Alterskrebs, und ich antworte mir selbst: »Ich komme auch weiterhin.«

Schwester Susanne lächelt wieder. »Ich gebe dir jetzt die Vase. Nachher schaue ich ins Zimmer. Bist du in Ordnung?«, fragt sie.

»Denke schon«, antworte ich, dabei ist es voll gelogen. Es könnte kaum schlimmer sein. Aber ich übe mich darin, nach außen cool zu tun.

In der kleinen Küche neben dem Schwesternzimmer gibt es eine Vasen-Sammlung in allen Größen, Formen und Farben. Bewaffnet mit einer davon gehe ich ins Zimmer zurück. Im Fernsehen läuft nun die Wettervorhersage, und Frau Silberstein betrachtet den Strauß, der immer noch vor ihr auf der Decke liegt. »Jetzt

musste ich doch mal kurz weinen«, sagt sie, und ich nehme ihr die Blumen ab. Auf den kleinen Tisch an ihrem Bett passt die Vase nicht, und so bleibt nur der Tisch am Fenster. Da bemerkt mich auch die Neue, Frau Meyerbeer: »Junger Mann!«
Ich gebe ihr die Hand. »Hallo.«
Sie schaut wieder auf den Fernseher: »Nur noch das Wetter, dann mache ich aus. Ihr wollt dann bestimmt lesen.«
Wenigstens scheint die neue Zimmernachbarin nicht dement oder verrückt zu sein. Ich setze mich wieder an Frau Silbersteins Bett, beuge mich ein Stück vor und sage leise: »Sie wollten das nicht sehen in den Nachrichten. Wegen Auschwitz.« Mein Herz klopft stark, und schon ist sie wieder da, diese Tonnenschwere, ich glaube, ich krache hier gleich durch den Boden in die untere Etage. Die untere Etage! Eine andere Welt. Ich habe tatsächlich mindestens eine Viertelstunde nicht an Lea gedacht, obwohl ich meine Traumfrau doch gleich abholen soll.
Frau Silberstein nickt, wischt sich mit dem Handrücken über ihr Gesicht und fragt: »Liest du mir bitte vor?«

Lea sitzt am Bett ihrer Großtante. Was hat die eigentlich? Frau Wissmann wirkt immer gesund und munter, nur laufen tut sie nicht. Aber ich werde Lea garantiert nicht danach fragen. Es muss auch spannendere Themen geben als alte, kranke Omas. Beide winken mir fröhlich zu, als ich zur Tür hereinschaue.
»Ich komme gleich raus, warte doch vorne«, sagt Lea.
»Okay, bis gleich«, sage ich, stehe dann aber doch lieber vor dem Zimmer herum, denn zu Ziegenbärtchen stelle ich mich garantiert nicht. Womöglich kommt Lea dann erst recht auf die Idee, für ihren Tobi zu schwärmen, und ich bin mal wieder überflüssig.

Sie kommt aus der Tür in ihrem hellblauen Anorak und mit dieser großen Tasche. Ich würde Lea echt gerne mal anders – und woanders – sehen. Heute haben ihre Lippen eine neue Farbe, eher dunkelrot.

»Begleitest du mich zur U-Bahn?«, fragt sie.

»Hast du wieder nicht viel Zeit?«

»Nee, ich muss doch zum Jazzdance.«

Ihr Jazzdance! Ich habe mir das auf YouTube angesehen, und da räkeln sich die Mädels in Leggings und engen Oberteilen auf dem Boden, werfen ihre Haare zurück und wackeln mit so ziemlich allem, was sie haben. Mann, so was macht Lea auch! Davon könnte sie doch mal was posten …

Mit großen Schritten geht sie los. »Komm!«

Ziegenbärtchens Platz ist gerade leer, und Lea schaut sich auch nicht um, sie scheint ihn nicht zu vermissen. Auch Vollidioten müssen eben manchmal aufs Klo. Aber zu früh gefreut. Draußen steht er, raucht und grinst.

»Na, ihr beiden«, hat er sich heute als tollen Spruch ausgedacht. Lea sagt diesmal nur »Tschüss« und ist schon an ihm vorbei. Ich spüre seinen Blick im Rücken, da dreht sie sich noch mal um und winkt ihm zu. Es ärgert mich nur kurz, lieber konzentriere ich mich auf meine Mission: Ich muss schnell und unauffällig herausfinden, ob Lea Blumen mag, denn die liegen versteckt nur wenige hundert Meter entfernt für sie bereit.

»Wie war es heute?«, fragt sie, als wir nebeneinander laufen. »Wie geht es Frau Silberstein?«

Na super, das ist für sie wohl die richtige Reihenfolge: erst Frau Silberstein. Die hörte mir heute nur mit geschlossenen Augen zu und hat das KZ nicht nochmals erwähnt. Schwester Susanne hat ihr dann, als sie den Kaffee brachte, nicht nur einmal die

Wange gestreichelt. »Wir haben wieder gelesen«, antworte ich nur.
»Sonst nichts?«, fragt Lea. »Habt ihr nicht über den besonderen Tag heute geredet?« Sie sieht mich von der Seite her an.
Ich schaue zurück, es blitzt. »Magst du Blumen?«, frage ich. Gerne will ich über den besonderen Tag sprechen, nämlich den Tag, an dem ich vielleicht einen ersten Mega-Mädchen-Kuss bekomme. Wenigstens als Dankeschön für die Blumen.
Sie schaut komisch. »Blumen ... ja, nein, ich meine, ich wollte wissen, ob ihr über Auschwitz gesprochen habt. Ist doch Wahnsinn, dass wir eine Zeitzeugin kennen. War sie dort? In der Schule wollte ich das schon erzählen, aber dann habe ich es nicht getan, weil ich ja nichts Genaues weiß.«
Mir wird schlecht, wenn Frau Silberstein wirklich der einzige Grund ist, warum sich Lea von mir zur U-Bahn bringen lässt. Und in der nächsten Straße kommt schon die Hecke. Da kann ich dann auf die Blumen kotzen.
»Was weißt du denn?« Sie bleibt stehen, und ich kann nichts anderes tun, als auch anzuhalten. »Ja, sie war in Auschwitz.«
»Was hat sie davon erzählt?«
Ich stecke meine Hände tief in die Hosentaschen und gehe einfach weiter. Lea kommt mir hinterher. »War sie sehr traurig?«
»Glaube schon. Ich habe ihr Blumen mitgebracht. Da hat sie sich ziemlich drüber gefreut.«
»Echt? Wow, gut.« Lea klingt begeistert, ist das der Wink mit dem Zaunpfahl? Wir biegen um die Ecke, und ich kann die Hecke schon von Weitem sehen.
»Mir geht das alles nicht aus dem Kopf. Wie können wir ihr helfen?«, fragt Lea.
Wie *wir* helfen könnten? Die Hecke rückt immer näher, und

der Blumenstrauß ist noch da, denn das Papier schimmert hell durch die Äste auf dem Boden. Noch ein paar Schritte.

»Du bist auch ein bisschen fertig deswegen, was?«, bohrt sie weiter, aber für diesen Moment liegt sie völlig daneben. Bleibt mir nur, aufs Ganze zu gehen, bevor ich wirklich auf die Blumen kotze. Wir sind da, ich bücke mich, greife schnell unter die Hecke und stelle mich vor Lea hin, habe den Blumenstrauß hinter dem Rücken.

»Was machst du denn da?«, fragt sie. »Was hast du da?«

»Augen zu«, sage ich.

»Nee!« Sie lacht.

»Doch!«

Endlich tut sie es, und ich schaue auf die roten Lippen, die ganz nah vor mir sind, während ich hinter dem Rücken das Papier zerfetze. Jetzt wäre doch der Moment …

»Aber nicht küssen«, sagt sie da.

Ich stehe hier also mit dem Strauß in der Hand, sie mit geschlossenen Augen, aber nicht küssen. Wann denn dann?

»Was denn nun?« Lea blinzelt.

»Egal«, sage ich laut.

»Egal?« Sie macht die Augen auf, sieht den Strauß. »Wo kommt der denn jetzt her?«

»Meine ich doch, ist egal. Für dich, hier.« Ich halte ihr den Strauß hin und verspüre dabei in etwa die gleiche Begeisterung, wie wenn ich Jana das Geschirrhandtuch zum Abtrocknen in die Hand drücke.

»Für mich?« Sie lächelt, schaut mich an, schaut die Blumen an, schaut sich um, wo der Strauß denn nun wohl herkommt, dann riecht sie an den Blumen. »Danke. Den hast du wohl hergezaubert?«

Das zerknüllte Papier lasse ich in der Jackentasche verschwinden. Den Strauß und den Korb dazu hätte ich mir lieber erspart. »Wann treffen wir uns mal so? Finde ich dich irgendwo auf Social Media?« Meine bisherigen Versuche, was über Lea herauszufinden, waren ungefähr so erfolgreich wie die Suche nach Elisabeth Schwarz.

Lea zupft an den Blumen. »Du bist echt nett. Nur geht es zurzeit leider nicht. Auf Social Media mache ich nicht so viel. Wollen wir weiter?«

Die Antwort kommt einem Todesurteil gleich. Ich bekomme meine Füße kaum noch vom Boden. In meiner Brust brennt ein Feuer. »Warum sollte ich dich heute eigentlich begleiten?« Das kann sie mir gern mal erklären, wenn sie schon so geheimnisvoll tut und auch sonst nichts von mir wissen will.

Lea geht los. »Einfach so. Und wegen Frau Silberstein. Das mit dem KZ hat mich ziemlich geschockt.«

»Dann frag sie doch selber! Du kennst sie doch sogar länger als ich!« Nett klingt anders.

Die große Straße kommt in Sicht, Autos rauschen dort vorbei, dunkel ist es noch nicht, die Tage werden eindeutig länger.

»Du bist sauer«, sagt Lea, und es klingt richtig verwundert. Entweder will sie es nicht verstehen, oder sie tut einfach nur blöd. »Das tut mir leid, echt. Aber wenn ich … also … irgendwie helfen kann, sag mir Bescheid. Ich traue mich nicht, einfach zu Frau Silberstein zu gehen, ich war noch nie in ihrem Zimmer. Von dir aber schwärmt sie regelrecht, hat meine Großtante gesagt.«

Na, ist das nicht super, dass eine alte Oma von mir schwärmt und nicht das Mädchen, das ich gut finde? An der Straße vorne bleibe ich stehen. Ich habe nicht mal mehr Lust auf einen Döner. »Ich muss in die andere Richtung«, lüge ich und denke an Samuel, der sagte: Und wenn du einen Korb bekommst, laufe deiner Angebeteten niemals hinterher, mach dich nicht zum Hund.

»Bist du in der nächsten Zeit so wie immer bei Frau Silberstein?«

»Wenn sie so lange noch lebt«, antworte ich, und Lea schaut erschrocken. Ich drehe mich um und gehe weg, schaue mich nicht um. Vielleicht kapiert sie, dass ich bald wohl nicht mehr komme – und vielleicht macht es ihr wenigstens ein klitzekleines bisschen was aus.

13

»Leute, wartet nicht so lange. Sonst habt ihr echt was verpasst.« Samuel grinst uns an, er ist mal wieder in Hochform.
Pascal und ich hängen in seinem Zimmer rum. Ich liege auf dem Riesenbett, es ist Samstag, draußen Kackwetter, und Samuels Mutter macht uns gerade eine Pizza heiß.
Samuel knackt mit seiner Mohrrübe und sagt zu mir: »Du willst nicht wissen, was ich genau da, wo du jetzt liegst, alles gemacht habe in den letzten Tagen. Meine Süße ist heiß.«
Ich setze mich aufrecht hin, Pascal stößt einen genervten Laut aus, gefolgt von einem lauten: »Angeber!«
»Gar nicht.« Samuel grinst immer noch. »Habe ich nicht nötig.«
»Dann erzähl doch mal was Genaueres«, sagt Pascal.
»Das überlasse ich eurer Fantasie. Aber alles, was ihr euch vielleicht vorstellt, könnte wahr sein.«
»Könnte wahr sein«, äfft Pascal ihn nach. »Du bist doch nur ein Strich in der Landschaft.«
»Was?« Jetzt guckt Samuel blöd.
Pascal krempelt die Ärmel hoch und spannt seine Armmuskeln an. Tatsächlich ist am Oberarm eine Beule zu sehen, die da mal nicht war.
»Mein Bizeps«, sagt er. »Nicht schlecht, oder?«
Ich bin also mit gleich zwei Angebern unter einem Dach. »Und hat dir dein Bizeps schon etwas gebracht?«, frage ich.

»In diesen starken Armen liegt bald eine Frau, das schwöre ich euch!«
Ich glaube Pascal sogar. Nicht nur die Muskeln wachsen bei ihm, sondern auch ein bisschen Bart. Und Samuel hat schon Sex! Er hat allerdings auch ein halbes Jahr Vorsprung und ist jetzt schon 15. Er knackt wieder mit seiner Möhre und sieht mich neugierig an. »Was ist bei dir eigentlich so los?«, fragt er.
»Meinst du mich?« Ich wäre schon zufrieden mit einem richtigen Kuss. Oder einer Nachricht: *Ich will dich wiedersehen, hol mich im Zimmer ab …*
Seit ich Lea ein Stück zur U-Bahn gebracht habe, ist ein ganzer Monat vergangen. Ohne jede Nachricht von ihr an mich. Das ist jeden Tag von Neuem so, als würde sie mir einen Korb geben. Im Heim ist sie mir auch nicht über den Weg gelaufen, obwohl ich jeden Dienstag dort war. Meine Liste zählt nun sechzehn Striche. Der Februar war bisher einfach nur daneben. Immer aufs Handy starren, immer enttäuscht sein. Ich hasse Warten, und nun warte ich auch noch mit Frau Silberstein darauf, dass Post kommt, bevor sie vielleicht stirbt. Ich tue mich schwer, die vielen Elisabeths abzutelefonieren. Frau Silberstein lag die vergangenen Male nur still da, sie baut eindeutig ab. Ihr Geburtstag ist am 10. Mai, ich habe nachgeschaut, wann das ist, zwei Tage nach Ende des Zweiten Weltkriegs in Europa. Wenigstens aber wollte sie immer vorgelesen bekommen. Wir haben einige Kapitel von *Tschick* geschafft, und längst sind die Jungs, Maik und Tschick, mit dem geklauten Lada unterwegs. Einmal habe ich mit Schwester Susanne auf dem Flur gequatscht. »Wenn weiterhin keine Post oder kein Anruf kommt, stirbt sie vielleicht an gebrochenem Herzen und nicht an Krebs«, sagte sie. Daran denke ich nun immer öfter …

Samuel und Pascal grinsen nun beide. Was bei mir so los ist? Ich bringe gerade eine Zeitzeugin mit gebrochenem Herzen ins Grab, könnte ich ja antworten …

»Ja, was ist los mit deiner Lea?«, fragt Pascal, und Samuel fällt fast die Mohrrübe aus dem Mund. »Was denn für eine Lea? Habe ich da was verpasst?«, fragt er.

Ich lasse mich nach hinten sinken. Wir drei sehen uns zurzeit nicht so oft, jeder ist schließlich in einer anderen Klasse, Pascal sogar auf einer anderen Schule. Er trainiert wie verrückt mit seinen Hanteln, und ich gehe gerade wie ein Verrückter schwimmen. Samuel ist mit seiner Freundin ausgebucht. »Lea habe ich in dem Heim kennengelernt«, erzähle ich der Zimmerdecke über mir. »Sie ist übelst hübsch, wow.« So weit, so gut, so die Wahrheit.

»Dann gibt's sogar was Gutes an deinen Sozialstunden dort?«, fragt Samuel und grinst wie ein dauerbekifftes Honigkuchenpferd.

Ich fahre hoch. »Fuck you«, sage ich.

Samuel bindet seine bis über die Schultern reichenden Haare zusammen, er macht gerade voll auf Hippie. Meine Haare sind aber auch schon ein Stück länger geworden und ich finde, ich sehe dadurch ein bisschen älter aus. »Jetzt schieß schon los«, sagt er.

Ich gebe mir einen Ruck, obwohl ich lieber beleidigt schweigen würde. »Wir waren noch nicht bei mir zu Hause, wenn du das wissen willst, und auch nicht bei ihr. Hat noch nicht geklappt.« So weit immer noch die Wahrheit, aber wie erzähle ich weiter? Ganz sicher werde ich mich nicht bei den beiden ausheulen – und auch nicht von den Ausflügen mit den beiden Omas erzählen.

»Klingt ja spannend«, kommentiert Samuel, und da reicht es mir.
»Weißt du was, du Idiot, dir erzähle ich gar nichts. Weißt alles besser, bist in allem besser, hast es sowieso am besten, und am allerbesten, wir errichten dir ein Denkmal. Leck mich doch!« Ich springe vom Bett, bin auf einmal richtig sauer.
»Jetzt beruhig dich mal, Alter, vielleicht gehst du es einfach falsch an.« Samuel wirft die restliche halbe Möhre Richtung Papierkorb. »Getroffen!«
Pascal sieht nun auch nicht mehr so entspannt aus, ich glaube, er ist von Samuel auch ein bisschen genervt und genauso neidisch wie ich. Habe ja gesehen, wie er vorhin die Fotos von der Freundin angeschaut hat, die Samuel auf seinem Handy sammelt.
Es klopft an die Zimmertür. »Macht mal auf, Jungs!«
Ich übernehme das, denn ich stehe gerade mitten im Raum wie bestellt und nicht abgeholt. Ein großes Tablett wird hereingetragen, darauf ein Berg von Pizzastücken und Cola. Also das ist schon ein Hammer, darauf könnte ich zu Hause lange warten. Da gibt's keinen Zimmerservice. Samuel, verwöhntes Einzelkind, wird von seiner Mutter von vorne bis hinten bedient. Sie ist immer supernett zu uns. »Nimm«, sagt sie zu mir. »Lasst es euch schmecken.«
In Samuels Zimmer gibt es auch einen Tisch mit vier Stühlen, wir haben hier öfter schon mal gegessen. Ich will mit dem Tablett dorthin gehen, da sagt Samuel: »Nee, hier auf dem Boden, komm.«
Kein Wort zu seiner Mutter. »Danke«, rufe ich ihr hinterher und frage Samuel: »Kennst du das Wort?« Ich stelle das Tablett auf den Boden vor ihn hin.
»Verpiss dich doch, wenn es dir hier nicht passt«, sagt er.

Pascal rutscht vom Sofa und kriecht über den Boden zu uns rüber. »Wir drei hatten aber auch schon bessere Zeiten zusammen.«

»Lennard hat ›Fuck you‹ zu mir gesagt!« Nun ist es Samuel, der beleidigt ist.

Wir hocken auf dem Boden und jeder futtert erst einmal zwei Stücke Pizza weg, wir trinken Cola, rülpsen laut, einer nach dem anderen. Dann müssen wir lachen. Vielleicht waren wir ja unterzuckert.

»Also, noch mal«, sagt Samuel mit vollem Mund. »Was denkt sie denn so von dir? Was hast du für einen Plan?«

»Ich mache mich gerade rar«, sage ich.

»Aha. Und was ist vorher passiert?«

»Wir haben uns getroffen, aber dann … haben wir uns irgendwie wieder aus den Augen verloren«, sage ich, und immer noch ist es keine Lüge. »Ich denke, dass sie sich bald wieder bei mir meldet.« Das Wort ›denken‹ nehme ich mal als Ersatz für das Wort ›wollen‹, es ist absolut wahr …

Samuel schüttelt den Kopf. »Jetzt frage ich dich: Warum soll sie sich bei dir melden? Was ist an dir toll, besonders, abgefahren?«

Ich glaube, jetzt schaue ich relativ blöd.

»Das sieht nicht intelligent aus, wie du mich anglotzt. Ich will dein Alleinstellungsmerkmal wissen«, sagt Samuel.

Pascal haut sich auf die Schenkel und lacht sich fast kaputt. »Alleinstellungsmerkmal!«, prustet er. »Alter, was laberst du denn wieder für einen Scheiß!«

Jetzt muss ich mich schnell entscheiden, ob ich bei Samuel mitspiele oder ihn lieber zusammen mit Pascal auslache. Aber leider hat Samuel irgendwie recht, und ein bisschen Erfahrung hat er auch: Warum sollte gerade ich für Lea interessant sein, solange es Typen wie Ziegenbärtchen oder eben Samuel gibt? Die Hippie-Haare haben, scheißteure Klamotten, Muskeln, einen Bart, die sich schon ein bisschen mit Sex auskennen und Mädchen zum Lachen bringen.

»Na ja – ich bin halt der Typ, der freiwillig alten Omas vorliest«, sage ich, und verdammt, das ist auch noch die Wahrheit!

»O Mann!« Pascal kriegt sich kaum mehr ein. »Das würde mich auch umhauen, wirklich völlig umhauen.«

Auch Samuel lacht sich schlapp, und ich muss mitlachen. Wir liegen alle auf dem Boden und halten unsere Bäuche.

»Dann sind wir uns ja einig. Len, damit bist du echt der coolste Typ von allen!«, ruft Samuel, als wir gerade mal alle Luft schnappen, und wir lachen nochmals los. Dann, als wir uns beruhigt haben und ich echt schon Tränen in den Augen habe, fragt Pascal: »Hast du ihr das mit den Graffiti verraten?«

Ich kann noch nicht sprechen, nur den Kopf schütteln. Auch Pascal hat sich noch nicht ganz unter Kontrolle, als er weiterspricht: »Also ich finde, das ist sehr wohl ein« – kurzes Prusten – »Alleinstellungsmerkmal. Das macht nicht jeder, ein Heim vollsprühen.«

»Damit soll ich angeben?«, frage ich.

»Jedenfalls nicht damit, dass du freiwillig als Lesepate dorthin gehst, obwohl es gar nicht stimmt«, sagt Samuel und nimmt sich noch ein Stück Pizza.

»Mittlerweile gehe ich aber freiwillig«, sage ich mit dem Gefühl, mich irgendwie rechtfertigen zu müssen. »Von meinen Eltern hätte ich die Absolution, aber ich gehe hin, weil Frau Silberstein mir leidtut, und weil ich eben Lea dort treffen kann.«

»Wieso, was ist mit der Alten, die du dort besuchst?«, fragt Samuel.

»Viel«, sage ich. »Sie stirbt vielleicht bald. Und: Sie ist Jüdin und war früher im KZ, in Auschwitz.«
Samuels Handy vibriert. »Kannst du da was dafür?«, fragt er, schaut auf sein Telefon und grinst. »Ist meine Süße. Bin gleich wieder da.« Er steht auf und geht raus auf seinen Balkon. Seine Reaktion schockt mich ein bisschen. Andererseits, wenn ich die Wahl hätte, mit meiner Freundin oder über den Holocaust zu reden, wüsste ich auch, was ich jetzt lieber tun würde.
Pascal ruft ihm hinterher: »Mach die Tür zu, es ist kalt!« Dann streckt er sich auf dem Boden aus und fängt an, ein paar imaginäre Hanteln in die Luft zu stemmen. »Mann, mach dich vor deiner Tussi ein bisschen groß, da stehen die drauf. Etwas musst du schon bieten, und wenn es Muskeln sind, irgendwas!«
Er stemmt und stemmt die Arme in die Luft, und ich finde jetzt beide nur bescheuert. Da hört Pascal mitten in der Bewegung auf und schaut mich von unten an. »Was ist mit Elisabeth Schwarz? Hast du sie gefunden?«
Ich bin baff, er hat sich sogar den Namen gemerkt? »Nee«, antworte ich. »Geht nicht. Ich weiß den Wohnort nicht. Niemand weiß ihn. Die Tochter konnte ich auch nicht ausfindig machen.«
Pascal setzt sich aufrecht hin. »Echt? Und jetzt?«
»Keine Ahnung. Außer dir habe ich das übrigens niemandem erzählt, okay? Ich brauche keinen Oberlehrerrat von Samuel.«
»Okay. Dann also wieder über Alleinstellungsmerkmale reden?« Pascal grinst, ich versuche es ebenso.
Die Pizza liegt schwer im Magen, und was ich mir gerade anhören musste, irgendwie auch. Das war mal eine Ansage von den beiden, und vielleicht habe ich die gebraucht.

Frau Silberstein lacht, heiser, leise, kratzig. Jetzt sind wir an der Stelle, wo Tschick Maik mal eben das Autofahren beibringt, wie abgedreht ist das denn? Dann klauen sie auf einem Parkplatz im Wald ein Nummernschild und tauschen es mit ihrem aus, denn sie glauben, sie werden mit dem geklauten Lada von der Polizei gesucht. Später liegen sie auf einem Hügel, schauen in den Sternenhimmel und spinnen herum, von wegen, was da oben im unendlichen Weltraum vielleicht so alles abgeht. Da merken sie auf jeden Fall, dass sie richtige Freunde geworden sind, so wie ich es mit Samuel und Pascal bin.
Sie wollten mich nicht verarschen. Sie haben recht wegen der Lachnummer vor drei Tagen. Lea findet bestimmt die ach so freiwillige Lesepatenschaft an mir besonders, nur kann ich damit schlecht angeben, sie weiß ja nicht, wie alles gewesen ist …
Kapitel 23 ist zu Ende. »Wir haben bald die Hälfte des Buchs geschafft«, sage ich.
Frau Silberstein nickt mit geschlossenen Augen. Ihre Wangen gehen nach innen, sehen aus wie zwei kleine Gruben. War das immer schon so? Eine Schwester bringt den Kaffee und die drei Kekse. Frau Meyerbeer ist nicht im Zimmer, sie geht, wenn ich da bin, immer nach unten, damit wir in Ruhe lesen können.
»Gibst du mir den Kaffee?«, fragt Frau Silberstein.
Jetzt erst sehe ich, dass da eine Schnabeltasse aus Kunststoff steht, so eine, wie Gerda sie mal hatte. Frau Silberstein hebt den Kopf, damit sie trinken kann. »Schmeckt wie eingeschlafene Füße.«
Ich halte ihr den Keksteller hin. Sie schüttelt den Kopf. »Schmeckt mir nur mit Tunken. So sind sie zu trocken.«
»Ich hole Ihnen eine andere Tasse.« Ich will schon aufstehen, aber sie sagt: »Nein. Ich mag nicht, danke.«

»Echt nicht?«, frage ich. Frau Silberstein ohne Keks ist nicht die ganze Frau Silberstein.
»Ich mag fast nichts mehr essen«, sagt sie, ihre Worte klingen verschwommen. »Das kommt von den Medikamenten.«
»Was?«
»Alles. Die Müdigkeit, die Appetitlosigkeit, und meine Zunge ist so schwer. Ich fühle mich ganz schwammig.«
»Kann ich etwas tun?« Da habe ich gelesen und gelesen und nicht gemerkt, wie schlecht es ihr heute geht. »Gibst du mir doch noch einen Schluck von den eingeschlafenen Füßen? Durst bekommt man auch von den Tabletten. Die … wirken jetzt.«
Sie trinkt langsam, als ob es ihr sehr schwerfällt. »Aber all das ist nichts, das ist nichts gegenüber alledem«, sagt sie dann. Diesmal weiß ich sofort, was sie meint. Ich habe auch wieder von Frau Silberstein hinter Stacheldraht geträumt.
»Wie geht es … Lea?«, fragt sie auf einmal. »Erzähl du … mir was.« Sie redet nun nicht nur sehr leise, sondern auch immer langsamer.
»Habe sie nicht mehr getroffen«, antworte ich und würde am liebsten sagen: Bin halt ein Loser. Reden wir doch lieber von was anderem. Erzählen Sie mir von sich, was Sie erleben mussten, im KZ. Dann könnte ich auch Lea davon berichten, wenn es sie so brennend interessiert. Besser als gar nicht mit ihr reden. Vielleicht ist ja auch gar nicht die Lesepatenschaft mein Alleinstellungsmerkmal, sondern eben Frau Silberstein, eine Holocaust-Überlebende. Und kommt überhaupt der richtige Zeitpunkt, um mehr zu erfahren? Sitzt sie irgendwann aufrecht im Bett, schaut mir entgegen und sagt: »Heute erzähle ich vom KZ!« Wohl kaum.
Nun schweigen wir, bis Frau Silberstein aufstöhnt und sich unter

der Decke bewegt. Dann liegt sie wieder still und sieht mich an. »Schade, dass ihr euch nicht mehr gesehen habt. Und ich dachte, ihr versteht euch so gut«, sagt sie.
»Ich und Lea?«, frage ich, und es ist wieder so ein Moment, in dem der ganze Frust hochkommt. Aber auch ein glasklarer Gedanke: Frau Silberstein wird alles, was ich ihr erzähle, mit ins Grab nehmen, und das dauert vielleicht nicht mehr lange. »Bin für Lea wohl nicht interessant genug«, gestehe ich.
Frau Silberstein hebt den Kopf. »Hat sie das selbst gesagt?«
»Nee. Meine Freunde.«
»Unsinn«, sagt Frau Silberstein. »Die kennen auch nicht ... alles von dir. Du hast verschiedene Seiten, jeder hat die, und jeder ... zeigt jedem ... andere Seiten von sich. Erst recht zwischen Jungen und Mädchen ... ist das so.«
Ich glaube, ich müsste nun sagen: Ruhen Sie sich lieber aus. Aber ich höre wie gebannt zu und will noch mehr hören.
»Lea mag dich, ich habe ... das gespürt«, flüstert Frau Silberstein. »Du bist eben eher ... besonnen. Das ist gut. Das nächste Mal ... vielleicht können wir ...« Sie hustet die letzten Worte weg. »Ich schlafe besser«, flüstert sie dann.
Ich sitze da, bin plötzlich aufgeregt und nur so schlau wie vorher. Besonnen – was heißt das genau? Ist das nicht so was wie cool, nur für Erwachsene? Wenn das stimmt und Lea mich mag – warum schreibt sie mir dann nichts und wieder nichts? Eine Weile schaue ich auf die Bettdecke vor mir, die sich leicht hebt und senkt, ich glaube, Frau Silberstein ist eingeschlafen, ihr Kopf ist zur Seite gesunken, und bald also wird sich keine Decke mehr heben und senken, dann hört das einfach auf. Ich nehme meine Jacke und schleiche auf den Flur hinaus, es ist kurz vor vier.
Unten haut es mich voll um. Lea, die mir theoretisch jeden zwei-

ten Dienstag hier im Heim nur durch ein paar Wände getrennt ganz nah ist und die ich nie sehe und die sich nie bei mir meldet, steht wieder vorne am Empfang, zum Glück ohne Ziegenbärtchen. Im hellblauen Anorak und mit ihrer blauen Mütze. Die ältere Frau mit dem Haarknoten sitzt hinter dem Monitor, und sie unterhalten sich. Ich habe keine Zeit, mir einen tollen Auftritt auszudenken, und bleibe ein Stückchen entfernt von ihr stehen. »Hi.«

»Hi!«, ruft sie und lacht mich an. »Da bist du mal wieder! Ich wollte gerade gehen, du auch?«

»Ja, klar.«

»Kommst du ein Stück mit?«

»Warum nicht.« Mein Herz klopft wie verrückt.

Kaum sind wir draußen, fragt sie als Erstes nach Frau Silberstein. Ich ziehe die Schultern hoch. »Noch lebt sie.«

Lea sieht mich von der Seite an, wahrscheinlich besorgt – aber wohl kaum um mich. Wir gehen die Straße entlang.

»Jetzt mal im Ernst – muss sie schlimm leiden?«

»Sie bekommt starke Medikamente, glaube ich.« Aus den Augenwinkeln heraus sehe ich, dass Lea heute keine große Tasche dabei hat. »Heute mal kein Jazzdance?«

»Nee, heute nicht.«

»Dann gehen wir was trinken, ich lade dich ein«, sage ich sofort, denn das ist meine Chance, ich kann doch nicht bis zum Sommer warten, und Frau Silberstein stirbt vorher vielleicht noch! Ich sehe Lea an, und es blitzt. Ich bin verknallt, immer noch, das ist einfach so, es tut fast weh, ohne dass ich sagen könnte, wo genau, und wenn ich der Grund bin, warum sie die Tasche mal nicht dabei hat, küsse ich sie am besten sofort …

»Nee, geht nicht«, sagt Lea.

»Warum nicht?« Plötzlich ahne ich was, doch diesen Gedanken wollte ich bisher nicht zu Ende denken. Will ich immer noch nicht!

Wir sind an der Straßenecke angekommen, Lea bleibt stehen und findet sogar ihre Schuhspitzen interessanter als mich. »Du, das war voll süß mit den Blumen, die du da hergezaubert hast, echt. Aber ich glaube, du musst mal was wissen.«

Was denn?, möchte ich schreien. Dass ich ein Langweiler bin, einer, der nichts zu bieten hat, der nichts Besonderes ist?

»Ich habe einen Freund. Also, ich sage das nur mal so, nicht, dass du dir umsonst Hoffnungen machst.«

Wir stehen an der Ecke, und es ist auf einmal windig, als hätte jemand einen Riesenventilator aufgestellt. Hier wird nämlich eine Filmszene gedreht, und ich bin der ahnungslose Statist, der gleich weggeweht wird von seiner eigenen Dummheit. Natürlich hat Lea einen Freund, eben einen von denen mit Hippie-Outfit, Bart und Erfahrung, oder jedenfalls mit wenigstens einer Sache davon. Die Szene, in der ich gerade ungewollter Hauptdarsteller bin, könnte heißen: *Der Vollidiot.*

»Kalt hier«, sage ich und bewege mich wie ein Roboter in Richtung der großen Straße. Ich doppelter Vollidiot! Ich dachte bisher, ich bin für sie uninteressant, weil ich für sie uninteressant bin, das ist ja schon schlimm genug. Aber sie ist echt mit einem anderen zusammen – das ist das Ende.

Lea kommt hinter mir her. »Ich finde dich supernett«, sagt sie. »Wenn es wärmer ist und es mit Frau Silberstein irgendwie besser geht, dann können wir gern wieder zusammen rausgehen. Meine Großtante würde sich freuen, die mag dich auch.«

»Immer redest du von Frau Silberstein oder von deiner Großtante! Ich bin auch noch da – hallo?« Ich laufe schneller. Wäre

eine super Filmszene über ein sich streitendes Paar, wenn wir nur eines wären.
»He, jetzt warte doch mal!«
»Was willst du denn von mir? Geh doch selbst zu Frau Silberstein, wenn sie dir so leidtut!«
Lea lässt sich nicht abschütteln, bleibt dicht neben mir. »Meinst du, das kann ich bringen? Einfach bei ihr reinschauen?«
Ich könnte explodieren. »Probier's aus!«
Wir stürmen weiter, vorne kommt die große Straße in Sicht. Wo soll ich jetzt denn hin? Ich weiß überhaupt nichts …
»Renn doch nicht so! Wir gehen eben ein andermal was trinken, versprochen!«
»Wenn ich noch so lange hierherkomme! Wenn Frau Silberstein nicht stirbt!«
Jetzt bleibt sie ein Stück zurück. »Sag doch nicht so was! Und außerdem, machst du dann nicht trotzdem mit dem Vorlesen weiter? Bei jemand anderem?«
Ich bleibe stehen und drehe mich zu ihr um. »Nee, dann mache ich bestimmt nicht weiter.« Die hat Nerven! Und sie denkt, ich komme hier ewig her. »Pass auf«, sage ich, ziehe meine Hände aus den Taschen und verschränke die Arme vor der Brust. Gleich kommt der Kopfsprung ins eiskalte Wasser. »Hast du eine Ahnung, wie ich zu Frau Silberstein gekommen bin?«
»Na, über die Lesepatenschaft und …«
»Ja, ja«, unterbreche ich Lea, »aber warum mache ich das?«
»Weil du sozial eingestellt bist?«
Zum Totlachen! Ich versuche zu grinsen, aber meine Mundwinkel zucken nur komisch herum. Jetzt kommt die Stunde der Wahrheit. Auf einmal bin ich ganz ruhig. »Vor ein paar Monaten habe ich mit zwei Freunden was an die Wand gesprüht, im Ein-

gangstunnel vom Heim. Wir wurden erwischt, und meine Eltern hielten es für eine gute Erziehungsmaßnahme, mich als Lesepaten in dieses Heim zu schicken, quasi um meine Schulden bei ihnen zu begleichen. So bin ich zu Frau Silberstein gekommen.«

»Echt jetzt?«

»Echt jetzt.« Vortrag zu Ende, obwohl ich am liebsten auch den Rest erzählen würde: »Dann habe ich noch ein Handy geklaut, da war Frau Silbersteins Verbindung zur Welt drin«, oder so ähnlich. Ich könnte auch noch hinterherschieben, dass ich Frau Silberstein nun aber gerne und mittlerweile freiwillig vorlese, aber das hört sich schleimig an, etwa so, als würde ich sagen: »Aber nun ist alles anders, ich habe Respekt gelernt und bin wirklich sozial unterwegs.« Igittigitt!

»Die Graffiti – das warst du? Ich erinnere mich, da stand ›Sunshine‹, stimmt doch, oder?«

»Ja, Sunshine«, sage ich. Lea sieht mich ziemlich überrascht an, und gleich, wenn ich nicht abhaue, fängt es wieder an zu blitzen. Aber ich brauche auch nichts mehr zu hoffen. Aus der Traum vom Küssen. Wie war das noch mal? Lieber besonnen sein. »Jetzt muss ich echt los. Mach's gut, Sonnenschein.«

14

Heute ist Frau Silberstein wenigstens ein bisschen wach, bei den vergangenen beiden Malen hat sie nur vor sich hingedämmert. So eine Krankheit ist ein Auf und Ab, hat meine Mutter erklärt. Gute Phasen, schlechte Phasen. Ich habe trotzdem vorgelesen, beide Male dieselben drei Kapitel. Dachte, Frau Silberstein bekäme dann beim zweiten Mal was mit. Hat sie nicht, und ich habe ihr den von ihr verschlafenen Teil der Geschichte eben nacherzählt, damit sie auf dem Laufenden ist. Maik hat gerade das Fahrrad eines Dorfpolizisten geklaut und wird von ihm verfolgt, während Tschick ganz in der Nähe mit dem geklauten Lada auf der Flucht ist. Ich habe über die Hälfte des Buchs geschafft und bin zum zwanzigsten Mal hier.

»Es geht weiter«, sage ich.

»Schön«, krächzt Frau Silberstein. »Ich bin wach. Ich höre.« Wieder fallen ihr die Augen zu.

Ich lese also eine Geschichte von einem toten Schriftsteller für eine fast tote Frau.

Maik und Tschick verlieren in der Pampa den Kontakt und finden sich über einen Zettel in der Flasche, wie bei der Flaschenpost, wieder. Ihre Handys haben sie nicht mitgenommen zu ihrer mehrtägigen Spritztour, damit sie nicht geortet werden können, sagt Tschick. Hätten die beiden in der Walachei ihre Handys dabei, wäre die Story auch nur halb so spannend, weil

sie sich an manchen Stellen einfach anrufen oder sich schreiben könnten.
Ich bin auch in der Walachei unterwegs, leider nur telefonisch, auf der Jagd nach der erlösenden Antwort, die in etwa so lauten könnte: »Elisabeth Schwarz? Die Cousine von Eliah Schwarz, na klar, da sind Sie bei mir richtig!« An zwei Nachmittagen bin ich durch den Park gerannt und habe dabei leise geredet, es soll ja niemand mitkriegen. Neben den vielen Elisabeths picke ich mir aus den Tausenden von Schwarz-Einträgen hier und da einen zusätzlichen raus, nach dem Zufallsprinzip. Die Wahrscheinlichkeit, die Richtige anzurufen, ist dabei immerhin größer als bei einem Fünfer im Lotto.
Eliah ohne ›j‹, also nicht Eli-jah, sagte Frau Silberstein, bevor sie wieder wegdämmerte. Manchmal erzählt sie was von sich, von ihrem Leben vor dem Heim. Eliah Schwarz, so hieß ihr Mann – aber sie waren nie verheiratet, dafür über ein halbes Jahrhundert lang verlobt. »Hä?«, habe ich gemacht, und sie sagte: »Ein anderes Mal erzähle ich vielleicht mehr.«
Nun schnarcht sie leise, Kapitel 27 ist zu Ende, die Tür geht auf, und die Schwester macht überhaupt nicht auf hektisch wie die meisten anderen, sondern sie geht vorsichtig wie auf Eis, nicht mal ihre Schuhe quietschen auf dem Boden. Ihre Ärmel sind hochgekrempelt, und auf ihrem Unterarm prangt ein Tattoo, ein großes ›Love me‹ steht da, umrankt von Rosen. Auf dem Teller liegen neben den Keksen noch drei Pillen, zwei kleine weiße und eine rote.
»Schläft sie?«, fragt sie im Flüsterton, und dann erst zu mir: »Hallo. Ich bin Schwester Claudia. Kannst Claudi zu mir sagen.«
Frau Silberstein liegt halb aufrecht da, mit leicht geöffnetem Mund.

»Hm«, macht die Schwester. »Sie braucht ihre Medizin. Ist wichtig.«
»Vor ein paar Minuten war sie noch wach«, sage ich.
»Hm«, macht sie wieder. »Der Spiegel sollte konstant bleiben. Da muss ich sie wohl wecken.«
»Was für ein Spiegel?«
»Na, der Wirkstoffspiegel im Blut«, antwortet sie. »Vom Morphium. Bist du Frau Silbersteins Enkel oder Urenkel? Ich bin nur zur Aushilfe hier, ich kenne kaum jemanden von euch.«
Ist wirklich Wahnsinn, wie oft hier jemand Neues auftaucht, und ich habe keine Lust, mich jedes Mal als toller Lesepate zu erklären. Also mache ich auch mal »Hm« und will viel lieber was wissen: »Morphium, das ist doch eine Droge und macht abhängig, oder?«
Sie zuckt mit den Schultern. »Ein übliches Schmerzmittel, aber sehr stark.«
»Ist Frau … äh …« Ich deute aufs Bett und komme kurz ins Schleudern, denn ich bin ja im Moment der Enkel oder Urenkel. »Ist sie denn jetzt sozusagen stoned?« Ein neues Wort, Samuel sagt das, wenn er gekifft hat, »Mann, bin ich stoned«, das englische Wort klingt total cool, und Drogen sind in der Schule immer öfter ein Thema: Wer was schon probiert hat oder eben nicht.
»Stoned?« Schwester Claudi schaut mich seltsam an.
»Berauscht«, sage ich. »Ist sie vom Morphium nicht berauscht?«
Sie schaut immer noch seltsam, dann lacht sie auf, ich kann ihr Zungenpiercing sehen. »Ich weiß, was ›stoned‹ bedeutet, das kannste mir glauben.« Auf einmal sieht sie mich misstrauisch an. »Wieso willst du das so genau wissen? Na, ich gebe ihr die Tabletten mal lieber selbst.«

Erst verstehe ich nicht, wie sie das meint, dann ahne ich es: Glaubt sie vielleicht, ich wollte die Tabletten klauen, weil es so etwas wie Rauschgift ist? »Quatsch!«, rufe ich, viel zu laut, obwohl sie gar nichts davon gesagt hat. Tolles Wecksignal für Frau Silberstein. Sie bewegt sich, und für Erklärungen bleibt keine Gelegenheit, Schwester Claudi sagt schon: »Frau Silberstein, hallo, Zeit für Ihre Medizin.«
Frau Silberstein schaut uns mit halb geöffneten Augen an. »Mir ist ein bisschen schlecht.«
»Wird bestimmt gleich besser.« Schwester Claudi nimmt die beiden weißen Tabletten und hält sie Frau Silberstein an den Mund. Schwupps, sind die Dinger zwischen ihre Lippen geschoben.
»Die rote Tablette können Sie nach dem Kaffee in Ruhe nehmen, schaffen Sie das?« Claudi gibt ihr Wasser.
Frau Silberstein antwortet nicht, ist mit Schlucken beschäftigt, es fällt ihr offenbar schwer.
»Kann sie überhaupt noch richtig essen?«, frage ich, denn das sieht nicht gut aus, wie sich Frau Silberstein da abmüht. Kaum hat sie die Tabletten geschluckt, sinkt ihr Kopf zur Seite.
»Also heute Mittag hat sie nichts gegessen«, murmelt die Schwester und steckt die Hände in ihre Kitteltaschen. »Das Morphium killt auch den Appetit.«
»Wie geht es dann weiter?«, frage ich leise.
»Na, so wie meistens, denke ich. Sie bekommt eine Sonde.«
»Aber das will sie nicht!« Keine Ahnung, wie ich darauf komme, mich so aufzuspielen, als wäre ich wirklich mit Frau Silberstein verwandt, denn solche Sorgen machen sich ja eher Familienangehörige und nicht einer wie ich.
Die Schwester legt einen Finger auf die Lippen. »Etwas leiser?« Sie sieht zu Frau Silberstein, die kaum die Augen aufbekommt.

»Ihr Enkel erinnert Sie dann gleich noch an die andere Tablette, in Ordnung?« Und wieder leise zu mir: »Wenn es wegen der Sonde Probleme gibt, lass das lieber deine Mutter klären. Ach, und die rote Tablette macht übrigens nicht stoned.« Sie lacht und geht.

Dann sind wir wieder allein, und Frau Silberstein sieht mich verwundert an. »Du bist doch Lennard, oder?«, fragt sie und hebt den Kopf vom Kissen.

Auf einmal ist nichts mehr lustig. Erkennt sie mich plötzlich nicht mehr?

»Ja, klar«, sage ich, da habe ich sie jetzt wohl durcheinandergebracht. »Sorry wegen eben. Die Schwester dachte, ich wäre mit Ihnen verwandt, und auf die Schnelle konnte ich das nicht richtig erklären.«

»Ach so«, krächzt sie. »Jetzt war ich ganz verwirrt. Ich träume plötzlich so viel und wusste einen Moment lang gar nicht, ob ich nun wirklich einen Enkel habe und wo ich bin.«

»Aber nun wissen Sie wieder, wo Sie sind und so?« Ich beuge mich ein Stück zu ihr hin und komme mir selbst fast vor wie ein Krankenpfleger.

»Ja«, sagt sie.

»Dann können Sie mir vielleicht auch sagen, wie der geschiedene Mann der Tochter von Elisabeth heißt? Und wo er wohnt?«

Es ist ein Trick und zugleich mein neuester Plan. Ich will eine Person finden, die Elisabeth gut kennt und vielleicht nicht hundertmal im Telefonbuch steht. »Ich frage nur mal so, als Test.«

Ein bisschen was davon ist sogar wahr.

»Hans. Hans Richter. Wo der wohl hingezogen ist …?«

Dann dämmert sie weg, und mein Magen krampft sich zusammen, das passiert gerade öfter, sobald ich das Heim betrete.

Wenigstens ist es nicht schwer, in Frau Silbersteins halbwachen Momenten etwas aus ihr rauszubekommen: Die Tochter von Elisabeth hat sich im vergangenen Jahr scheiden lassen, danach ist sie umgezogen. Und deswegen denke ich, dass ihr Exmann wissen wird, wohin sie und Elisabeth gezogen sind. Es ist fast schon Detektivarbeit!
»Kaffee? Kekse?«, frage ich laut, denn Frau Silberstein soll noch die rote Tablette schlucken.
Sie bewegt kaum sichtbar den Kopf, das soll wohl ein Nein sein.
Ich schaue gleich im Handy nach, wie viele Einträge es bei der neuen Spur gibt, und ich falle fast vom Stuhl: über 700! Tolle Idee …
Es klopft leise an der Tür. Etwa wieder eine neue Schwester? Doch dann muss ich zwei Mal hinsehen. Lange braune Haare, ein roter Mund – bin *ich* jetzt vielleicht berauscht oder verwirrt?
Lea macht einen vorsichtigen Schritt ins Zimmer. »Hallo. Kann ich reinkommen?«
»Klar.« Fast kann ich mit Frau Silbersteins Gekrächze mithalten.
Lea kommt ans Bett. Mir wird heißkalt.
»Du hast doch gesagt, ich soll einfach klopfen, wenn ich Frau Silberstein besuchen möchte. Habe mich allein aber nicht getraut. Mir ist lieber, wenn du auch hier bist«, sagt sie. »Ich wollte euch wiedersehen. Wissen, wie es geht.«
»Wem geht?«
Lea runzelt die Stirn. »Wem? Na dir! Und Frau Silberstein!«
Sie hat mich zuerst genannt, ich kann mein Glück kaum fassen.
Was mich noch umhaut: Der Anblick von einer Lea ohne Schal und Anorak. Sie trägt einen kurzen Wollpullover mit Rollkragen, und endlich kann ich mal etwas mehr von ihrer Figur sehen. Ich räuspere mich. »Nimm dir doch einen Stuhl.«

Sie setzt sich dicht neben mich, und ihr blumiges Parfüm weht um meine Nase. Drei Wochen ist es her, seit wir uns das letzte Mal gesehen haben.
»Wie läuft es so?«, flüstert Lea.
Wieder weiß ich nicht, verdammt noch mal, wen meint sie? Da stöhnt Frau Silberstein leise auf und bewegt sich ein bisschen, als wollte sie sagen: Um mich geht es natürlich! Ich wüsste ehrlich gesagt auch gar nicht, was ich von mir erzählen sollte. Etwa: Ich habe schrecklichen Liebeskummer gehabt, seit du mir den endgültigen Korb gegeben hast. Abends kann ich kaum schlafen, morgens habe ich keinen Hunger. Ich bin oft schlecht drauf und denke fast die ganze Zeit nur daran, wer das sein könnte, mit dem du da zusammen bist …
Jetzt aber sitzt Lea neben mir, und ich habe ein Ziehen im Bauch, das im Gegensatz zum Liebeskummer nicht wehtut. Im Gegenteil.
»Schläft sie die ganze Zeit?«, fragt sie leise.
»Nee, wir haben vorhin gelesen«, sage ich. »Aber sie isst kaum mehr was.«
»Echt?«, sagt Lea und kommt mit ihrem Kopf ganz nah an meinen heran. »Ich kenne das von meiner Oma«, flüstert sie nun. »Die hat auch irgendwann nichts mehr gegessen.«
»Ist sie dann verhungert?«, flüstere ich noch leiser zurück, und dafür muss ich natürlich mit meinem Kopf noch näher an ihren ran, gleich zerspringt mein Herz. Sie riecht echt gut.
Lea runzelt die Stirn. »Also, das weiß ich nicht mehr so genau. Verhungert?«
»Wurde sie künstlich ernährt mit einer Sonde?« Mann, ich kann hier schon den Spezialisten raushängen lassen, und tatsächlich sieht sie mich ein bisschen bewundernd an, oder aber ich bilde

mir sowieso alles nur ein und wache gleich auf aus diesem süßen Traum.
»Wirklich, das weiß ich nicht mehr genau, ist schon eine Weile her. Wieso, bekommt Frau Silberstein denn so eine Sonde?«, flüstert sie wieder, und ihr Gesicht ist so nah an meinem, dass mich fast ein paar Haare kitzeln. Wärme strahlt von ihr aus. Die Sonne ist aufgegangen!
»Nee, die will das nicht, keine künstliche Ernährung, hat sie gesagt.« Mir wird heiß, und ich halte den Atem an. Noch ein paar Zentimeter, und wir berühren uns wirklich.
»Meinst du, sie leidet?«
Ganz genau kann ich Leas Gesicht betrachten, entdecke einen kleinen Pickel auf ihrer Nase und sehe die einzelnen Härchen über ihrer Lippe.
Weiß nicht, aber ich, ich leide!, würde ich gerne rufen, denn ganz ehrlich, wenn ich nicht wüsste, dass sie einen anderen hat, so wäre spätestens jetzt – genau jetzt – der Moment, in dem ich mich trauen würde, sie zu küssen. Viel näher dran geht nämlich nicht, und Frau Silberstein ist wieder zur Mumie geworden, die kriegt gerade nichts mit. Aber ich habe Angst, dass Lea dann gleich nach ihrem Motto »Aber nicht küssen« aufspringt.
»Sie bekommt Morphium, da muss sie wohl nicht sehr leiden«, antworte ich leise.
»Wow, du weißt ja echt Bescheid.« Lea rückt ein winziges Stück weg. Einen Moment ist es still, und wir hören nur Frau Silbersteins Atem. Lea streicht sich ihre Haare zurück.
»Du warst das letzte Mal so schnell weg. Stimmt das echt mit den Graffiti da unten?«
Ich zucke mit den Schultern. »Ja, klar.« Ich flüstere jetzt nicht mehr, Frau Silberstein darf das ruhig hören.

»Was ist passiert?« Lea klingt gespannt, und kann es sein, dass Pascal recht hat? Sie ist beeindruckt!
»Wir wurden erwischt, dann kam die Polizei.«
»Quatsch.«
»Na, toll war das nicht. Jetzt habe ich 500 Euro Schulden bei meinen Eltern. Deswegen hat mich meine Mutter mal eben zum Lesepaten gemacht, da kann ich eine gute Tat tun und gleichzeitig die Schulden bei ihnen abarbeiten. Sie haben es so ausgedrückt: Ich soll Respekt lernen.«
»Ist doch gar nicht so schlecht.«
Mein Kopf glüht schon. »Findest du?« Wow, so sehr hat sich Lea noch nie für mich interessiert …
»Dafür …« Sie lächelt, und wir schauen uns ins Gesicht, keiner schaut weg, unser Blick ist wie ineinander verhakt, das ist toll, aber auch ein bisschen … weiß nicht wie, es ist jedenfalls nicht leicht, das auszuhalten. Sie lächelt immer noch. Es kommt mir vor, als würde sie sogar ein bisschen rot.
»Also ich finde, du machst das toll hier. Echt. Ich meine, das ist ja alles nicht so einfach.«
Ich schaue auf ihren Mund, mein Hals prickelt, meine Ohren sind heiß, blitz, blitz, blitz, ich räuspere mich, muss jetzt schnell irgendwas sagen. »Findest du das nicht bescheuert mit den Graffiti?«
Der Bann ist gebrochen, sie lacht, rückt wieder ein bisschen weg, schüttelt den Kopf. »Nee, ich finde Graffiti super. Nur blöd, dass sie euch erwischt haben. Das Gebäude ist dermaßen grau und hässlich! Aber du hast mir nichts davon erzählt. Du hast doch gesagt, du kommst freiwillig.«
»Nee, das habe ich nie von mir aus gesagt, das stimmt nicht. Wieso soll ich das behaupten? Außerdem hast du dich ja nie

wirklich für mich interessiert.« Auch das ist jetzt mal raus, und es ist das erste Mal, dass wir uns richtig unterhalten, nicht so verkrampft. Ausgerechnet am Bett von Frau Silberstein fühlt es sich im Moment neben Lea besser an als überall sonst. Verrückt!

Frau Silberstein bewegt sich und öffnet die Augen. Sie braucht wohl einen Moment, um zu verstehen, dass Lea nun hier neben mir sitzt, dann leuchtet ihr Gesicht auf. »Du bist auch hier«, sagt sie.

Lea steht auf, beugt sich über Frau Silberstein und streichelt ihr die Wange, genau wie Schwester Susanne es immer tut. »Ich wollte mal sehen, wie es Ihnen so geht«, sagt sie.

Ich kann mir nicht verkneifen zu sagen: »Und mir, bitte schön!«

Lea lacht wieder. Sie hat ein ganz tolles Lachen. »Und Lennard natürlich. Ich soll Ihnen auch viele Grüße von meiner Großtante ausrichten. Wann immer Sie wollen, gehen wir mit Ihnen Kaffee trinken. Sie müssen nur irgendwie Bescheid sagen.«

Frau Silberstein blickt ein bisschen verwundert von mir zu Lea und wieder zu mir. »Ich habe Durst«, sagt sie dann, und ich gebe ihr aus der lauwarmen Schnabeltasse zu trinken. Die Kekse will sie nicht. »Bekomme ich noch ein Kissen?«, fragt sie.

Frau Silberstein bekommt ihr Kissen, ich verabreiche ihr die rote Tablette und erzähle noch mal davon, wie ich vorhin von dieser Claudi für ihren Urenkel gehalten wurde. Lea sieht mich dabei die ganze Zeit an. Wir lachen. Dann schaut Frau Silberstein unter ihrem Silberhaar wieder von mir zu Lea und zurück, als ob ihr plötzlich etwas Trauriges eingefallen wäre. Lea fragt sofort: »Ist irgendwas? Können wir Ihnen irgendwie helfen?«

Frau Silberstein sitzt aufrecht da und nickt. »Ja, ich habe etwas auf dem Herzen. Jetzt erzähle ich euch doch mal was. Ich kannte

nämlich auch mal eine Leah, die schrieb sich hinten mit ›h‹, du ja nicht, stimmt's?«
Lea schüttelt nur den Kopf und ich auch ein bisschen: Was hat Frau Silberstein nur immer mit ihren Buchstaben?
»Diese Leah war meine Schwester.«
Sofort wird mir anders. Es ist völlig klar, was jetzt kommt, jetzt erzählt sie was aus ihrer dunklen Zeit. Ich bewege mich nicht und auch Lea nicht, wir sitzen einfach nur still.
»Leah war ein Jahr jünger als ich. Du erinnerst mich an sie. Meine Leah hatte auch lange braune Haare. Sie war kleiner und zierlicher. Ich war viel größer. Und lange nicht so hübsch.« Frau Silbersteins Stimme ist kratzig und heiser wie immer, und doch klingt sie anders. So dunkel, so traurig. Sie fährt sich mit einer Hand über das Gesicht, streicht sich eine Strähne weg, und ihre Hand zuckt dabei.
»Wir sind mit unseren Eltern zusammen gefahren, in einem Waggon, es war eng und schmutzig und kalt und schlimm. Von Berlin nach Auschwitz, irgendwann Anfang 43. Meine Eltern und Leah und ich. Unsere letzte gemeinsame Zeit. Wir und alle anderen waren verstört und halbtot, als wir dort ankamen, manche sind unterwegs gestorben, es war so entsetzlich, dass ich es nicht mehr heraufbeschwören mag. Dann hieß es plötzlich ›Raus, raus!‹, und es ging alles rasend schnell. Menschen in gestreifter Häftlingskleidung schrien laut herum, befahlen uns, unsere persönlichen Sachen im Zug zu lassen. Hunde bellten überall. Eine Frau mit zotteligen Haaren, ich sehe heute noch ihr Gesicht, ihre riesigen Augen, packte mich an der Schulter und zischte mich an: ›Sag, du bist 16, mindestens 16, du bist groß, du bist 16!‹ Zu Leah sagte sie das nicht. Sie konnte sich nicht als viel älter ausgeben.«

Bilde ich es mir ein, oder ist Lea gerade ein Stück an mich herangerückt? Fast berühren sich unsere Beine, so nah beieinander sitzen wir. Aber da ist kein Kribbeln, da ist jetzt Auschwitz. Ich fühle mich wie mit Blei übergossen.

»Leah hatte schreckliche Angst vor Hunden, sie war mal gebissen worden, und überall waren dort Hunde. Sie weinte und klammerte sich an meine Mutter – na ja, sie weinte bestimmt nicht nur wegen der Hunde, es war einfach alles nur schrecklich dort. Nach der furchtbaren Reise dachten und hofften wir, wir könnten uns irgendwo ausruhen, wir bekämen Essen und Trinken, und dann war es so kalt, so brutal, so hektisch. Mein Vater wurde sofort wegkommandiert, Männer, Frauen, Familien, Geschwister – alle wurden bei der Ankunft auseinandergerissen. Dann erst nahm ich die Männer in Uniform mit ihren blanken Stiefeln wahr, die dort das Kommando hatten. Überall waren so viele Menschen, es herrschte ein einziges Chaos, und mein Vater hatte mir nicht einmal mehr einen Kuss geben können, nichts. Plötzlich stand ein SS-Mann vor mir und schrie mich an: ›Wie alt bist du?‹ Ich presste hervor: ›16‹, ich hatte schreckliche Angst. Plötzlich war ich auch getrennt von meiner Mutter und Leah. Es war …«

Frau Silberstein hört auf zu sprechen, ein seltsamer Laut entfährt ihr, wie ein schweres Luftholen, ein Schnappen, als ob sie nicht mehr richtig atmen kann. Da erwache ich aus meiner bleiernen Starre – nicht dass sie hier kollabiert! Ich gebe ihr einen Schluck, und sie redet weiter: »… das letzte Mal, dass ich meine Mutter und meine Schwester gesehen habe. Sie wurden wahrscheinlich gleich vergast.«

»Wirklich«, sagt Lea neben mir, auch ihre Stimme krächzt nun ein bisschen, als wäre sie heiser.

»Der Gestank war schrecklich. Dass dies der Geruch von den Krematorien war, sollte ich noch am selben Tag erfahren. Ich … Wasser, bitte. Ich glaube, ich kann gleich nicht mehr richtig sprechen … aber ich möchte doch …«

Ich gebe Frau Silberstein wieder zu trinken, ihr Blick ist seltsam wie nie, vielleicht ist das auch die Wirkung von den weißen Pillen oder von der roten, oder die Erinnerung an damals ist wie die bitterste Medizin. Sie schluckt, alles scheint ihr sehr schwerzufallen. Mit wässrigen Augen sieht sie uns an.

»Ich erzähle euch das jetzt, weil ich meine Meinung geändert habe. Es ist vielleicht doch nicht ganz richtig, alles Furchtbare ins Grab mitzunehmen. Ein bisschen was von dem, was meine Familie erleiden musste, soll als Erinnerung bleiben. Irgendwo.«

Ich kann nur nicken. Lea auch.

»Ich war 13, bald 14. Ich musste mich ausziehen, und mir wurden die Haare geschoren, alle mussten das über sich ergehen lassen. Da war niemand, den ich kannte, und nachdem ich stundenlang vor Angst und Entsetzen kein Wort herausgebracht hatte, fragte ich schließlich jeden, den ich fragen konnte, immer wieder und immer wieder: Wann sehe ich meine Mutter wieder, wo ist meine Schwester? Wo sind sie hin? Ich hatte solche Angst!« Sie holt tief Luft, einmal, zweimal, dreimal schnappt ihr Mund auf und zu und ich bin kurz davor, zu klingeln. Doch dann redet sie weiter: »Irgendwann war da eine Frau, sie sah mich mitleidig an und fragte, ob meine Schwester jünger als ich gewesen wäre. Ich rief laut Ja, ich war auf einmal voller Hoffnung. Vielleicht wurde meine kleine, süße Schwester irgendwie besser behandelt als andere, vielleicht wartete sie irgendwo auf mich, durfte sich tatsächlich ausruhen? Die Antwort kam. Nie vergesse ich diese Antwort, nie. Sie lautete …«

Natürlich geht gerade jetzt die Tür auf, und Frau Meyerbeer schlurft herein. Lea und ich beugen uns gleichzeitig vor: »Sie lautete?«, frage ich und halte die Spannung kaum mehr aus.
Frau Silbersteins Augen schließen sich, Tränen rollen heraus. »Sie lautete: Hat es dir niemand gesagt? Siehst du denn nicht die qualmenden Schornsteine dort hinten? Dort sind sie wahrscheinlich. Das sind deine Mutter und deine kleine Schwester vielleicht schon geworden. Rauch.«

15

Ich habe eben nachgerechnet: Fünf Monate sind vergangen, seit ich das erste Mal in den Bunker geschleppt wurde. Der Unterschied zu damals ist: Ich bin verliebt, und statt meine Stunden bei Frau Silberstein nur abzusitzen, mache ich mir tausend Gedanken um sie. Meine Haare wachsen über die Ohren, und als ich beim letzten Mal aus dem Bunker kam, habe ich Lea den Arm um die Schultern gelegt und wir sind ein Stück so gelaufen. Richtig toll war es nicht. Sie heulte, und ich hatte einen dicken Kloß im Hals. Draußen war es mild, und unsere Stimmung war im Keller. »Es macht mich so fertig, dass Frau Silberstein eine Schwester hatte, die so hieß wie ich und die so aussah wie ich. Ich habe auch eine Schwester, die ist noch klein. Ich meine, stell dir das vor! Meine kleine Schwester würde vergast! Und immer wenn Frau Silberstein mich sieht, dann denkt sie vielleicht an ihre Schwester und an – ach, alles! Das ist einfach schrecklich traurig.« Dann hatte sie es plötzlich eilig, drückte kurz meine Hand und lief weg.

Später saß ich in meinem Zimmer und versuchte es zu denken: Meine Mutter und Jana würden vergast … Es ging nicht, und das brauche ich auch nicht, das bringt doch nichts, oder?

Heute, eine Woche später, liegt ein bisschen Frühling in der Luft, und meine Mutter begleitet mich, um selbst mal nach Frau Silberstein zu schauen. Besser, als nachher allein am Bett zu sitzen, falls Frau Silberstein wieder so was abgrundtief Trauriges erzählt. Lea ist heute nicht da, hat sich nicht mehr gemeldet, hat einen Freund … Auch das kann und mag ich mir nicht vorstellen. Ziegenbärtchen ist auf seiner Position und es fällt ihm kein blöder Kommentar ein, er grüßt nur: »Guten Tag!«

Oben vor dem Zimmer zögert meine Mutter. »Geh du zuerst rein und frag noch mal, ob das wirklich in Ordnung ist«, sagt sie.

»Okay«, sage ich verwundert, klopfe und lasse die Tür hinter mir ein Stück offen. Vertauschte Rollen!

Frau Silberstein liegt hochgebettet da und sieht mir entgegen. Die Haare liegen glatt gekämmt um ihren Totenkopf. »Bist du allein?«

»Nein, meine Mutter ist da draußen. Kann sie reinkommen?«

»Sicher«, sagt Frau Silberstein.

Meine Mutter tritt so vorsichtig ans Bett, als läge Frau Silberstein da schon tot. Sie stellt sich vor und überreicht die Blumen. Als Antwort leuchtet Frau Silbersteins Gesicht auf, genau wie neulich.

»Ich hole die Vase«, sage ich, und als ich wenig später zurückkomme, sitzt meine Mutter auf einem Stuhl am Bett, und Frau Silberstein hat den Strauß vor sich liegen, als wollte sie ihn umarmen. Keine Ahnung, was sie gesprochen haben, aber Frau Silberstein sieht recht happy aus. »Das ganze Zimmer ist mit echten Blumen gleich viel schöner«, freut sie sich.

Meine Mutter sitzt wie versteinert da. Vielleicht, weil sie jetzt in dieser Grabkammer drin ist und nicht nur von der Tür aus hereinwinkt. Mit Frau Meyerbeers Sachen ist es noch enger hier. Auf dem Kalender über dem Bett: bunte Tulpen. Ich setze mich mit dem anderen Stuhl ans Bettende.

»Lennard macht sich viele Gedanken um Sie«, sagt meine Mutter. »Ich bin heute mitgekommen, um zu sehen, wie es Ihnen geht.«
»Das ist sehr nett«, sagt Frau Silberstein, sonst aber nichts.
Meine Mutter schaut zu mir, und da kapiere ich, dass wir das hier jetzt gemeinsam durchziehen müssen. Ich kann nicht nur dasitzen, und meine Mutter macht und redet, so wie sonst, sondern auch ich bin gefragt. »Weil Sie ganz allein sind«, fällt mir als Beitrag dazu ein.
Frau Silberstein lächelt ein bisschen. »Solange ich hier sein kann, ist es gut. Mein Wunsch ist es, hier in dieser vertrauten Umgebung einfach einschlafen zu dürfen. Ich möchte zu meinem Mann. Mein Mann – wir haben übrigens nie geheiratet, ich sage das nur immer so – ist vor fünf Jahren gestorben, und unterdessen sind die letzten Freunde, Bekannten und Nachbarn weggezogen oder auch schon unter der Erde.«
»Das tut mir leid«, sagt Mutter. Ein langer Augenblick vergeht, dann fragt sie: »Darf ich etwas mehr erfahren? Über Sie? Es klingt so ungewöhnlich … Warum haben Sie nicht geheiratet?«
Frau Silberstein schaut gedankenverloren in die Luft. »Nach unserer Verlobung und zwei Arztbesuchen stand fest, dass ich nicht gebären kann. Ich fühlte mich wie ausgelöscht, und ich entschied mich dazu, meinen Familiennamen zu behalten, den ich damals bei der Heirat hätte abgeben müssen. Nein, den wollte ich nicht auch noch verlieren, wenn ich schon mutterseelenallein auf dieser Welt zurückgeblieben war und das Erbe meiner Eltern nicht weitergeben konnte. Eliah und ich blieben ein Leben lang verlobt, ganz egal, was andere von uns dachten.« Sie schließt kurz die Augen. »Das Schlimmste ist lange her. Wir haben es geschafft, miteinander oft glücklich zu sein. Wir

sind auch viel gereist. Die Welt kann so wundervoll sein! Jetzt möchte ich nur noch in Frieden gehen.« Frau Silberstein redet ganz normal, heute ist sie klar und voll da. »Auch wenn wir das Buch vielleicht nicht mehr schaffen, das habe ich Lennard schon gesagt. Ich möchte mich nur noch von Elisabeth verabschieden. Aber ich scheue den Brief. Es ist nicht leicht. Warum sie nicht mehr schreibt? Ob es ihr genauso geht?«

Am liebsten würde ich wegrennen. Ganz weit weg. In die Walachei, wo mich keiner kennt. Ich habe fast alle Elisabeths durchtelefoniert und kann nun mit den 700 Hans-Nummern beginnen, falls mir keine andere Idee kommt. Immer öfter bekomme ich Magenkrämpfe, ich versuche es das nächste Mal im Liegen, vielleicht unter der Bettdecke. Gibt es da Empfang?

Meine Mutter sieht mich an, und ich starre aus dem Fenster. Wenn sie jetzt anfängt, wegen Elisabeth nachzubohren … Doch dann wendet sie sich Frau Silberstein zu und fragt: »Möchten Sie uns etwas von sich erzählen?« Ihre Stimme klingt fast wie früher, wenn sie uns Kinder getröstet und gefragt hat: Tut es noch weh?

Frau Silbersteins Augen im Totenkopfgesicht werden plötzlich groß. »Mich erinnern?«, fragt sie.

Ich sitze neben dem Bett so still wie neben Lea in der Woche zuvor.

»Ich habe Durst«, sagt Frau Silberstein. Sofort stehe ich auf und gebe ihr etwas zu trinken. Die Stille wiegt schwer wie Blei, wir hören Frau Silberstein schlucken. Dann erzählt sie: »Kälte und Durst, oder umgekehrt, der Durst, immerzu quälender Durst, erfrorene Gliedmaßen und dieses schlammige, dreckige Wasser. Oder war es der Hunger, der am schlimmsten war? Ich wollte die meiste Zeit danach nicht an diese Hölle denken, ich wollte

leben, und an die Hölle denken und leben war ein Widerspruch. Viele, die überlebt haben, haben sich später mit der Frage gequält: Warum bin ich noch da und alle anderen sind tot? Das war immer die schlimmste Überlegung.«
»Wieso?« Das kapiere ich nicht.
Frau Silberstein schaut wieder ins Nichts. »Mein Hals kratzt«, sagt sie, und ich gebe ihr etwas Wasser, bevor sie weiterspricht: »Weil es in den Lagern nichts gab und von allem zu wenig. Stell dir vor, es gibt nur ganz wenig für furchtbar viele Menschen. Wenn davon nur ein paar überleben, weil sie von dem wenigen ein bisschen was bekommen haben, auf welche Weise auch immer, dann haben die anderen, die alles genauso dringend brauchten, doch weniger bekommen, nicht wahr?«
Ich nicke, das klingt logisch.
»Ob ich will oder nicht, andere sind gestorben, weil ich etwas bekommen habe, womit ich überleben konnte. Diese Tatsache hat mich immer wieder gequält.«
Ist das auch logisch? Ich finde, daran stimmt irgendetwas nicht.
»Aber Sie konnten doch nichts dafür, dass es so wenig gab!«, sage ich ziemlich laut.
Frau Silberstein nickt und ist jetzt hellwach. »Du hast recht, und du hast nicht recht. Wir konnten nichts für die unwürdigen, menschenverachtenden Bedingungen, unter denen wir leben mussten. Trotzdem gibt es in fast jeder Lebenssituation ein kleines bisschen Entscheidungsspielraum für den Einzelnen.«
Das ist mir zu theoretisch, ich kann nur mit den Schultern zucken.
»Schau«, sagt Frau Silberstein. »Mein Mann hat später Literatur über den Holocaust verschlungen, im Gegensatz zu mir, aber er hat auch nicht ganz so viel Schlimmes wie ich erleben müssen.

Manchmal hat er mir von der Lektüre erzählt. Es gab einige Menschen, die ihre Erinnerungen aufgeschrieben haben. So erfuhr ich von einem Autor, der den Mut hatte zu sagen, was ich meine.« Sie fasst sich mit ihren dünnen Fingern an die Kehle. »Wasser, bitte.«

Wieder gebe ich ihr einen Schluck.

»Die Sache, die der Autor erzählt, ist die: Jeder Häftling hatte im Lager zum Appell eine Mütze zu tragen. Jeden Tag standen die Häftlinge zum Appell viele Stunden in Reih und Glied, bei Hitze oder Kälte oder Dunkelheit, egal. Wer sich nicht auf den Beinen halten konnte, wer keine Mütze auf dem Kopf hatte, wurde auf der Stelle erschossen, vor allen anderen. Manchmal machten sich SS-Männer einen sogenannten Scherz, rissen einem Häftling die Mütze vom Kopf und warfen sie zum elektrischen Zaun, das war die Verbotszone. Jeder Häftling, der diese Zone betrat, wurde sofort erschossen. Trotzdem versuchten die Häftlinge, ihre Mützen von dort zu holen, sie mussten es tun, denn ohne Mütze wurden sie ebenso erschossen. Die gnadenlosen Wärter haben darüber gelacht, vielleicht auch gewettet: Na, wie wird er wohl gleich verrecken? Eine verlorene Mütze war immer ein Todesurteil, egal, wie es dazu kam.«

Eine Pause entsteht und die Welle aus Blei hat sich schon über mich ergossen. Bewegen geht nicht. Auch meine Mutter sitzt wie eine Statue da.

»Der Autor kam eines Tages in die furchtbare Situation, dass ein sehr gefürchteter Kapo namens … Nein, ich nenne den Namen nicht! Warum soll man die Namen dieser schrecklichen Menschen überhaupt noch nennen, wieso die Namen am Leben erhalten? Warum erinnere ich mich überhaupt an diesen Namen?«

»Kapo?«, frage ich leise. »Was ist das?«

»Kapos waren auch Häftlinge, oft politische Gefangene, und sie hatten gewisse Privilegien und das Sagen in bestimmten Baracken, durften befehlen und schlagen. Oft waren sie sehr grausam.«
Wieder möchte sie einen Schluck trinken und ich frage mich die ganze Zeit, ob sie es selbst gesehen hat, wie die Menschen dort am Zaun erschossen wurden?
Frau Silberstein beugt sich nach vorne, sie spricht jetzt laut, so aufgeregt habe ich sie noch nie erlebt. »Dieser Kapo hatte dem Mann, also dem Autor, der damals noch ein Jugendlicher war, die Mütze weggenommen, und folglich war dies das Todesurteil, denn wo sollte der Junge eine Mütze herzaubern? Jeder hatte nur diese eine. Die Menschen schliefen nachts auf ihren Mützen oder umklammerten sie, jeder hatte Angst, sie zu verlieren, es gab überall nur Angst und Schrecken. Selbst im Schlaf.«
Ich gebe Frau Silberstein nun ungefragt zu trinken, sie schluckt und räuspert sich, dann redet sie weiter, als hätte sie nur darauf gewartet, uns diese Geschichte zu erzählen.
»Verstehst du, was das bedeutet hat?«, fragt sie mich.
Ich nicke. Man wurde abgeknallt, wenn einem die Mütze geklaut wurde, und es gab auch nirgends Ersatz …
»Wie also konnte der Junge damals überleben?«, fragt Frau Silberstein.
Weil ich keine Antwort weiß, sagt meine Mutter leise: »Der Junge musste jemand anderem die Mütze stehlen.«
»Ja. Eine andere Möglichkeit zum Überleben gab es für ihn nicht.« Frau Silberstein lässt sich wieder zurücksinken, und da erst kapiere ich die ganze Sache: Der Bestohlene musste auch eine Mütze klauen, und dieser Bestohlene musste dann entweder auch eine Mütze klauen oder … Am Ende jedenfalls muss-

te irgendjemand, egal wer, daran glauben. Wegen einer Mütze. Wegen dem Kapo.

»Verstehst du?«, fragt Frau Silberstein wieder. »Das war *seine* Entscheidung. Er musste sich entscheiden, zu leben oder zu sterben, und das hieß, einem anderen das Leben zu nehmen oder zu lassen. Er nahm dann nachts einem anderen unglücklichen Häftling die Mütze fort und entschied selbst über Leben und Tod. Es war kein bestimmter Häftling, so schrieb er, nur die Mütze war bei ihm leicht zu stehlen. Vielleicht war sie ihm im Schlaf runtergefallen. Was meinst du, wie viele Momente gab es, in denen Häftlinge über das Schicksal der anderen entschieden haben – entscheiden mussten?«

Jetzt schwirrt mir der Kopf. Automatisch will ich einen Schluck Wasser geben, aber Frau Silberstein lehnt ab, sie will gleich weiterreden.

»Es gab sogenannte Blockälteste, sie hatten die Aufsicht in den Baracken zu führen. Die eine … ja, da hatte ich Glück. Sie wählte mich aus, für sie zu arbeiten, ich musste ihre Kleidung rein und ihren Schlafplatz sauber halten. Dafür hatte sie manchmal ein extra Stück Brot für mich, eine Tasse Tee oder eine Kartoffel, manchmal auch ein Ei. Ein Ei!«

Neben mir rührt sich meine Mutter. »Warum … glauben Sie … hatten Sie … dieses – wie Sie sagen – Glück?«

Frau Silberstein schaut meine Mutter an wie aus einem Traum erwacht. Als habe sie vergessen, dass wir beide an ihrem Bett sitzen. »Warum?«

»Ja«, sagt meine Mutter. »Sie wurden von der Blockältesten ausgewählt, sagten Sie. Warum? War das Zufall?«

»Nein, nein!« Frau Silberstein schüttelt den Kopf. »Es ist … ihr könnt euch die Zustände nicht vorstellen. Die Jüdinnen in der Baracke kamen von überallher, es herrschte oft ein riesiges Durcheinander. Die Blockälteste war eine deutschsprechende slowakische Jüdin, soweit ich mich erinnere, und auch ich sprach Deutsch, das war ein wichtiger Grund. Sie hatte wohl eine Tochter verloren, vielleicht war das auch noch ein Grund für sie, manchmal gütig zu mir zu sein. Aber alles war ...« Jetzt versagt Frau Silbersteins Stimme. Auf dem Knie spüre ich die Hand meiner Mutter.

»... da ist es wieder. Alles war ein unlösbares Dilemma. Ich habe Essen bekommen, und andere sind dafür verhungert.« Frau Silberstein dreht den Kopf zur Wand.

In mir macht sich ein furchtbares Gefühl breit, noch viel schlimmer als diese klebrige Schwere. Am liebsten würde ich sie trösten, aber ich wüsste gar nicht wie. Soll ich etwa sagen: Das war doch nicht so schlimm?

»Ich konnte nichts für Hannacha aufheben. Hannacha! Sie ist neben mir gestorben. Jeder hatte ja immerzu Hunger, jeder war gierig auf jeden Krümel Brot, aber mit Hannacha hätte ich alles geteilt. Sonst hat jeder seins gefressen, manche Erwachsene haben sogar den Kindern das wenige Essen geklaut. Ich musste jedes Stückchen, das ich extra bekam, vor den Augen der Blockältesten schlucken. Es war nur für mich«, sagt Frau Silberstein zur Wand. »Nur – hätte ich es nicht genommen, hätte es vielleicht jemand anders bekommen.«

Durch meine Mutter geht ein Ruck, als müsste auch sie irgendetwas Schweres um sich herum erst wegsprengen, bevor sie sich wieder normal bewegen und sprechen kann. Laut sagt sie: »Frau Silberstein, denken Sie wirklich so? Sie sind doch nicht für den Tod der anderen verantwortlich! Außerdem waren Sie noch ein Mädchen! Und wie ist es heute? Uns geht es hier gut, und wo-

anders sterben die Menschen wie Fliegen. Wir haben so viel, weil andere weniger haben. Ist das nicht etwas Ähnliches?«
Frau Silberstein bewegt sich nicht, und ich bin ein bisschen verwirrt, bin immer noch bei dem Mann mit der Mütze. Er konnte nichts dafür, dass er in diese Situation kam, weil er sonst selbst erschossen worden wäre. Aber der andere, der sterben musste, konnte noch weniger als nichts dafür. Wie lautet die Lösung? Gibt es eine?
Meine Mutter sieht völlig fertig aus, ihre Stirn liegt in tiefen Falten. »Ja, es war bestimmt ein Dilemma, ein unermessliches Dilemma, natürlich. Vielleicht ist das auch nicht mit heute zu vergleichen, ich weiß es auch nicht. Tut mir leid.«
Frau Silbersteins Kopf dreht sich wieder zu uns. »Es sind verschiedene Welten. Nicht mal das. Das hier ist die Welt. Auschwitz war die Hölle. Ich habe die ganzen Jahre darüber kaum etwas erzählen können – wollen.«
»Ja«, sagt meine Mutter nur.
Plötzlich sieht uns Frau Silberstein überrascht an. »Stimmt gar nicht, am Anfang war es anders«, sagt sie. »Wie konnte ich das nur vergessen? Wir erzählten, doch, ich wollte erzählen. Aber jeder war nach dem Krieg mit seinem eigenen Elend beschäftigt. Sogar in Israel wollte kaum jemand hören, was uns genau passiert ist.« Sie lässt die Augen zufallen. »Irgendwann wurde der Horror zu einem anderen Leben, das ich hinter mir gelassen hatte. Aber jetzt fällt mir so vieles wieder ein. Einzelheiten. Schreckliche Einzelheiten. Ich möchte damit nicht mehr alleine sein.«

Nach dem Besuch im Heim hat mich meine Mutter ziemlich lange gedrückt. Zu Hause sagte sie: »Ich lege mich eine Minute hin, bevor unser Tagesprogramm weitergeht. Ich bin fix und fertig von alldem, was ich gehört habe.«

Frau Silberstein erzählte an diesem Nachmittag noch viel mehr. »Wer weiß, ob ich sonst noch mal die Kraft habe«, sagte sie. »Heute geht es irgendwie.«

Auch ich habe mich aufs Bett geschmissen, und erst dann kam ich auf die Idee, mal wieder auf mein Handy zu schauen. Ich hatte meine Probleme echt für eine Weile vergessen.

Bis eben. Da hörte ich, dass Jana kam und wie sie ein Mega-Theater gemacht hat, weil sie den Tisch decken sollte. Sie hat vor meinem Zimmer rumgeschrien, ich wäre dran, das wäre ungerecht und alles Mögliche. Die spinnt! Ich höre auch meinen Vater nach Hause kommen und stehe auf.

Im Esszimmer sieht Jana immer noch total sauer aus. Papa ist heute ausnahmsweise mal früher da und stöhnt darüber, wie viel Arbeit er hat. Meine Mutter bemüht sich erst gar nicht, die gut Gelaunte zu spielen. »Nehmt euch«, sagt sie knapp.

Es steht nichts Besonderes auf dem Tisch. Niemand redet, jeder kratzt irgendwie auf seinem Teller herum. Ich habe keinen Hunger.

»Abräumen tu ich aber bestimmt nicht«, sagt Jana und ersticht mit der Gabel eine saure Gurke.

Meine Mutter legt ihr Besteck hin – sie isst ihr Brot immer gern mit Messer und Gabel wie Omi –, wischt sich den Mund ab und schaut uns alle an. »Bitte, Frieden. Wir könnten uns heute lieber daran erinnern, wie gut es uns geht. Das wäre mal wieder sinnvoll.«

Papa blickt sie über den Brillenrand skeptisch an, Jana verzieht das Gesicht. »Jetzt bitte nicht wieder die hungernden Kinder«, meckert sie.

»Hör bitte auf mit deinem Gezicke«, sagt meine Mutter, und Jana lässt gleich ihr Brot fallen. Wie kann die Welt nur so ungerecht zu ihr sein!
»Nein, heute nehmen wir mal die Millionen von ermordeten Juden«, sage ich zu Jana.
»Ganz genau«, sagt meine Mutter. »Ich durfte heute Frau Silberstein kennenlernen, und das hat mich sehr bewegt.«
»Du bist mitgegangen?«, fragt mein Vater erstaunt. Er hat wirklich gar nichts mehr mitgekriegt in letzter Zeit, ist nur noch mit seinem Projekt und mit Meditieren beschäftigt.
»Ja, klar, ab und zu brauchen unsere Kinder noch unsere Unterstützung«, sagt meine Mutter ruhig.
»Danke für den Hinweis!«, antwortet mein Vater nicht gerade freundlich.
Meine Mutter stützt den Kopf auf ihre Hand. »Möchte jemand vielleicht mehr erfahren?«
Jana guckt weg, und mein Vater schaut nun grimmig.
»Sonst lassen wir das eben. Wenn euch nur euer eigener Scheiß interessiert«, seufzt meine Mutter.
Die Luft könnte man nun gut in Stücke schneiden. Oft nimmt meine Mutter dieses Wort nicht in den Mund. Mein Vater setzt seine Brille ab, reibt sich die Augen und setzt sie wieder auf. »Du hast recht, entschuldige bitte. Doch, es interessiert mich. Erzählt mal.«
Meine Mutter nickt ihm zu und schenkt ihm ein winziges Lächeln. Dann legt sie die Hand auf Janas Schulter. »Und Madame? Wenn du weiter beleidigt sein magst, warum auch immer, geh bitte lieber in dein Zimmer.«
Jana wischt sich eine Träne weg, die gar nicht da ist. Aber sie bleibt sitzen.

»Willst du anfangen?«, fragt mich meine Mutter.
Normalerweise würde ich sagen, nee, keine Lust, wozu? Jetzt aber denke ich, Jana kann ruhig mal was davon wissen, vielleicht kommt sie dann von ihrem Opfer-Film runter. »Also, Frau Silberstein stirbt vielleicht bald«, fange ich an. »Und niemand besucht sie mehr, nur ich jetzt.«
Mein Vater schüttelt den Kopf und nimmt einen Schluck Bier. »Irgendwie habe ich so etwas kommen sehen. Aber es ist doch nicht deine Aufgabe, das jetzt bis zum Ende durchzustehen?«
Ich schüttle den Kopf. »Wenn Frau Silberstein das KZ überlebt hat, überlebe ich ja wohl auch die Besuche bei ihr.«
Meine Mutter beugt sich zu meinem Vater und legt ihre Hand auf seine Schulter. »Wir haben doch schon mal darüber gesprochen.«
»Worüber?« Papa guckt irritiert und steht auf dem Schlauch.
»Frau Silberstein ist eine Holocaust-Überlebende, die am Ende ihrer Tage ganz alleine ist.«
Mein Vater fasst sich an die Stirn. »Entschuldigt«, sagt er. »Ja, das hast du erwähnt, und ich habe kaum weiter danach gefragt, so sehr bin ich gerade mit meinem … Scheiß beschäftigt.«
Niemand isst mehr. »Frau Silbersteins Schwester Leah war etwa in Janas Alter, als sie nach Auschwitz kam und vergast wurde«, erzähle ich. Niemand sagt oder macht was, bis mein Vater sich rührt.
»Dann ist eure Frau Silberstein eine der letzten Zeitzeuginnen«, sagt er. »Wie hat sie das alles überlebt?«
Nun übernimmt meine Mutter wieder: »Frau Silberstein musste, wenn ich es richtig verstanden habe, eineinhalb Jahre lang in Auschwitz sein. Im Sommer 1944 kam sie in ein Außenlager in der Nähe von Augsburg, wo sie irgendwelche Elektroteile,

vermutlich für die Rüstung, herstellen musste. Kurz vor Kriegsende wurde sie in ein anderes Lager gebracht, ein Waldlager in Bayern. Dort wurden die wenigen verbleibenden Häftlinge von den Amerikanern befreit. Zu diesem Zeitpunkt war sie dem Tod sehr nah.«

Meine Mutter zeichnet mit den Fingerspitzen wieder ihre nachdenklichen Kreise auf den Tisch, diesmal um den Teller herum.

»Die Zwangsarbeit in Augsburg hat Frau Silberstein als großes Glück bezeichnet. Was Glück alles sein kann …«, fährt sie fort. »Aber es hat ihr Leben gerettet, denn die Häftlinge wurden in dem Außenlager wohl etwas menschlicher behandelt und bekamen so etwas wie echte Nahrung.«

Mein Vater schaut in sein Bier. »Und dann?«

»Nach dem Krieg lebte sie dann längere Zeit irgendwo in einem der Camps für Displaced Persons und …«

»Was für ein Camp?«, fragt Jana dazwischen. Ein Glück, dass meine Mutter heute dabei war. Ich hätte mir das alles nie so merken können. Von allein hätte ich wahrscheinlich gar nichts erzählt.

»Ein Auffanglager für jene, die durch den Krieg ihre Heimat verlassen mussten, oder eben für ehemalige Häftlinge der Konzentrationslager, die zuvor auch meist aus ihrer Heimat verschleppt wurden«, erklärt meine Mutter. Es wird eine richtige Geschichtsstunde hier, die total spannend wäre, wenn Frau Silberstein das alles nicht wirklich selbst hätte durchmachen müssen. »Von dort ging sie dann wohl mit ihrem Verlobten Ende der 40er-Jahre nach Israel.«

»Der Mann ging einfach so mit?«, fragt mein Vater.

»Er war auch Jude, aber er war nicht im Konzentrationslager«, antwortet meine Mutter. »Er war ein Ritchie Boy. Du als wan-

delndes Geschichtslexikon kannst das doch sicher genau erklären.«
»Ritchie Boys?«, fragt Jana. »Das klingt wie so eine Band!«
»Ein Ritchie Boy«, wiederholt mein Vater. »Das ist wirklich eine besondere Geschichte.«
»Was ist das?«, fragt Jana. »Ich glaube, das ist wirklich eine Band.«
»Nein«, antwortet mein Vater und lächelt ein bisschen. »Keine Band. Zumindest keine, die ich kenne. Die Ritchie Boys, um die es hier geht, waren ausgewählte Männer, darunter viele Juden, die in Amerika während des Zweiten Weltkriegs zu einem speziellen Einsatz im Krieg gegen Deutschland ausgebildet wurden. Es gab davon wohl einige Tausend. Camp Ritchie, so hieß das Ausbildungslager in den USA.«
»Einer von diesen Männern lief der jungen Frau Silberstein in der Stadt, wo sie nach ihrer Befreiung zunächst untergebracht war, über den Weg. Es muss so zwei, drei Jahre nach Kriegsende gewesen sein, und sie lernte in ihrem Camp Hebräisch, weil sie auswandern wollte, sie hatte hier ja niemanden mehr, und viele der überlebenden Juden wollten hier natürlich nicht bleiben. Sie gingen also gemeinsam nach Israel, kamen aber wieder zurück«, fährt meine Mutter fort.
»Warum?«, fragt Jana, und meine Mutter hat Frau Silberstein heute Nachmittag dasselbe gefragt. Warum wollte sie wieder nach Deutschland?
»In Israel war das Leben für sie wohl nicht so wie erhofft. Es war ein sehr einfaches Leben, die Verständigung auf Hebräisch war schwierig, sie fühlten sich nicht zu Hause, sie fühlten sich ziemlich allein. So kamen sie zurück. Kinder brauchen überall Liebe, und die Kinder von heute können nichts für damals, meinte Frau

Silberstein, und damit hat sie ganz bestimmt recht«, sagt meine Mutter, und weil sie mich anschaut, bin ich jetzt mal wieder dran. Dieser Teil ist auch leichter zu erzählen: »Sie wurde Erzieherin. Weil sie Kinder in den Lagern ganz schlimm leiden sah. Die sind ja auch geschlagen worden, hatten Hunger, wurden vergast oder mussten im Schnee erfrieren.«

Wir schweigen eine Weile. Mein Vater fährt sich durch den Bart.

»Aber was können wir nun tun?«

Wir. Erst war ich allein, dann sagte meine Mutter ›Wir‹ und nun auch noch mein Vater. Fehlt nur noch Jana.

»Ich gehe weiter zum Vorlesen hin«, sage ich. »So lange es Frau Silberstein gefällt.«

»Ich werde mich regelmäßig nach ihrem Befinden erkundigen«, sagt meine Mutter. »Ihr zukommen lassen, was sie braucht, und helfend beistehen, bei was auch immer.«

Dann, ich fasse es nicht, meldet sich auch Jana. Sie schaut mich ein bisschen an wie früher, als sie manchmal Angst vor mir hatte, einfach nur weil ich älter, stärker und schneller war. »Lenny, ich gehe für dich zu Omi, wenn es dir zu viel wird. Ohne sauer zu sein, versprochen.«

16

Als mein Handy klingelt, habe ich wieder nur diesen einen hoffnungslosen Gedanken: Vielleicht ist es Lea. Sie soll anrufen und sagen: Hey, komm, treffen wir uns wieder mal! Doch auf dem Display erscheint ›Heim S‹. Darunter habe ich die Nummer abgespeichert, die mir mal Schwester Susanne gegeben hat. Warum ruft die denn an? Ich gehe ran.

»Lennard, bist du das?«

Ich erkenne ihre Stimme sofort und mir ist auch gleich klar, dass was passiert sein muss. »Ja.«

»Ich habe bei euch zu Hause angerufen, aber ich möchte das nicht auf die Mailbox sprechen.«

Neben mir läuft Pascal, der mir gerade etwas Megawichtiges erzählen wollte.

»Was ist denn?«, frage ich.

»Frau Silberstein kam heute Vormittag ins Krankenhaus. Sie hatte kurz das Bewusstsein verloren.«

Mein Hals wird eng, und ich bleibe stehen. »Muss sie jetzt sterben?«, frage ich ein bisschen schockiert. So schnell geht das dann also, und ich kann sie nicht mehr im Heim besuchen.

»Nein, ich glaube nicht«, sagt Schwester Susanne. »Als sie abgeholt wurde, war sie schon wieder wach und sagte, sie möchte nicht fort. Der Arzt aber meinte, er müsse sie mitnehmen. Leider.«

»Aha …«

»Verdammt noch mal!«, höre ich auf einmal laut an meinem Ohr.
»Hä?«, kann ich nur fragen.
»Entschuldige, ist mir so rausgerutscht. Ich ärgere mich, weil ich gleich den Notarzt gerufen habe, dabei war es nur ein vorübergehender Schwächeanfall«, sagt Schwester Susanne. »Wenn der Notarzt allerdings erst einmal da ist, kann ich nicht sagen: Ach, lassen Sie Frau Silberstein doch lieber hier. Er macht dann, was er für richtig hält. Frau Silberstein wollte nicht weggebracht werden.«
Ich weiß nicht, was ich von dieser seltsamen Notarzt-Geschichte halten soll. Noch nie habe ich Schwester Susanne so ratlos gehört.
»Leider habe ich hier Doppelschicht, sonst würde ich im Krankenhaus vorbeischauen«, sagt sie. »Magst du vielleicht hingehen? Ich weiß nicht, wen ich sonst fragen soll. Der Kollege, der infrage käme, kann auch nicht. Ich habe auf die Schnelle ein paar Sachen für Frau Silberstein zusammengepackt und mitgegeben, aber vielleicht fehlt ihr noch was.«
Ich lasse mir den Namen vom Krankenhaus geben und lehne mich an eine Mauer. Tolle Neuigkeiten …
»Die Alte ist im Krankenhaus und deswegen rufen die dich an?«, fragt Pascal verwundert.
»Na ja, sonst wäre ich morgen umsonst hingegangen«, sage ich und wünschte, ich hätte es erst später erfahren. So kann ich morgen auch Lea nicht sehen … »Erzähl lieber mal weiter«, sage ich, um gleich von meinem Frust abzulenken.
»Na gut«, sagt er und packt mich bei der Schulter, kaum sind wir ein paar Schritte weitergegangen. »Alter, mir ist was passiert, das glaubst du nicht. Samuels Freundin hat mich angebaggert,

kannst du dir das vorstellen? Ich meine – so richtig. Macht sie das mit dir etwa auch?«
»Quatsch«, sage ich, und ich glaube es auch nicht. Die und Samuel sind doch unzertrennlich. Wenn wir mal zu viert waren, klebte sie immer nur an Samuel dran. Mich hat sie nicht mal groß beachtet.
»Kein Witz«, sagt Pascal. »Hör zu. Ich habe auf dem Nachhauseweg bei Samuel geklingelt, und die beiden hatten sich wohl gerade gestritten. Samuel ist rausgerannt, und ich stand vielleicht blöd da. Wollte schon wieder gehen, da sagte sie: Warte. Komm her. Ich also aufs Sofa, und sie setzt sich neben mich, nah neben mich, und hat ihr Bein an meins gedrückt.«
»Wieso das denn?« Ich glaube es immer noch nicht ganz – und will gleichzeitig mehr hören. Ich denke oft an Samuel und seine Freundin, und Pascal tut das wahrscheinlich auch.
»Dann flüsterte sie mir ins Ohr, Samuel gehe ihr auf die Nerven. Beugte sich so zu mir, dass ihre Titten mich berührt haben, Alter, in mir ging's ab, sage ich dir, ich saß total steif da, wenn du weißt, was ich meine.«
»Und dann?«, frage ich und glaube auf einmal doch alles. Warum sollte Pascal diese krasse Geschichte erfinden?
»Ich dachte, wenn der reinkommt und uns so sitzen sieht, dann gibt es Stress. Also bin ich aufgestanden, ich kann wohl kaum mit ihr in seinem Zimmer rummachen. Dann sagte sie zu mir: ›Jetzt musst du dir nur noch meine Nummer besorgen.‹ Spinnt die oder steht die auf mich? Was soll ich denn jetzt machen, kannst du mir das verraten?«
»Hättest du sie denn geküsst?«, frage ich und denke an Lea, wie das wohl wäre …
»Sie hat angefangen, kapierst du das nicht?«, ruft Pascal, dabei

ist das doch überhaupt keine Antwort, und ich weiß auch keine auf seine Frage.
»Lass uns mal weitergehen«, schlage ich vor, und Pascal folgt mir mit bösem Blick. »Die will Samuel eifersüchtig machen, wetten?«, sage ich und finde, das ist eine logische Erklärung.
»Von wegen, die steht auf mich, aber ich weiß nicht, was ich damit jetzt genau machen soll. Hast du zufällig ihre Nummer?«
Ich starre Pascal an. Ich soll ihm helfen, und dann gibt es zwischen uns allen Krieg? Allerdings habe ich über so etwas Ähnliches auch schon nachgedacht: Wenn ich Lea einfach küsse, Freund hin, Freund her? Vielleicht muss ich ihr zeigen, dass ich der Bessere bin, mich einfach trauen. »Das kannst du nicht bringen«, antworte ich aber schon.
Pascal schaut weg. »Ich bin mit Samuel fast zusammengestoßen, als er wieder ins Zimmer kam. Der hat mich gar nicht weiter beachtet, als hätte ich ihm was getan, und dann bin ich abgehauen. Ganz ehrlich, wenn bei den beiden Schluss ist, treffe ich mich mit der.« Damit ist das Thema zunächst erledigt, und Pascal quatscht nun irgendwas von seinem Krafttraining und den Tipps dazu aus dem Internet. Fürs Studio müsste er nämlich älter sein, aber er wollte mit seinen tollen Muskeln nicht warten. Ich höre gar nicht richtig zu. Das nächste Mal, wenn ich nah neben Lea sitze, dann bin ich derjenige, der sein Bein an ihres randrückt. Aber wie und wo soll das passieren, wenn Frau Silberstein jetzt im Krankhaus ist, vielleicht nicht mehr ins Heim zurückkommt, vielleicht bald stirbt, auch noch ohne die ersehnte Post? Das alles ist schon traurig genug, aber dann auch Lea nicht mehr sehen – eine Katastrophe.

Die Schiebetüren des Krankenhauses gleiten vor uns auf. Wir haben natürlich Blumen dabei, haben uns nach einem späten Mittagessen auf den Weg gemacht. Ich wollte nicht allein gehen. Drinnen bleibt meine Mutter stehen und sieht mich an. »Würden alle Menschen, so wie du jetzt, ein bisschen mehr für andere tun, als sie müssten, wäre unsere Welt wohl ein wenig besser«, sagt sie.
Ich verdrehe ein bisschen die Augen. Mal wieder eine Ansprache an einen nicht vorhandenen Helden …
Wir bekommen bei der Information eine Station und die Zimmernummer genannt und fahren in den dritten Stock. Ärzte und Schwestern laufen geschäftig mit quietschenden Sohlen hin und her, ich mag das Geräusch nicht, würde mir am liebsten die Ohren zuhalten. Zwei Betten stehen auf dem Gang, in dem einen schläft ein Mann mit offenem Mund, in dem anderen liegt eine Frau mit einem großen Pflaster über Stirn und Auge. Das nicht bedeckte Auge starrt an die Decke. Es gibt hier wieder eine Information, ein Glaskasten, in dem eine Schwester sitzt und telefoniert. Sie wirft uns nur einen raschen Blick zu, und wir warten eine Weile. Als sie auflegt, macht meine Mutter einen kleinen Schritt zu ihr hinein. »Guten Tag, wir möchten zu Frau Silberstein, Zimmer 353. Könnten Sie mir schon etwas über die Einlieferung heute sagen?«
Die Schwester runzelt die Stirn. »Einen Moment.« Sie schaut etwas im Computer nach, und das Telefon bimmelt wieder. Angestrengt blickt sie auf den Bildschirm. »Ein Neuzugang. Mehr weiß ich nicht, und die Ärzte sind alle unterwegs. Kommen Sie bitte später noch mal.« Und schon ist sie wieder beschäftigt und beachtet uns nicht weiter. Hinter uns warten schon andere. Ganz schön was los hier!

Wir laufen den Gang entlang bis zu Frau Silbersteins Zimmer. Die Tür ist nur angelehnt. Meine Mutter klopft, von innen sind Stimmen zu hören. Wir treten ein.
Frau Silberstein erkenne ich sofort, obwohl sie den Kopf von uns weggedreht hat. Sie liegt in der Mitte, es sind drei Betten, alle belegt. Im Bett am Fenster liegt eine andere Frau, und sie hat Besuch von einem Mann mit langem schwarzem Vollbart, beide nicken uns kurz zu und reden dann weiter. Im Bett vorne ist auch eine Frau, und ihre kurzen grauen Haare erinnern mich an Gerda, weil sie so verstrubbelt nach allen Seiten abstehen. Sie folgt uns mit den Augen, rührt sich aber sonst nicht. Auch Frau Silberstein bewegt sich nicht.
Wir gehen an ihr Bett. Sie trägt so ein komisches Krankenhaushemd, das viel zu groß an ihr aussieht und verrutscht ist, die Haut an ihren knochigen Schultern ist ganz weiß. Die langen Arme sind auf der Decke ausgestreckt, sie sehen aus wie dünne Stöcke, voll abgemagert. Neben dem Bett steht ein Ständer, und durch einen Schlauch fließt eine hellbraune Flüssigkeit in ihren Arm. Mir wird plötzlich ganz anders, ich entdecke da was. Auf dem Arm ist die Nummer aus dem KZ zu sehen. Fünf verschwommene Ziffern. Wie zerlaufene Tinte.
»Frau Silberstein«, sagt meine Mutter laut und beugt sich zu ihr hinunter, streichelt ihr die Wange, genau wie Schwester Susanne es immer tut und wie Lea es schon getan hat. Nun wacht Frau Silberstein auf. Sie sieht ein wenig verwirrt aus, doch dann erkennt sie uns, und ihre Mundwinkel gehen ein wenig nach oben.
»Wir haben Ihnen wieder Blumen mitgebracht.« Meine Mutter zeigt den Strauß und die Mundwinkel gehen noch weiter nach oben, jetzt ist es ein richtiges Lächeln. »Ihr seid da«, krächzt Frau Silberstein.

»Wie geht es Ihnen?«, frage ich, nehme einen Stuhl und stelle ihn ans Bett. Es fällt mir schwer, nicht auf die Nummer zu glotzen. »Was ist denn passiert?«
»Ich möchte mich aufsetzen«, sagt Frau Silberstein. »Mir ist kalt. So kalt.«
»Schwester Susanne hat eine Tasche gepackt«, fällt mir ein, »aber wo ist die?«
Meine Mutter geht zu den Schränken, ich stelle die Lehne hoch, darin bin ich schon Meister. Das Bett von Frau Silberstein im Heim und dieses hier im Krankenhaus sind fast gleich.
»Ihr seid da«, sagt sie wieder.
Meine Mutter hat Frau Silbersteins Strickjacke gefunden. Gemeinsam richten wir sie auf, und sie beugt sich ein bisschen nach vorne, dabei fällt ihr Kopf auf die Brust, als wäre sie eine Puppe. Wir können nur einen Arm reinstecken, irgendwie schaffen wir es, dann decken wir sie zu. Der Arm mit dem Tropf ist noch ein Stück zu sehen, die Nummer ist jetzt verdeckt. Meine Mutter hat sie anscheinend nicht bemerkt.
»Was ist das?«, frage ich und deute auf den Beutel mit der hellbraunen Flüssigkeit, die aussieht wie ein Caramel-Shake.
»Ich will so etwas nicht«, sagt Frau Silberstein leise.
»Flüssignahrung«, stellt meine Mutter fest. »Wir werden mit dem Arzt sprechen und herausfinden, was hier mit Ihnen geschehen soll.«
»Bitte etwas Wasser.«
Ich gebe ihr zu trinken, auch darin bin ich schon Profi. Dabei fand ich es anfangs total daneben, das tun zu müssen, es war mir peinlich bei einer fremden Frau. Jetzt aber würde ich Frau Silberstein am liebsten mit nach Hause nehmen. Sie könnte das alte Zimmer von Omi haben.

»Warum sind Sie hier?«, fragt meine Mutter mit sanfter Stimme.
»Ich bin schwach, weil ich keinen Appetit mehr habe oder wegen der Krankheit, ich weiß es nicht. Ich bin ohnmächtig geworden. Sie haben mich gleich mitgenommen«, sagt Frau Silberstein. Wenigstens kann sie ganz gut sprechen. Meine Mutter legt ihr den Strauß einfach aufs Bett, so wie schon einmal.
»Wann komme ich wieder zurück?«, fragt Frau Silberstein, schaut auf die Blumen und dann wieder zu meiner Mutter. »Ich möchte hier nicht bleiben. Wozu ist das alles gut? Mein Hemd ist viel zu groß. Die Falten drücken überall.«
»Ich versuche, einen Arzt zu erwischen«, sagt meine Mutter zu uns beiden. »In Ordnung? Es kann aber ein Weilchen dauern. Dann bringe ich auch eine Vase mit.«
»In Ordnung«, sage ich zu meiner Mutter. »Gibst du mir das Buch aus deiner Tasche?« Ich habe nämlich in letzter Sekunde noch an *Tschick* gedacht.
»Du hast unsere Geschichte mitgebracht?« Frau Silberstein sieht gleich ein bisschen fröhlicher aus.
»Klar«, sage ich und winke meiner Mutter an der Tür noch kurz zu. »Wollen wir?«
»Ja«, sagt sie und lächelt. »Ich bin ganz Ohr. Auch wenn ich die Augen mal zuhabe, ja?«
Ich grinse in mich hinein, weiß ja, dass sie dann doch einschläft. Ich rücke mit dem Stuhl näher ans Bett und fange halblaut an zu lesen. »Verstehen Sie mich?«, frage ich nach den ersten beiden Sätzen. Frau Silberstein nickt. Die Frau und der Mann am Fenster schauen komisch herüber, als dürfte man hier nur reden und nicht vorlesen. Die Frau vom anderen Bett sieht nicht her, sie starrt ins Leere. Nicht nur die Haare sind wie bei Gerda, auch der Blick. Das ist echt Gerda Nummer zwei!

Weiter geht es mit der Story. Maik und Tschick sind immer noch mit dem geklauten Lada unterwegs, und natürlich ist irgendwann kein Benzin mehr im Tank. Wäre es ein Märchen, würde sich der Tank niemals leeren oder sie könnten einfach an die Tankstelle fahren und niemand würde bemerken, dass die beiden noch nicht erwachsen sind. Ist aber kein Märchen, genauso wenig wie die Lesebesuche bei Frau Silberstein eine Märchenstunde sind. Jedenfalls wollen sie an einer Raststätte aus dem Tank eines anderen Autos Benzin absaugen, brauchen dazu aber erst mal einen Schlauch. Den suchen sie auf einer Müllhalde, und dort treffen sie ein verrücktes Mädchen. Ich mag diese Stelle besonders, denn es ist doch klar, dass sich dieses Mädchen später als ganz toll entpuppt. Aber jetzt ist sie den beiden erst einmal suspekt. Und vor allem ist das Mädchen ziemlich versifft und stinkt.
Frau Silberstein ist bald wieder eingeschlafen, ich lese trotzdem drei Kapitel, sie sind alle nicht so lang. Meine Mutter ist schon eine Ewigkeit weg, und Gerda Nummer zwei schaut immer mal wieder rüber, sieht durch mich hindurch. Langsam werde ich ungeduldig. Die Flüssigkeit, die in Frau Silbersteins Arm tropft, sieht jetzt irgendwie eklig aus.
Endlich kommt meine Mutter herein. Sie bringt eine Vase für die Blumen mit und stellt sie auf Frau Silbersteins Tisch. Der Strauß passt gerade so hinein. »Ich hoffe, der Arzt kommt gleich«, flüstert sie. »Wir müssen uns gedulden. Schläft sie?«
»Ja.«
Und dann warten wir. Und warten. Und warten. Zum Glück kann ich mir mit dem Handy die Zeit vertreiben. Die Frau am Fenster steht auf, zieht sich was an und verlässt gemeinsam mit dem bärtigen Mann das Zimmer. Sonst passiert nichts und wieder nichts, außer dass Frau Silberstein ab und zu leise aufstöhnt.

Dann schauen meine Mutter und ich uns an, aber es gibt nicht viel zu sagen. Ich könnte die Decke ein Stück zur Seite ziehen und meiner Mutter die Tätowierung zeigen …
Endlich taucht der Arzt auf. Er hat eine Glatze und trägt eine Brille, dahinter sehen seine Augen winzig aus. Er reicht meiner Mutter und mir die Hand und murmelt einen Namen, den ich nicht richtig verstehe.
»Sie wollten mich sprechen«, sagt er. »Sind Sie die nächsten Verwandten der Dame?«
»Nein«, antwortet meine Mutter. »Wir sind nicht verwandt.«
»Oh«, sagt der Arzt, »dann darf ich Ihnen eigentlich keine Auskunft geben.« Er spricht ziemlich laut.
Meine Mutter steht auf, ist nun so groß wie er. Auch ich stehe auf. »Nur hat Frau Silberstein keine Verwandten mehr«, sagt sie ganz ruhig. »Wir sind mehr oder weniger die einzigen Bezugspersonen vor Ort, und deswegen möchte ich Sie bitten, mir Auskunft zu geben, was mit ihr hier passieren soll. Sie ist viel zu schwach, um sich selbst um sich zu kümmern.«
Der Arzt nickt. »Genau so ist es. Sie ist sehr schwach, denn sie ist mangelernährt. Leider passiert das bei alten Menschen öfter, wenn sie nicht mehr richtig essen mögen. Wir stabilisieren sie und beobachten ihren Zustand.« Er zeigt auf den Beutel mit der braunen Flüssigkeit und sieht sehr ernst aus.
Frau Silberstein bewegt sich und wacht auf. Sie blinzelt, und als sie den Arzt sieht, sagt sie sofort: »Herr Doktor. Ich möchte gerne nach Hause.«
Irgendwas in seinem Gesicht zuckt. »Zunächst bleiben Sie hier, bis es Ihnen besser geht. Außerdem sollten wir über eine Sonde nachdenken, falls Sie nicht mehr genug Nahrung zu sich nehmen können. Sonst landen Sie nämlich bald wieder hier.«

Meine Mutter holt tief Luft. »Darüber wollten wir mit Ihnen reden. Frau Silberstein wünscht keine künstliche Ernährung.«
Jetzt runzelt der Arzt die Stirn. »Nun, wir tun hier, was wir müssen, sonst bricht sie wieder zusammen. Deswegen ist sie ja hier. Der Notarzt wurde gerufen.«
Frau Silberstein möchte was sagen und fängt an zu husten. Ich gebe ihr einen Schluck Wasser. Schließlich krächzt sie: »Ich möchte zurück.«
Er nickt. »Ja, ich verstehe schon. Ich kenne solche Fälle. Aber ich kann Sie erst nach Hause schicken, wenn Sie stabil genug sind. Sie sind heute erst eingeliefert worden.«
Meine Mutter schüttelt den Kopf. »Können wir Frau Silbersteins Willen nicht einfach respektieren?«
»Wir entlassen sie, wenn ihr Zustand sich verbessert hat«, wiederholt der Arzt. »So lange bekommt sie die Infusionen. Anders kann ich hier nicht handeln. Und Sie, leider, wenn Sie nicht verwandt oder anders bevollmächtigt sind, können da nichts erwirken, so ist nun einmal die Lage.« Der Arzt rückt seine Brille zurecht.
Frau Silberstein schaut unglücklich. Sie wirkt so hilflos, und wenn ich es richtig verstehe, wird sie nun einigermaßen fit gemacht und kommt dann erst wieder zurück. »Ich bin sehr alt«, sagt sie. »Ich möchte in Ruhe gelassen werden.«
Im Kittel des Arztes klingelt ein Telefon, er fasst sich an die Brusttasche. »Es tut mir leid«, sagt er. »Ich kann Ihnen jetzt nicht mehr sagen als das. Ich müsste nun auch …«
Da beginnt Frau Silberstein zu weinen. Sie schluchzt laut auf, und mit einer heftigen Bewegung reißt sie den Arm hoch. Ich erschrecke mich richtig. Meine Mutter sucht für Frau Silberstein sofort ein Taschentuch, und der Arzt, der schon gehen wollte,

tritt wieder ans Bett. Immer noch hält Frau Silberstein den Arm weit hoch und schluchzt.
»Beruhigen Sie sich. Es wird Ihnen bald besser gehen. Sie müssten in Ihrem Heim klären, wie es weitergehen soll. Ich tue hier nur meine Pflicht. Nehmen Sie bitte Ihren Arm wieder runter.«
»Nein!« So ein Gesicht habe ich bei Frau Silberstein noch nie gesehen. Sie hat die Augen aufgerissen und ihre Lippen zittern. Jetzt streckt sie den Arm noch steiler nach oben, der Hemdsärmel ist bis auf die Schulter runtergerutscht. »Schauen Sie hin! Dies ist mein Arm! Da ist meine Nummer! Wie kann das nur sein!«
»Was?«, fragt der Arzt und kräuselt seine Stirn. Er fasst nach ihrem Arm. »Beruhigen Sie sich!«
Aber sie lässt sich ihren Arm nicht wegdrücken. »Schauen Sie hin! Dies ist mein Arm! Und da ist die Nummer!«, ruft sie wieder so laut. Über meine Haut läuft ein Schauer nach dem anderen. »Früher, in Auschwitz und all den Lagern, da sollten wir alle vor Hunger krepieren, da lagen die Skelette in Bergen übereinander. Ich bin fast verhungert! Und heute, Herr Doktor, heute werde ich zur Nahrungsaufnahme gezwungen! Damals die Nummer, heute die Infusion! Lassen Sie meine Arme in Ruhe! Lassen Sie mich in Ruhe! Ich will das nicht!«
Es ist ganz still. Gerda Nummer zwei reckt den Kopf. Frau Silbersteins Arm plumpst auf die Matratze. Sie hat für diese Hammer-Ansage wahrscheinlich all ihre Kraft gebraucht. Mein Herz klopft schnell und stark.
Der Arzt steht reglos da. Meine Mutter drückt sich das Taschentuch nun selbst ins Gesicht und schluchzt in die Stille hinein.
Schließlich räuspert sich der Arzt. »Also gut. Wenn Sie es so ausdrücklich wünschen, werde ich Sie so bald wie möglich ent-

lassen. Ich tue mein Bestes. Ich schaue wieder nach Ihnen.« An der Tür dreht er sich noch mal um: »Es tut mir sehr leid. Wirklich.« Dann geht er hinaus.
Meine Mutter setzt sich auf den Stuhl. Schnäuzt sich die Nase. Sie schaut ein paar Sekunden auf Frau Silbersteins Arm, dann zieht sie die Decke drüber.
Frau Silbersteins Gesicht ist nass. »Ich verstehe das alles nicht«, flüstert sie und presst die Augen zusammen.
Ich schlucke den Kloß im Hals hinunter, will hier nicht mitheulen.
»Ich möchte nicht im Krankenhaus sterben«, sagt Frau Silberstein nun wieder lauter. »Ich habe damals so kämpfen müssen, in diesem Dreck und Elend nicht zu sterben. Warum muss ich jetzt wieder kämpfen?«
Im Bett nebenan verkriecht sich Gerda Nummer zwei unter der Decke, bis nur noch ein paar graue Haare hervorschauen. Ob sie mitgehört und alles verstanden hat?
»Auch wenn ich damals noch jung war, so habe ich es genau gespürt: Das war das Schlimmste. Der Verlust jeder Würde«, sagt Frau Silberstein. »Wir waren so schmutzig. Es stank überall, die Menschen hatten Durchfall, der Kot lief uns an den Beinen runter, wenn wir stundenlang zum Appell geradestehen mussten. Und an den sogenannten Betten, den Holzgestellen. Alles kam von oben nach unten. Die Sterbenden konnten nichts mehr bei sich behalten. Wir schliefen Haut an Haut, Knochen an Knochen. Ich … habe Durst.«
Wieder mein Einsatz, und sie trinkt ein paar Schlucke. Immer schlimmere Sachen erzählt sie aus ihrer dunklen Zeit.
»Und jetzt …« Sie wischt sich mit einer Hand zittrig über ihr Gesicht. »Jetzt ist alles sauber hier. Ich habe eine Windel an. Aber

ich mag nichts essen, wenn ich keinen Appetit habe, und das Essen schon gar nicht in den Mund gestopft bekommen, weil die Zeit fehlt, und dann liege ich bekleckert da. Ich möchte keinen Latz um den Hals und keine Schläuche in meinem Arm. Ich will nicht mit dem Krankenwagen hin- und hergefahren werden.«
Die Tür geht auf und eine Schwester kommt herein. »Blutdruck messen!«, ruft sie, als wäre das jetzt was ganz Tolles.
Meine Mutter steht auf und macht Platz, stellt sich ans Fenster und schaut mit auf dem Rücken verschränkten Armen hinaus. Ich beobachte, wie die Schwester mit den Schläuchen hantiert. Frau Silberstein dreht den Kopf weg und macht die Augen zu. »Ich verstehe das nicht«, höre ich sie wieder flüstern.
Die Schwester macht ein fröhliches Gesicht. »Schon fertig«, sagt sie und kritzelt etwas in ihre Akte. »Möchten Sie doch noch etwas essen, einen Joghurt vielleicht?«, fragt sie in Richtung Frau Silberstein, doch sie erhält keine Antwort. Die Schwester kritzelt wieder was auf das Papier. »Ich komme später noch mal. Dann essen wir was Kleines.« Weg ist sie.
Meine Mutter kommt wieder zum Bett. Aber Frau Silberstein schaut uns nicht mehr an. Meine Mutter deckt sie sorgfältig zu. »Was Sie da eben gesagt haben … Es ist wahr. Es ist so schrecklich wahr«, sagt sie und bekommt keine Antwort. »Wir gehen. Sie ist eingeschlafen«, flüstert sie.
Ich zögere. Obwohl ich total froh bin, hier rauszukommen, fällt es schwer wie nie, Frau Silberstein allein zu lassen. So verzweifelt habe ich sie noch nie erlebt, und es ist einfach schlimm und eklig, was sie gesagt hat, von der Scheiße im KZ bis hin dazu, dass sie so dermaßen allein ist und uns den Arm so hingestreckt hat. Sah aus wie der Nazi-Gruß. Besuch Nummer 22 ist bisher eindeutig der härteste.

»Morgen ist Dienstag, morgen komme ich wieder und wir lesen weiter«, sage ich zum Abschied, aber ich glaube, nur meine Mutter hört das. Sie legt den Arm um mich, und nun bin ich doch einer von denen geworden, die mehr tun, als sie tun müssten.

Abends gibt es ausnahmsweise Pizza, und ausnahmsweise darf ich den Teller mit in mein Zimmer nehmen. Ich esse vor dem Computer, und auch dazu würde meine Mutter heute nichts sagen. Das ist sonst verboten – genauso wie die Mahlzeiten vor dem Fernseher einzunehmen oder während des Essens mit dem Handy rumzuspielen. ›Kulturlos‹ oder ›geistlos‹ ist das, ich verwechsle das manchmal.
Morgen gehe ich also wieder ins Krankenhaus und sehe Lea nicht, die dann bei ihrer Großtante wäre. Also treffe ich sie wohl auch nächste Woche nicht und habe schon nachgerechnet: Wir laufen uns frühestens in fünfzehn Tagen wieder über den Weg, falls Frau Silberstein bis dahin in ihr Heimzimmer zurückgekehrt und nicht wieder zusammengebrochen ist. Tolle Aussichten.
Auch mit dem Telefonieren komme ich kaum weiter. Meistens fühle ich mich schon nach ein paar wenigen Anrufen wie ausgekotzt. Es sind noch Hunderte mit dem Namen Hans Richter, die auf der Liste stehen, und weit und breit habe ich keine andere Idee, wen ich sonst noch anrufen könnte. Die Elisabeths habe ich durch, und der Wohnort ist nach wie vor aus Frau Silbersteins und Schwester Susannes Gedächtnis gelöscht wie der Kontakt aus dem Handy.
Ich kaue und starre auf den Bildschirm, doch das Zocken macht keinen Spaß, nicht mal die Pizza schmeckt richtig. Ehrlich gesagt kann ich mir überhaupt nichts vorstellen, was mir in nächs-

ter Zeit irgendwie Spaß machen könnte. Ich schiebe den Teller weg. Das Bild auf dem Monitor verschwimmt vor meinen Augen. Nichts geht mehr ... oder doch?

Ich rufe Lea jetzt einfach an. Ich kann nicht mehr warten, fünfzehn Tage schon gar nicht, und auf was soll ich überhaupt warten, da gibt es ja nichts, null. Aber ich kann ihr – so sehr, wie sie sich für Frau Silberstein immer interessiert – etwas berichten. Ich schicke keine Nachricht, keinen Spruch, was sie mir sowieso verboten hat. Ich rufe an. Jetzt. Gleich höre ich ihre Stimme. Zu reden ist allerdings schwieriger, als nur ein paar Worte zu schreiben ...

Mein Finger schwebt über dem Handydisplay. Mein Herz rast. Was, wenn sie nicht rangeht? Vielleicht ist sie gerade mit ihrem Typen zusammen und drückt mich sogar weg? Es könnte also immer noch der beschissenste Abend werden, seit ich denken kann.

»Hi, Lennard«, meldet sie sich aber ziemlich schnell, und ich presse das Handy an mein Ohr.

»Genau, ich bin's. Äh, ich wollte dir nur sagen, ich komme morgen nicht ins Heim, nur falls du denkst, ich wäre da, äh, also ich bin woanders.« Stotter, stotter ...

»Echt? Schade. Ich wollte euch im Zimmer besuchen, falls ihr wieder nicht in den Kaffeesaal kommen könnt«, sagt Lea, und ich könnte mir einbilden, es klingt fast ein bisschen enttäuscht.

»Kaffeesaal?«, wiederhole ich. »Ich glaube nicht, dass wir es dahin noch mal schaffen.« Dann erzähle ich, was passiert ist, und alles hört sich ein bisschen durcheinander an, weil ich so aufgeregt bin. Meine Finger sind klebrig, und ich nehme das Handy schnell in die andere Hand, als ich mit meinem Bericht von Frau Silberstein fertig bin.

»Lennard?«
»Äh, ja?«
»Dachte schon, du bist nicht mehr da. Also … was machen wir denn jetzt nur?«, fragt Lea, und es klingt echt besorgt.
Ich mag nicht immer nur die Hälfte kapieren und frage: »Was meinst du damit?«
»Ich weiß nicht«, sagt sie. »Ich habe das Gefühl, Frau Silberstein hat sich über meinen Besuch gefreut, du auch?«
Ich denke an die Comic-Herzen, die immer um mich herumgeflogen sind, wenn ich Lea angesehen habe und es geblitzt hat. Wäre ich jetzt die Comicfigur, müsste man mich allerdings so zeichnen: Oben eine große Sprechblase mit »Aaargh!« drin und die Mundwinkel meiner Fresse so weit unten, dass sie fast den Boden berühren. Darüber eine zweite Blase: »Und ich?!« Ich habe ein ziemlich heftiges Problem. Was soll werden, wenn Lea und ich uns im Heim nicht mehr treffen?
»Dann komm mit, ich gehe morgen ins Krankenhaus«, höre ich mich sagen, als hätte ich mit der herunterhängenden Fresse der Comicfigur überhaupt nichts zu tun. Lea soll meine Enttäuschung nicht mitbekommen.
»Was, echt, das machst du? Ich würde gern mitkommen, aber ich bin mit meiner Großtante dran, und dann habe ich Jazzdance, wie immer.«
»Wir könnten vor deinem Besuch bei deiner Großtante ins Krankenhaus gehen«, schlage ich vor und versuche immer noch krampfhaft, so normal wie möglich zu klingen, dabei fühlt es sich so an, als ob jeden Moment meine Stimme wegbricht. Wenn ich nichts erreiche, wenn ich nach dem Gespräch immer noch keinen Schimmer davon habe, wann und ob wir uns wiedersehen, dann bin ich am Ende. Das geht gar nicht.

»Dienstags ist es total stressig«, sagt Lea. »Ich komme spät von der Schule, und der Weg ist so weit. Das schaffe ich bestimmt nicht.«

Jetzt fällt mir nichts mehr ein, und die Comicfigur lässt Kopf und Arme bis auf den Boden hängen. Die Sprechblase über ihr ist bis auf ein paar Punkte »…« leer.

»Wie geht es dir denn überhaupt?«, fragt Lea, und ein Auge der Comicfigur öffnet sich wieder, darüber poppt eine neue Sprechblase auf: »Hä?!«

»Geht so«, sage ich, oder sollte ich lieber schauspielern und sagen, och, super ist das Leben sonst, jede Menge tolle Mädchen um mich herum und ganz viel Spaß. Aber irgendwie bringt's das nicht. Dafür bringe ich was anderes: »Ich habe totalen Mist gebaut.« Ich kann nämlich plötzlich nicht mehr … und höre mich reden. Handy. Besucherklo. Frust. Rache. Geld. Freikaufen. Schock. Schwester Susanne. Neue Adresse. Frau Silberstein. Post. Holocaust. Tod. Ende. Aus. Mein Zimmer verschwindet, ich falle ins Nichts, festgeklammert am Handy, meiner einzigen Verbindung zur Welt. Ich weiß erst wieder, was los ist, als Leas Stimme von weit her, aus der Welt, in der alles in Ordnung ist, zu mir in mein Chaos dringt, in meine ganz persönliche Hölle.

»Wow«, sagt sie. »Das ist hart. Krass. Mensch!«

»Sag mir was Neues!«, würde ich am liebsten brüllen, das Handy und mein Ohr sind glühend heiß. Ich beiße mir auf die Lippe. Die Comicfigur ist umgekippt, die Augen sind total verdreht, sie ist am Boden zerstört.

»Ich weiß nicht so richtig, was ich jetzt sagen soll. Ich glaube, da muss ich erst mal nachdenken. Ich … jedenfalls … du hast es mir gesagt, und ich sage es nicht weiter.« Die letzten Worte spricht sie ganz schnell. »Ich denke nach, ja?«, wiederholt sie.

Ich nicke und nicke wie ein Bekloppter, als könnte sie das sehen.
»Krass«, sagt Lea noch mal und dann: »Weißt du was?« Nun klingt es so, als wäre ihr was Supertolles eingefallen.
»Was denn?«, frage ich, und die Comicfigur richtet sich ein bisschen auf, während ihr ein riesengroßes Ohr wächst.
»Wir machen das so. Du hältst mich wegen Frau Silberstein auf dem Laufenden. Wenn sie nächste Woche wieder im Heim ist, dann komme ich statt meiner Mutter, die freut sich, wenn ich ihr mal einen Besuch abnehme. Es sind dann Ferien, und ich habe vielleicht auch ein bisschen Zeit oder so.«
»Ja, das klingt gut.« Doch die Mundwinkel der Comicfigur können sich nicht entscheiden, ob sie wirklich schon hochgehen sollen. Denn was, wenn Frau Silberstein nächste Woche nicht wieder zurück ist?
»Sollte Frau Silberstein immer noch im Krankenhaus sein, dann gehe ich mit dir dorthin. Kannst du sie fragen, ob das okay wäre?«
»Klar«, antworte ich – und auf dem Gesicht der Comicfigur klebt nun ein fettes Grinsen. Lea ist der Hammer. Ich dachte, sie legt vielleicht auf oder sieht in mir einen Mega-Verbrecher, weil ich echt etwas angerichtet habe. Stattdessen will sie mich nun sogar sehen! Warum habe ich nur so lange damit gewartet, ehrlich zu ihr zu sein?

17

An dieser Stelle habe ich beim ersten Mal Lesen eine Gänsehaut bekommen, das weiß ich noch genau. Maik und Tschick stiefeln mit Isa, dem versifften Mädchen, das sie vorher auf einer Müllhalde kennengelernt haben, einen Berg hoch. Es ist ein heißer Tag, und es ist einsam und schön da oben auf dem Gipfel, und es riecht nach Sommer. Oben stehen ein großes Holzkreuz und eine kleine Hütte, an der Namen und Zahlen von Wanderern eingeritzt sind, und irgendein Typ hat sich da vor über hundert Jahren verewigt. Maik kapiert auf diesem einsamen Gipfel plötzlich, wie krass das ist: wirklich tot sein. Auch die drei verewigen sich an dieser Hütte und schwören sich – bevor sie sich irgendwann verflüchtigen wie dieser Typ vor einer halben Ewigkeit –, dass sie sich dort oben in fünfzig Jahren noch mal treffen, gleicher Tag, gleiche Uhrzeit, hundertprozentig. Gänsehaut. Seitdem denke ich genau daran: Ich will mich mit Lea irgendwo verewigen. Eine Gänsehaut bekomme ich aber auch, wenn ich dran denke, dass wir heute verabredet sind. Zwar wieder nur im Heim, aber besser als gar nichts. Nehme ich die beiden Besuche im Krankenhaus dazu, bekommt meine Liste heute den 24. Strich.

Im Krankenhaus ging es Frau Silberstein nicht so gut. Ich saß am nächsten Tag ohne meine Mutter an ihrem Bett und habe halblaut vorgelesen, in Frau Silbersteins Arm lief immer noch hellbraune Flüssigkeit, und sie ist bald eingeschlafen. Im Buch näherten wir uns meiner heimlichen Lieblingsstelle, nachdem ich in Kapitel 31 allerdings ein paar Wörter ausgelassen habe. Gerda Nummer zwei glotzte die ganze Zeit, die andere Frau am Fenster ging irgendwann raus. Gerade noch rechtzeitig. Ich kam zu der Stelle, an der Isa mit Maik und Tschick im See badet. Sie hat eine große Klappe und kann toll fluchen, gleichzeitig ist klar, dass sich Maik in sie verknallt, logisch. Da stand also auch was über mich geschrieben, denn Maik hat genau wie ich noch nie etwas mit einem Mädchen gehabt, und an der Stelle, wo sie ihn ganz direkt fragt, ob er schon einmal gefickt hat, habe ich sehr, sehr, sehr leise gelesen, und es war nur ein »gef...«, das aus mir rauskam.

Als ich kurz darauf ging, konnte ich vorne bei der Information mit Mühe und Not herausfinden, dass Frau Silberstein am nächsten Tag entlassen werden sollte. Dafür musste ich mir ewig die Beine in den Bauch stehen, ständig klingelte in dem Glaskasten das Telefon, und erst als ich schon aufgeben wollte, wurde ich endlich gefragt, warum ich da herumstehe.

Jetzt lese ich und lese, bin total aufgeregt. Gleich, in ein paar Minuten, wird Lea hereinkommen. Ich glaube, wenn ich das Buch nicht hätte, wüsste ich gar nicht, woran ich mich festhalten sollte.

»Das ist eine schöne Stelle«, sagt Frau Silberstein, die heute richtig gut zuhört. »Ich kann mir genau vorstellen, wie es auf dem Berg in dieser sengenden Hitze gewesen sein muss. Vielleicht würde ich doch gern nochmals draußen sein und in der Sonne sitzen. Einen Vogel singen hören! Wenn ich einen Vogel hören konnte, dann war es damals ein unermessliches Glück. Eine Botschaft aus einer anderen Welt. Sie konnten fliehen, einfach wegfliegen, von den unzähligen brennenden Menschen im Lager, und sie taten es. Ja, ich will noch mal einen Vogel hören.«

»Ist doch versprochen«, sage ich. »Der Frühling hat schon angefangen. Den ganzen Sommer gehe ich mit Ihnen raus, wenn Sie das wollen.«

»Dann Namen in die Parkbank ritzen«, flüstert sie.

Mir wird heftig komisch. *Sie* hat die gleiche Idee wie ich?

»Ich habe den Namen meiner Schwester ins Holz geritzt, dort, wo wir schliefen, damit ich wenigstens die winzigen Buchstaben vor Augen hatte. Ich habe sie so sehr vermisst. Auch meine Eltern fehlten mir schrecklich, aber nach meiner Schwester habe ich stumm noch viel länger gerufen. Es gab auch nie ein Grab, wo ich später hingehen und einen Grabstein aufstellen konnte.«

Ich klappe das Buch zu. Mein Magen fühlt sich verknotet an, ich hatte mittags keinen Hunger, habe immer nur an gleich, an Lea gedacht. Aber vielleicht ist mir auch deswegen fast schlecht, weil ich immer so tue, als würde alles wieder gut, und das auch noch den ganzen Sommer lang. Ein Blinder mit Krückstock wäre noch in Topform im Vergleich zu Frau Silberstein! Wahrscheinlich dämmert sie bald nur noch vor sich hin und hört mich gar nicht mehr. Vielleicht wäre es wichtig, ein paar Tage lang nur die Nummern abzutelefonieren, Hunderte von mir aus. Vielleicht wäre es wichtig, Frau Silberstein mal was Wichtiges zu sagen. Etwas sagen ist ja auch eine Art Verewigung. Worte ungesagt machen, das geht jedenfalls nicht.

Also lege ich das Buch weg und hole Luft. »Das ist so traurig mit Ihrer Schwester.«

»Sie ist mit meiner Mutter gemeinsam ins Gas gegangen, daran glaube ich fest, und das ist ein winziger Trost. Vielleicht konnten

sie sich aneinander festhalten. Vielleicht dachten sie wirklich bis zum Schluss, sie sollten duschen. So viele wurden gleich nach der Ankunft in den Tod geschickt. Die meisten! So etwas konnte sich niemand vorstellen. Jeder dachte, so etwas gibt es nicht.«
Frau Silbersteins Augen in dem schmalen weißen Gesicht sind groß geworden. Sie spricht gleich weiter: »Mein Vater lebte in Auschwitz noch eine Weile, das gab mir Kraft. Ich hatte gehört, gesunde Männer wurden nicht einfach so vergast, zuerst Kinder und ältere Menschen. Aber warum musste dann meine Mutter …? Ja, natürlich. Sie wollte Leah nicht alleinlassen. Diese Fragen, immer diese Fragen! Jetzt weiß ich wieder, warum ich darüber immer weniger geredet habe, denn es gibt immer viel zu wenige Antworten auf viel zu viele Fragen.«
»Was passierte mit Ihrem Vater?«
Sie schaut irgendwohin in die Luft. »Mein Vater. Ach, mein lieber Vater. Nach ein paar Monaten sah ich ihn tatsächlich, auch wenn ich ihn kaum erkannt habe, so verändert waren die Menschen dort nach kurzer Zeit, mager, schmutzig, krank, ohne Haare, mit verkrusteter Haut und Wunden. Wir konnten es kaum fassen, uns zu sehen. Du musst dir vorstellen, das Lager war riesig, Männer und Frauen waren getrennt untergebracht, man konnte sich nicht einfach so gegenseitig suchen und finden. Aber ich hatte zuvor gehört, er sei am Leben, denn Lagerläufer brachten Kundschaft aus anderen Lagerabschnitten, und über die Blockälteste, die mir einigermaßen wohlgesonnen war, hörte ich endlich von ihm. Mein Vater war an diesem Tag, als ich ihn sah, mit dem Baukommando im Frauenlager, und so schenkte uns das Schicksal ein Wiedersehen. Danach empfand ich so viel Hoffnung! Doch er überlebte die Strapazen am Ende nicht …«
Immer noch schaut sie in die Luft.

»Jetzt muss ich auch dringend mal was loswerden«, sage ich, obwohl das vielleicht nicht das Passendste ist, was ich nun erwidern kann. »Wie kommt es, dass Sie so toll sind?«
Große Augen schauen mich an. »Ich? Du doch auch.«
»Quatsch! Sie wissen genau, was ich meine.«
»Nein.« Sie runzelt ihre faltige Stirn, als wüsste sie es wirklich nicht.
»Sie … Sie haben so viel durchgemacht. Sie liegen hier allein und beschweren sich über gar nichts. Sie waren mir am Anfang nicht böse. Und außerdem … haben Sie mir mit Lea geholfen, die gleich kommt. Nur wegen Ihnen ist das jetzt alles so.«
Sie macht die Augen zu, ein paar der Millionen Falten auf der Stirn verschwinden wieder.
»Sie waren mir nie böse, und Sie haben mich immer durchschaut. Stimmt doch, oder?«
»Tsss«, macht sie nun. »Was denn durchschaut? Du hast Glück im Leben, weil du in Frieden und Freiheit aufwachsen kannst. Niemand beschimpft dich, nimmt dir deine Sachen weg, schlägt dich auf offener Straße, du musst nicht hungern, du hast Eltern und eine Schwester. Du liegst nachts sauber, trocken und beschützt. Und wenn dem weiteren Glück ein bisschen nachgeholfen werden kann – umso besser.«
Ha, also doch! Sie hat es zugegeben. Sie hat alles durchschaut, und sie durchschaut immer noch alles.
»Du machst mir Freude, Lea macht mir Freude. Ich bekomme viel von euch zurück. Und wenn ihr beiden euch gut versteht, bekomme ich doppelt so viel zurück. Ist doch eine einfache Rechnung, oder?« Sie zwinkert mir zu.
Dann klopft es an der Tür, und Lea kommt herein. Sie sieht umwerfend aus. Eben wie ein Mega-Mädchen. Trägt wieder ei-

nen engen Wollpullover, enge Jeans, weiße Sneakers. Ihre Figur ist richtig gut zu sehen, da würde auch Samuel dreimal hinschauen. Sie trägt einen Teller mit in Papier eingeschlagenem Kuchen drauf. Kommt ans Bett und lacht mich an. Frau Silberstein streichelt sie die Wange. »Hallo. Heute habe ich Kuchen mitgebracht.«

»Ja«, flüstert Frau Silberstein. »Schön ist das.«

»Ja«, krächze ich.

Draußen klappert es, und der Kaffee wird hereingebracht. Ich bekomme gar nicht mit, welche Schwester es ist, denn meine Augen kleben die ganze Zeit an Lea, die sich an den Tisch gesetzt hat.

»Es gibt drei verschiedene Sorten«, sagt sie und zählt sie auf. Ich vergesse es gleich wieder. Die Welt ist weg. Es gibt nur noch: *sie!*

»Gut, ich versuche mal was Cremiges«, höre ich Frau Silberstein sagen. »Außerdem möchte ich heute aus einer richtigen Tasse trinken, helft ihr mir?«

Lea raschelt mit dem Papier und klappert mit den Tassen, dann kommt sie mit Teller und Tasse zu mir ans Bett. Alles klar, ich muss jetzt aus meiner Trance aufwachen …

Ich lege Frau Silberstein ihr kleines Handtuch unter, gebe ihr Ministücke und Minischlucke. Lea schaut zu, eine Weile vergeht, wir reden kaum etwas, aber diesmal ist mir nichts peinlich. Dann, nach einer Babyportion, sagt Frau Silberstein: »Aber jetzt seid ihr dran. Geht ruhig zum Tisch. Ich mache ein bisschen die Augen zu.«

Ich habe keine Ahnung, ob sie das extra so einfädelt. Aber ich weiß, gleich fliegen ein paar Blitze herum.

»Okay«, meint Lea. »Aber anschließend kommen wir wieder zu Ihnen.«

Dann sitzen Lea und ich uns mit Kaffee und Kuchen gegenüber. Wie ein altes Ehepaar. »Schmeckt gut«, sage ich, wie wahnsinnig einfallsreich. Frau Silberstein hat den Kopf weggedreht, keine Ahnung, ob sie schläft.
»Hmm«, macht Lea. »Und wie geht es dir sonst so?«
Ich höre zweimal hin, ja, sie fragt tatsächlich nach mir. »Weiß nicht«, antworte ich etwas leiser. »Das hier ist ziemlich traurig. Sie erzählt auch immer wieder von damals, du weißt schon.«
Lea sieht mich an und sagt kein Wort. Mir wird heiß. Bin ich bescheuert? Sie fragt nach mir und ich erzähle von Frau Silberstein. Hallo? Also gut.
»Ich habe echt Mist gebaut«, flüstere ich, und wenigstens der Mist handelt nur von mir allein.
Sie streckt einen Arm aus, legt ihre Hand auf meine. Ihre Haut ist ein bisschen dunkler als meine, und ihre Fingernägel sind durchsichtig lackiert. »Du musst das aufklären, Lennard.« Sie sagt es leise, aber Frau Silberstein mit ihren Spitzohren könnte es durchaus hören. Lea sieht mich ernst an. Dabei wollte ich sie doch zum Lachen bringen. Ihre Hand drückt jetzt ein bisschen auf meine, ja, Lea macht Druck. Bin selbst schuld, dass ich es ihr erzählt habe …
»Ich fände es cool, wenn du das aufklärst.«
»Wieso das denn?«, kann ich nur fragen.
Frau Silberstein findet mich toll, Lea möglicherweise bald cool. Ist an mir vielleicht irgendetwas dran, das ich nicht sehe? Ich kann nicht grinsen, nicht wegschauen, nichts sagen. Ich kann Lea nur anschauen.
»Du musst doch ein total schlechtes Gewissen haben, auch dieser Schwester gegenüber, oder liege ich da falsch?« Sie nimmt ihre Hand zurück, und ich lege den Zeigefinger auf den Mund.

»Psst«, mache ich. Redet sie jetzt extra laut, damit Frau Silberstein alles mitbekommt?
Lea zieht den Kopf etwas ein. »Sorry.« Jetzt flüstert sie wieder. »Sorry. Aber mich beschäftigt das total. Findest du das doof?«
»Ob ich doof finde, wenn du mich dann cool findest?«
Sie lacht auf, hält sich die Hand vor den Mund. »Psst«, macht sie jetzt auch. »Du bist echt witzig.«
Dabei war die Frage sogar ernst gemeint, und nun bin ich auch noch witzig. Lea deutet lachend mit der Kuchengabel auf mich. »Du hast lange Haare gekriegt«, sagt sie und spießt das letzte Stück Kuchen auf.
Meiner ist schon alle, muss ihn wohl in mich reingestopft haben.
»Sieht ganz gut aus.«
Ich fasse es nicht! Gut aussehen tue ich auch noch! Dann bewegt sich drüben im Bett Frau Silberstein. Sie stöhnt. Wir stehen beide gleichzeitig auf. Eigentlich würde ich hier mit Lea am liebsten für immer sitzen bleiben, aber vielleicht hat Frau Silberstein Durst. Lea folgt mir ans Bett.
»Also, du machst das, ja?«, flüstert Lea. Ich finde, dass Lea unheimlich toll flüstert. Ich würde sie gerne noch viel mehr flüstern hören, dicht neben mir, und ich könnte sie dabei umarmen und sie küssen. Ich denke an die Geschichte mit Pascal. Kann ich das bringen? Muss ich nicht erst einmal wissen, ob sie mit ihrem Typ noch glücklich ist?
»Ich möchte trinken.« Frau Silberstein sieht uns an und ich gebe ihr beides, einen Schluck Kaffee, einen Schluck Wasser.
»Darf ich nächstes Mal wieder dazukommen?«, fragt Lea, und alles ist zu schön um wahr zu sein: Sie will sich jetzt schon für das nächste Mal verabreden! »Weil jetzt, leider, blöd, aber es ging nicht anders … muss ich auch bald schon los.«

Da habe ich einen Blutsturz oder so etwas. Habe gehört, so etwas gibt es. Es fühlt sich jedenfalls so an, als würde mein Blut stürzen – ob es in den Kopf rein- oder rausstürzt, das kann ich allerdings nicht sagen. Schlucken geht fast gar nicht. Da ist ein Stein im Hals. Ein Gebirge. Lea hat also nur ein bisschen Kuchen und keine Zeit mitgebracht.

»Es ist zwar wahrscheinlich erst in zwei Wochen, aber dafür bleibe ich länger, versprochen, großes Ehrenwort«, sagt Lea.

Frau Silbersteins Mundwinkel heben sich. Lea lacht sie an und sagt dann zu mir, so, dass es auch Frau Silberstein hören kann: »Erst recht, wenn du tust, was wir besprochen haben.«

Ich beiße mir auf die Lippe. Was soll das? Will sie mich jetzt doch verpetzen?

»Du wolltest heute doch auch schon länger bleiben«, sage ich schwach, Worte eines Losers, zu dem ich plötzlich wieder werde. Dabei habe ich mich kurz richtig stark gefühlt.

»Es ist was dazwischengekommen. War nicht so geplant. Und nächste Woche möchte meine Mutter unbedingt herkommen.«

Es kotzt mich langsam an. Wieder weiß ich gar nichts. Habe ich irgendeine Chance bei ihr? Wie soll ich das überleben? »Wieder dein Jazzdance?«, frage ich mit ganz trockenem Hals.

»Nein, was anderes«, sagt Lea. »Es ist …«

Frau Silberstein hebt den Kopf, und sie schaut uns an, als sähe sie uns heute zum ersten Mal. »Ihr beiden Schönen!«, sagt sie und ihre Augen leuchten auf. Sie muss neue Tabletten bekommen haben. Wir! Beiden! Schönen! Als wären wir ein Paar. Ob sie halluziniert?

Lea strahlt zurück und streichelt Frau Silbersteins Wange. Die drückt ihr Gesicht an ihre Hand, wie sie es auch bei Schwester Susanne manchmal macht, und dann nickt sie schon wieder ein.

Ich bin fast neidisch auf Frau Silberstein, die von Lea immer so gestreichelt wird.
Lea sagt laut »Tschüss«, und auch ihre Augen leuchten irgendwie.
»Was wolltest du eben sagen?«, frage ich, meine Zunge ist schwer, ich fühle mich ganz taub.
»Es ist … ich muss … Ach, egal«, sagt sie. »Wir sprechen uns, und wir sehen uns spätestens in zwei Wochen. Wird schon alles gut gehen. Denk dran, was du tun willst.«
Ich sehe ihr nach. Lea von hinten. Immer geht sie weg. Die Tür schließt sich, und ich bin allein mit mir, aber wer bin ich eigentlich? Wenn dieser Lennard, der ich sein soll, nicht nur toll und cool und witzig, sondern nun auch noch schön sein soll, warum reicht all das immer noch nicht aus, damit Lea sich endlich für mich interessiert? Wahrscheinlich sollte ich zu einem echten Helden mutieren, weiß nur nicht genau, wie das geht. Wenigstens der erste Schritt aber ist klar: Ich muss Schwester Susanne alles beichten, und zwar bald.

18

Auf dem Flur kommt sie mir beim nächsten Besuch schon entgegen. Schwester Susanne freut sich, mich zu sehen. »Da bist du ja!«, ruft sie. »Komm mit.«
Mein Herz rutscht ein Stück tiefer, ich will es lieber gleich hinter mich bringen, habe die ganze Woche daran gedacht: Das nächste Mal tue ich es, dann sag ich's ihr, das nächste Mal … also jetzt.
»Halt«, sage ich, und wir bleiben vor Zimmer 72 stehen.
Schwester Susanne lächelt mich an. »Keine Angst, Frau Silberstein geht's nicht schlecht. Sie wartet schon auf dich. Es ist so schön, dass du immer noch da bist, Lennard.«
»Ich muss mit Ihnen reden.« Ich kann kein Lob mehr hören!
Schwester Susannes Lächeln verschwindet. »Du willst also doch nicht mehr kommen, es wird dir hier zu viel, stimmt's?«
»Nein, das ist es nicht …«
Schon sieht Schwester Susanne wieder so froh aus, als hätte ich gerade verkündet, bis an mein Lebensende freiwillig hierherzukommen und zu helfen, wo ich kann. »Dann lass uns später reden, bitte, Frau Silberstein wartet so sehr auf dich und ich werde woanders gebraucht. Heute ist sie relativ aufgeweckt.«
Schwester Susanne drückt die Klinke zu Zimmer 72 runter und ich stöhne innerlich und bin doch froh: Ich bekomme eine Gnadenfrist. Ist vielleicht besser so, denn möglicherweise habe ich nach dem Geständnis Hausverbot oder werde bei der Polizei

angezeigt, und alle auf den Gängen werden es wissen und stehen bleiben und über mich flüstern, wenn ich an ihnen vorbeigehe. Vielleicht komme ich wirklich nie wieder. Die Tür öffnet sich, und langsam, fast so wie beim ersten Mal, als ich hier war, trete ich ein.

Frau Silberstein liegt halb aufrecht im Bett und sieht uns entgegen. Die Luft im Zimmer ist frisch, das Fenster ist gekippt. Ich habe einen kleinen Strauß dabei. Frau Silberstein riecht daran und sagt glücklich: »Den Duft kann ich noch wahrnehmen.«

Schwester Susanne schließt leise die Tür. Sie hat keinen Schimmer davon, was sie nachher zu hören bekommt …

Ich setze mich ans Bett. »Ganz herzliche Grüße«, richte ich von meiner Mutter aus, die mir angeboten hatte, mich wieder zu begleiten. Klar, ich hatte ein bisschen Schiss, allein hierherzukommen, weiß ja nie, was mich genau erwartet, eine weitere Woche ist vergangen, und heute kommt auch keine Lea zur Verstärkung. Aber dann dachte ich, ich schaffe das alleine, und außerdem muss von meinem Geständnis nicht gleich jeder wissen.

»Brauchen Sie irgendwas?«, frage ich Frau Silberstein.

Sie schüttelt den Kopf. »Ich brauche nichts. Außer ein paar Blumen. Weißt du, was seltsam ist?«

»Nee«, sage ich. Mal wieder so eine Ratefrage!

»Ich fühle mich gar nicht alleine, wenn ich vor mich hindämmere. Ich habe sogar oft das Gefühl, sie sind da.«

»Sie?«

»Meine Familie. Sie sind mir nah. Ich habe gestern – oder war es vorgestern? Ich vergesse die Zeit. Aber ich habe meine Schwester Leah gesehen, hier am Bett. Dort saß sie, wo du sitzt, genau wie früher, mit ihren langen braunen Haaren und den großen braunen Augen. Sie hat mir sogar die Wange gestreichelt.«

Ich denke sofort an meine Lea, auf die passt diese Beschreibung schließlich genau. Ob Frau Silberstein da etwas durcheinanderbringt, weil sie eben doch ein bisschen verwirrt ist? Vielleicht weiß sie nicht mehr genau, ob gestern wirklich gestern oder ob es vergangene Woche war, als ich mit Lea hier am Bett saß, die ihr wirklich die Wange gestreichelt hat. Schon will ich deswegen was sagen, aber dann denke ich: Warum? Ist doch schön, wenn sie denkt, ihre Schwester hätte bei ihr am Bett gesessen. Schön und traurig zugleich.

»Meine Eltern habe ich nicht getroffen, aber es heißt doch, die Lieben holen einen ab, wenn man stirbt. Es ist eine so schöne Vorstellung, meine Familie wiederzusehen! Ich weiß gar nicht, wie ich das all die Jahre über vergessen konnte. Ich kann es kaum mehr erwarten.«

Wahnsinn, wie Frau Silberstein fast glücklich vor sich hinredet, als wäre es nun das Schönste für sie, zu sterben. Sie spricht langsam, leise, heiser wie so oft, und ich hatte erwartet, es würde heute vielleicht furchtbar werden. Aber hier im Zimmer ist es anders als sonst, gar nicht so bedrückend. Ist es die frische Luft? Sonst war es immer so warm und stickig. Der Frühling kommt zwar nur langsam, aber schon beim kleinsten Sonnenstrahl rennen die Leute gut gelaunt durch die Gegend und belegen jeden Platz draußen vor den Kneipen und Cafés und auf den Parkbänken. Doch Frau Silberstein wird davon nicht mehr viel mitbekommen …

»Hast du Angst, wenn ich so rede? Was denkt ein bald schon erwachsener Junge wie du? Du kommst so tapfer hierher, wieder und wieder, und ich liege hier und werde immer weniger.«

»Ich bin nicht tapfer«, sage ich, das will ich nicht auch noch sein neben heldenhaft bis schön und toll und was ich hier nicht alles schon gehört habe. Jetzt reicht's mal. »Hier gibt es nur eine, die tapfer ist, und das sind Sie.«

Frau Silberstein streicht sich mit zitternder Hand eine Haarsträhne aus dem Gesicht. Ihre Haare sehen wirr aus, als ob sie komplett vergessen hat, sich heute zu frisieren. »Möchten Sie sich die Haare bürsten?«, frage ich, und schon leuchtet ihr Gesicht auf und sie antwortet: »Ja, gern. Schwester Susanne hat es vorhin vergessen, sie musste schnell in ein anderes Zimmer, aber nach Dienstende schaut sie meistens kurz zu mir herein. Leider kriege ich dann manchmal die Augen nicht auf wegen der Medikamente. Die machen mich vergesslich. Und zittrig.« Sie deutet auf ihre Bürste auf dem Tisch. »Kannst du mir helfen?«

Selbst schuld, ich Krankenpfleger, ich Friseur, ich Held. Jetzt kann ich wohl kaum Nein sagen. Ich nehme die Bürste. Rücke mit dem Stuhl noch näher ran. Aber so funktioniert das nicht. Also stehe ich auf und beuge mich über das Bett. Es ist sehr still auf einmal, ich kann das leise kratzende Geräusch der Bürste auf der Kopfhaut hören. Noch nicht mal Omi habe ich je die Haare gebürstet, niemandem auf der Welt, und jetzt das hier! Ich bürste einmal von rechts nach links und wieder zurück, die längeren Strähnen vorne aus dem Gesicht. »Fertig.« Ich muss mich zweimal räuspern. »Jetzt sehen Sie schön frisiert aus.«

»Danke«, sagt sie, »danke. Du hast übrigens eine schöne Stimme bekommen. Nicht so grauslich wie meine.«

»Die ist nicht grauslich«, sage ich.

»Nein? Wie dann? Du hast dich doch bestimmt am Anfang ein bisschen davor gegraust.«

»Quatsch.« Ich muss lachen. Gegraust. So reden wir nun wirklich nicht untereinander: Na, graust es dich vor mir? Mich graust es nicht, weder vor ihrer Stimme noch davor, Frau Silberstein zu

essen und zu trinken zu geben. Ich bürste ihr sogar die Haare! Komisch, wie man sich an solche Dinge gewöhnt. »Ich habe lange gedacht, Sie wären erkältet. Aber das ist es nicht …« Ich rede nicht weiter, ich weiß doch gar nichts Genaues, denke es mir nur.
»Ja, ich habe diese Stimme im Lager bekommen und sie behalten«, sagt Frau Silberstein. »Ich war ständig krank, alle waren krank. Ich habe so schreckliche Dinge gesehen und erlebt, mir hat die Stimme oft versagt. Eigentlich hat mich meine Stimme Tag für Tag und Wort für Wort immer an die Hölle erinnert, auch wenn ich es nicht wollte.«
»Und die Nummer«, sage ich leise, aber ich glaube, sie hört das gerade nicht, sie schaut durch mich hindurch. Das bleischwere Gefühl kommt schon heran. Ich halte kurz die Luft an. Das hilft irgendwie. Ist wie Untertauchen. »Vom Lager weiß ich nun schon ein bisschen was. Aber wie war es dann später?«, frage ich, als ich wieder aufgetaucht bin. Vielleicht lässt sich die Bleischwere mit dieser Frage wieder vertreiben. Von dem, was nach Frau Silbersteins schlimmer Zeit kam, weiß ich nur wenig.
»Du meinst mein Leben nach der Hölle? Da gab es nur eines: Kinder«, sagt Frau Silberstein. »Wenn Kinder gequält werden, ist das tausendmal so schlimm. Das Herz bricht in tausend Stücke und lässt sich nie wieder ganz zusammensetzen. Ich wollte etwas mit Kindern machen. Sie brauchen immer Hilfe, überall und zu jeder Zeit, Unterstützung, Zuneigung, Pflege und vor allem Liebe.«
Sie hustet und ich gebe ihr einen Schluck Wasser, das passiert schon automatisch.
»Ich war Erzieherin, das habe ich schon erzählt, und Eliah arbeitete als Lehrer«, fährt sie fort. »Es war eine wundervolle Zeit. So sinnvoll. Ich kann sagen, die Kinder haben mich geliebt. Sie

haben über meine Stimme gelacht und gerufen, ich wäre eine Hexe, aber immer wollte eines auf meinen Arm. Immer. Ich war eben eine gute Hexe.«
Das glaube ich sofort. Ich stelle mir Frau Silberstein vor, inmitten einer Schar herumwuselnder Kinder. Sie lacht. So ein Bild möchte ich viel lieber träumen als Frau Silberstein hinter Stacheldraht und vor Leichenbergen.
»Als ich älter war, habe ich mich ehrenamtlich um Kinder gekümmert. Ich war eine Leih-Oma. Es hat mich glücklich gemacht.« Sie lächelt und schaut irgendwohin in die Ferne. Heftet dann den Blick auf mich. »Jetzt bin ich so weit. Ich werde Elisabeth schreiben, ich werde ihr schreiben, dass ich bald gehe. Ich werde Schwester Susanne fragen, sie wird mir helfen, sobald sie kann, bestimmt hilft sie mir.«
»Was?« Ich stehe auf. Mir ist siedend heiß.
»Lennard«, sagt Frau Silberstein nur. Wir sehen uns an, und ich bekomme Panik. Muss hier kurz raus. Muss sofort mit Schwester Susanne reden!
Frau Silberstein lächelt und lächelt und lächelt. Diesmal kann sie keine Gedanken lesen, ist ganz in ihrer Welt. »Ich ruhe mich jetzt ein paar Minuten aus, und dann lesen wir. Ich möchte wissen, wie es weitergeht.« Ihre Augen fallen zu, und ich hole schnell die Liste aus der Tasche, ein paar vollgedruckte Blätter, mein einziger Schutz, den ich jetzt habe.
Draußen renne ich den Flur entlang zum Schwesternzimmer. Die Tür steht offen, Schwester Susanne ist alleine und schreibt im Stehen gerade etwas in eine Akte. »Komm rein«, sagt sie, als ob sie was ahnt. Kaum bin ich drin, schließt sie hinter mir die Tür, dreht sich zu mir um und verschränkt die Arme vor der Brust. »Schieß los. Viel Zeit habe ich nicht.«

Ich gehe einen Schritt rückwärts und stoße an den großen Schreibtisch. Raus kann ich nicht mehr. Sie bewacht die Tür. Ich hebe die Hände, und es platzt aus mir heraus: »Es tut mir so leid. Ich habe Mega-Mist gebaut. Ich blicke nicht mehr durch. Ich war so sauer am Anfang, weil ich herkommen musste. Ich bin nicht freiwillig zu Frau Silberstein gekommen, ich habe das als Strafe gemacht, weil ich und meine Freunde im letzten Herbst unten was an die Wand gesprüht haben. Sunshine.« Mein Herz klopft so schnell, als wollte es davongaloppieren. Meine Stimme dröhnt im Kopf.

»So.«

»Ich war es. Ich habe das Handy genommen. Es lag auf dem Klo auf der Ablage. Ich war voll frustriert, wollte es verkaufen, mich freikaufen bei meinen Eltern. Ich habe es einem Freund gegeben. Dann wollte ich es zurückholen, aber alle Daten waren schon gelöscht. Ich schwöre es!« Ich verstecke mein Gesicht kurz hinter den Blättern. Dann halte ich ihr die Liste hin, aber Schwester Susanne beachtet sie nicht, steht mit fest verschränkten Armen vor der Tür. Hier komme ich nie wieder raus. »Ich habe 100 Euro für das Handy bekommen, die gehören natürlich Ihnen. Sorry! Sorry!«

Jetzt sinken ihre Arme nach unten. Sie schüttelt den Kopf. »Das warst doch du?«

»Sie wussten es?« Die Liste in meinen Händen wackelt, weil meine Hände zittern, meine Knie weich sind, ich mich ganz schwach fühle. Ich lehne mich an den Schreibtisch, ich brauche Halt. Hinter mir tickt eine Uhr. Überall sind hier Uhren! Eins, zwei, drei, vier … Warum sagt sie denn nichts?

»Es war mal ein Gedanke, anfangs«, antwortet Schwester Susanne leise. »Ich war an dem Tag ausnahmsweise auf der Besuchertoilette. Du auch, daran erinnere ich mich. Dort habe ich es also tatsächlich liegen gelassen?«

»Ja.«

»Unglaublich.« Sie lacht auf. Schüttelt den Kopf. Lacht wieder. Es klingt nicht halb so nett wie sonst. »Als wir uns das nächste Mal sahen, warst du so aufgeschlossen, wolltest sogar mit Frau Silberstein spazieren gehen. Da dachte ich: Er war das nicht. Ich wollte so sehr, dass du es nicht warst, weil ich dich mochte und Frau Silberstein sich auf dich freute.«

Wir starren aneinander vorbei auf den Boden.

»Vielleicht habe ich dir deswegen so offen von der Sache erzählt. Weil ich es instinktiv irgendwie ahnte. Gleichzeitig wollte ich dich auf keinen Fall vergraulen«, redet sie weiter.

»Vergraulen?«

»Na, stell dir vor, ich hätte dir den Diebstahl unterstellt. Wärst du weiterhin gekommen?« Sie mustert mich von oben bis unten, als würde sie denken: So sieht also ein feiger Dieb aus. »Ich hatte allerdings bis jetzt keine Ahnung, dass es sich bei deinen Besuchen um eine Strafe handelt. Mein Gott! Das Leben hält viele Überraschungen bereit. Leider auch nicht so schöne.«

Ich muss schlucken. Die nicht so schöne Überraschung bin ich. Nur noch Schutt und Asche ist von dem Jungen mit dem ehrenamtlichen Engagement übrig. »Sorry, echt! Und jetzt will Frau Silberstein ihrer Elisabeth einen letzten Brief schreiben! Was machen wir denn nun? Haben Sie immer noch keine Ahnung, wo Elisabeth wohnt?«

»Du Schlaumeier! Natürlich nicht, sonst wäre alles nur halb so schlimm!«

Ich halte ihr wieder die Liste hin. »Ich habe schon angefangen.« Sie verschränkt wieder die Arme vor der Brust. »Was ist das?

Bitte klär mich ganz schnell auf.« Das erste Mal, seit ich Schwester Susanne kenne, klingt sie streng.

»Eine Liste mit allen Telefoneinträgen Deutschlands unter dem Namen Hans Richter.«

Keine Reaktion. Sie starrt mich nur an.

»Ich habe schon angefangen, überall anzurufen. Sind leider so um die 700 Einträge ... Wissen Sie denn gar nichts? Wenigstens, ob sie im Norden oder Süden wohnen?«

»Hans Richter?«, fragt sie. »Wieso denn Hans Richter?«

»So heißt doch der Mann von der Tochter Elisabeths!«

»Ach, Lennard! Du bist verrückt.«

»Nee, ich habe einfach nur keine andere Idee. Die Tochter von der Cousine konnte ich übers Telefonbuch nicht finden, und Elisabeth Schwarz schon gar nicht, die hat bestimmt keinen eigenen Anschluss, oder? Musste ich mir eben was einfallen lassen. So hat es doch schon mal geklappt. Diese Cousine hat nach dem Krieg auch irgendwann alle Nummern angerufen, die passen könnten. Waren damals nur nicht so viele.«

Sie streckt die Hand aus. »Was du alles weißt! Zeig mal.«

Ich gebe ihr die Liste, meine Hand zittert immer noch. Sie betrachtet die Blätter und gibt sie mir zurück. »Ich muss jetzt weitermachen. Nur eines will ich dir jetzt noch sagen. Die Tochter heißt anders.«

»Wie bitte?«

»Ich fasse es nicht!« Schwester Susanne kneift die Augen kurz zusammen, als müsste sie die Sicht auf mich mal richtig scharf einstellen. »Das muss ich verdauen. Andererseits hättest du auch wegbleiben können, erst recht nach dem Diebstahl.«

»Wieso heißt die Tochter jetzt anders?«

»Versuche es mit Monika Schwarz. Ich bin zwar manchmal extrem vergesslich, aber ich habe Mirjam Schwarz – so wird sie gerufen – hier mal persönlich kennengelernt. Frau Silberstein nennt sie Mirjam, aber der vollständige Geburtsname, den sie nach der Scheidung wieder angenommen hat, lautet Monika Mirjam Schwarz, den gibt's so leider nicht im Telefonbuch, und Mirjam mit ›j‹, ein typisch jüdischer Name. Wahnsinn. Das Leben ist wahnsinnig seltsam.« Schwester Susanne dreht sich um, bleibt mit dem Rücken zu mir gewandt vor der Tür stehen. »Ich habe so mit mir gerungen, wann und wie ich es Frau Silberstein sagen soll. Ich wollte schon anfangen, selbst all die Monikas durchzutelefonieren. Ich gebe dir drei Tage. Länger halte ich Frau Silberstein mit der Wahrheit nicht mehr hin.« Über die Schulter wirft sie mir einen Blick zu. In den Augen hat sie Tränen. Sie geht raus.

»Sie lassen mich einfach so frei?« Ich hole sie auf dem Flur ein, irgendjemand ruft und jammert in einem der nahen Zimmer.

Schwester Susanne antwortet mir nicht, geht einfach davon. Ein weiterer Name. Eine weitere Hoffnung. Mirjam mit ›j‹, darauf war ich sogar selbst gekommen. Aber Monika? Dazu hätte ich hellsehen müssen. Schaue sofort auf dem Handy nach. Dann weiß ich es: Schlappe zweihundert Mal gibt es den Namen im Telefonbuch.

Im Zimmer ist Frau Silberstein wach. »Jetzt lesen«, sagt sie, und ich habe das Gefühl, ich könnte gleichzeitig lachen und heulen. Lesepate Lennard, vortreten! Wir waren bei Kapitel 35, es fehlen also noch fünfzehn. Vielleicht schaffen wir es doch, und an ihrem Geburtstag bekommt Frau Silberstein einen riesigen Blumenstrauß, und die Cousine ist längst gefunden. Wer weiß, vielleicht ritzen wir sogar noch unsere Namen in die Parkbank …

»Wir lesen das zu Ende. Wir sitzen noch mal in der Sonne«, sage

ich. Vielleicht, je öfter ich es sage und verspreche, desto eher wird es wahr. Wie im Märchen.
Frau Silberstein hustet und krächzt: »Meinst du?«
»Ja, klar! Der Sommer kommt mit Riesenschritten – oder bald jedenfalls.« Da fällt mir auf, dass Frau Silberstein heute keine dicke Strickjacke trägt. »Ist Ihnen nicht kalt?«, frage ich, denn richtig warm ist es im Zimmer nicht.
Sie schaut zum Fenster hin. »Schwester Susanne hat sich auch schon gewundert. Machst du das Fenster einen Augenblick ganz weit auf? Ich möchte mehr Luft. Vielleicht höre ich einen Vogel. Die Himmelswesen singen schließlich immer von der Freiheit, damals wie heute.«
Ich gehe zum Fenster und öffne es, beuge mich hinaus. Leider kein singender Vogel weit und breit.
»Lennard«, höre ich Frau Silbersteins Stimme hinter mir. »Ich glaube nicht, dass wir noch mal gemeinsam rausgehen werden.«
Ich drehe mich um. Und ich finde, es zieht.
»Aber weißt du was?«
Schon wieder so eine silbersteinische Ratefrage! Mich fröstelt es.
»Mach dir nicht so viele Gedanken. Heute, jetzt, du bist hier, und die Welt da draußen steht dir offen. Weißt du, wie mir der Luftzug vorkommt?« Auf einmal ist ihre Stimme viel klarer und heller als sonst. »Fast wie ein Sommerwind. Es ist fast wie Sommer«, sagt sie.

19

Time? Bin zu Hause, erreicht mich eine Nachricht von Samuel, als ich ziemlich verloren auf der Straße rumstehe. So ein seltsames Gefühl hatte ich nach dem Heim noch nie. Ein Gefühl wie aus einem der Kapitel von eben.
Frau Silberstein hat sich nach zwei Minischlückchen Kaffee und einem halben Keks wieder verabschiedet. Ich bin nach dem Vorlesen gleich gegangen, denn sie schlief richtig tief, es war anders als sonst. An der Tür habe ich mich noch mal umgedreht. Ihre Silberhaare lagen um sie herum wie ein Strahlenkranz, und ich dachte, jetzt könnte sie auch tot sein. Das war seltsam, weil es sich richtig echt anfühlte, dabei konnte das doch gar nicht sein, denn vor wenigen Sekunden hatte sie noch geatmet.
Mein Vater behauptet, es wäre total unrealistisch, wie die Menschen im Film oft sterben. Wie sie noch ein paar Worte sagen und dann der Kopf zur Seite fällt, und sie sind tot und sehen ganz friedlich aus. So wird doch nicht gestorben, behauptet er. Jedenfalls war Frau Silberstein, als ich an der Tür von Zimmer 72 stand, weder tot noch lebendig – ich meine, wie soll das gehen? Das war so ein Gefühl wie in dem Buch. Da gab es die Stelle, wo sich Maik mit Tschick an einem superheißen Sommertag in einer einsamen Landschaft befindet und er sich auf einmal nicht mehr vorstellen kann, dass er vor ein paar Tagen noch in Berlin war oder überhaupt je dort gelebt hat. Erst recht kann

er sich nicht vorstellen, dass er dort irgendwann mal wieder zur Schule gehen soll oder je gegangen ist, gar nichts geht mehr in seinen Kopf, obwohl er doch irgendwo herkommen oder hingehen muss. Da gibt es schließlich nichts dazwischen, so wie Frau Silberstein entweder nur leben oder sterben kann, so wie jeder nur leben oder sterben kann. Trotzdem gab es eben dieses Dazwischen. Wahnsinn, sogar mit diesem verrückten Zustand Maiks kann ich mich identifizieren ...

Jetzt also die Nachricht von Samuel, von ihm kam schon länger keine Meldung mehr. Das passt. Habe nämlich keine Lust, zu Hause gleich Rede und Antwort zu stehen, wie es heute im Heim war. Was soll ich denn auch sagen? Toll war's? Schrecklich war's? Ich weiß es ja selbst nicht. Bei ihm könnte ich in Ruhe telefonieren ... Ich muss!

Ich renne. Ich möchte, dass mein Kopf leer wird wie beim Schwimmen, aber Frau Silberstein schwirrt da herum genauso wie Lea und die verschollene Elisabeth, und es ist manchmal echt anstrengend, nicht abschalten zu können. Ich renne schneller und schneller, und die fünf Stockwerke nach oben in die riesige Dachwohnung nehme ich gleich zwei Stufen auf einmal. Völlig außer Atem stehe ich vor der Tür. Samuel macht auf und sieht mich verpennt an, oder er hat wieder gekifft.

»Was ist denn mit dir los?«, fragt er, als ich mich mit den Händen auf den Knien abstützen muss, weil mir tierisch die Seite sticht.

»Und mit dir?«, frage ich zurück.

»Ach, komm rein«, antwortet er nur und geht voraus durch die Riesenwohnung nach hinten. Es scheint niemand da zu sein, alles ist ruhig, keine megaentspannte Mutter lacht mich an, keine Putzfrau wischt herum, kein Handwerker, keine Musik, kein Besuch. Kenne ich so gar nicht.

»Bist du ganz allein?«, frage ich und folge ihm.
»Ist doch egal«, antwortet er genervt, geht in sein Zimmer und wirft sich auf das zerwühlte Bett.
Ich stehe in der Tür. Papier, Tüten, Teller, Bücher, Klamotten, Müll, alles liegt herum. Mein Zimmer ist auch nicht gerade tipptopp, aber keine Müllhalde. »Sieht gemütlich aus«, sage ich.
»Wir haben gerade ein bisschen Krieg«, sagt er und streckt sich auf dem Bett aus. »Auch sonst habe ich nur Stress, echt.«
»Krieg?« Ich entscheide mich für das Sofa, da ist auf der einen Seite noch ein bisschen Platz. Krieg kann ich mir mit seiner Mutter gar nicht vorstellen, die trägt ihm sonst alles hinterher, ist immer total nett. Sogar das Zimmer hat sie für Samuel aufgeräumt, nun aber offensichtlich nicht mehr.
Samuel starrt vor sich hin. »Läuft gerade alles nicht so gut hier.«
»Aha«, sage ich und nehme erst mal einen großen Schluck aus der halb vollen Colaflasche, die auf dem Tisch steht. Abgestanden. »Bäh!«, mache ich, aber Samuel tut fast so, als wäre ich nicht hier. Er schiebt sich ein Kissen unter den Rücken, pustet sich die Haare aus der Stirn und greift nach seinem Tabakbeutel. Meine Laune sinkt unter den Nullpunkt.
»Also, du glaubst es nicht«, nuschelt er und fängt an, eine Zigarette zu drehen. Nun raucht er sogar im Zimmer. Zwischen seinen Lippen klemmt so ein Filter, und ich konnte mich noch nie entscheiden, ob das cool oder bescheuert aussieht. Er nimmt den Filter aus dem Mund. »Pascal, der Schweinehund«, sagt er. »Unser toller Kollege Pascal!«
Ich richte mich auf. Ich glaube, ich weiß, was jetzt kommt …
»Der macht in aller Öffentlichkeit mit meiner Freundin rum! Kannst du dir das vorstellen?«
Plötzlich weiß ich nicht mehr, wie ich sitzen soll. Er hat es also

getan. Pascal hat sich an Samuels Freundin rangemacht. Und ich war darin sozusagen eingeweiht ...

»Ich dachte, ich habe einen Sehfehler! Ich fahre abends durch den Park, und da stehen die beiden und küssen sich. Ich meine, richtig küssen, das war ein halber Porno! Ich bin erst vorbeigefahren und hab gedacht, das kann nicht sein, deswegen meldet sich mein Babe nicht mehr? Wegen einem anderen, wegen Pascal? Es war zwar schon fast dunkel, aber ich kenne doch ihre Jacke, so ein quietschrosafarbenes Teil, und der Typ sah original aus wie eben Pascal. Deswegen hat er neulich auch so eine komische Bemerkung gemacht. Ich dachte, ich fall vom Rad. Bin dann aber nicht näher hin, den peinlichen Auftritt wollte ich mir ersparen.«

»Wann genau war das?«, frage ich zunächst sachlich, als ginge es darum, einen Fall zu klären, als würde es etwas ausmachen, ob es gestern oder vorgestern war.

»Vor zwei Tagen«, sagt Samuel.

»Und was für eine Bemerkung hat Pascal gemacht?« Das allerdings tut wirklich etwas zur Sache ...

»Er hat neulich behauptet, meine Freundin steht auf mehrere Typen gleichzeitig, und ich sagte: Das träumst du wohl, und er sagte: Ganz bestimmt nicht. Das hat mich echt sauer gemacht, und jetzt ist seit vorgestern mein Kopf am Rattern.«

Ich betrachte interessiert das Chaos auf dem Tisch und muss fast grinsen. Was für ein Fortschritt: Samuel denkt nach! Jetzt ist sein Kopf also mal am Rattern. Sonst hat er nur eine große Klappe. Muss ja nie für irgendwas etwas tun.

»Ich bin seitdem nicht aus dem Bett rausgekommen, Alter«, redet er weiter. »Meine Eltern sind voll sauer, die denken, ich bin einfach nur faul, ich wäre undankbar, dürfte zu Hause alles, bekäme von ihnen alles, aber ich würde nichts zurückgeben und ihre Gutmütigkeit ausnutzen, so eine Leier, na ja. Aber ich habe es nicht gepackt zu erzählen, was los ist, das geht die nichts an, und helfen können sie mir auch nicht. Jedenfalls ist das kacke, das Gefühl. Jetzt weiß ich, warum Pascal meine Freundin immer so angeglotzt hat.«

»Na ja, die haben viele angeglotzt«, sage ich. »Du hast mit ihr und deinen tausend Fotos auch ganz schön angegeben.«

»Du stehst wohl auch auf sie, oder was?«, macht Samuel mich an, der spinnt wohl, ich habe ihm schließlich nichts getan.

»Selbst wenn, was dagegen? Du warst doch stolz drauf!«, gebe ich zurück.

Er zündet die Zigarette an, sein Gesicht verschwindet für einen Augenblick hinter einer Qualmwolke.

Dann muss ich mal was Entscheidendes wissen: »Wart ihr denn überhaupt noch richtig zusammen? Ist sie noch deine Freundin?« Denn nach allem, was Pascal erzählt hat, klang das mit den beiden hier nicht mehr unbedingt nach einem Traum.

Er schüttelt den Kopf, und ich lasse mich erleichtert in das Sofa sinken. Denn dann finde ich das nicht wirklich schlimm. Wenn Lea ihren Freund nicht mehr hat, werde ich sie nämlich ohne Wenn und Aber versuchen zu küssen, egal an welcher Ecke, egal wo, egal wann, sofort und auf der Stelle, und nichts und niemand wird mich davon abhalten.

»Na ja, dann … wenn ihr nicht mehr zusammen seid … warum eigentlich nicht?«

Samuel bläst den Rauch in meine Richtung. »Weiß ich auch nicht genau«, sagt er. »Die war auf einmal voll zickig, wir haben ein paarmal gestritten, und ich war eifersüchtig, weil sie manchmal mit anderen geflirtet hat. Beim letzten Mal, keine Woche her, war eben Schluss, aber ich dachte, die kommt wieder, denn sie fand es echt cool hier bei mir. Dann habe ich sie mit Pascal gesehen.«

»Vielleicht warst du auch einfach zu stoned, als du das Pärchen im dunklen Park gesehen hast, schon mal dran gedacht?«, frage ich.

»Jetzt komm mal runter! Das hier ist eine normale Zigarette! Bist du jetzt mein Drogenberater oder mein Freund?«

»Komm du selber mal runter.« Ich wedle den Rauch weg und habe was Wichtiges zu sagen – Len, der Drogenberater, Friseur, Krankenpfleger, Lesepate und Kriminalkommissar. Vielleicht hat Pascal nämlich ein Alibi. So eine rosafarbene Jacke, wie die Freundin sie trägt, gibt es nicht nur einmal auf der Welt. Außerdem weiß Pascal schließlich, dass Samuel immer durch den Park fährt, unseren Park. Warum sollte er sich gerade da hinstellen? »Du musst schon rausfinden, ob das wirklich stimmt. Die Decke über den Kopf ziehen und sich da reinsteigern ist nicht gerade die optimale Lösung.«

Samuel lässt den Kopf hängen. »Ach, ich weiß gerade gar nichts. Ich würde mich am liebsten umbringen.«

»Quatsch!«, rufe ich laut, jetzt reicht es mir mit seinem Gejammer. Liebeskummer ist was Schlimmes, das weiß ich selbst, aber das Schlimmste der Welt kann es nicht sein. »Es gibt echt ganz andere Probleme. Aber du kriegst ja nichts mehr mit!«

Er schaut baff zu mir rüber. »Wie meinst du das?«

»Interessiert es dich vielleicht, wie es mir geht? Oder anderen?« Ich hole Luft, und es ist mir auch egal, ob er mit Ja oder Nein antworten will. Ich rede gleich weiter: »Zufällig habe ich auch so eine Art Liebeskummer, aber das wird sich vielleicht noch ändern. Das ist Punkt Nummer eins.«

»Also …«
»Und Punkt Nummer zwei, danach wollte ich dich fragen, hast du schon mal jemanden sterben sehen?«
»Äh, nee …«
»Also Frau Silberstein, die stirbt bald. Jedes Mal, wenn ich im Heim bin, ist sie schwächer und dünner. Sie isst fast nichts mehr, sie hat Krebs, ich meine, sie ist sehr alt, aber das jedes Mal mitzuerleben ist schon hart. Außerdem habe ich dir erzählt, dass sie im KZ war. Sie hat alles mitgemacht. Sie hat die Leichenberge gesehen, die wir aus den Büchern kennen. Sie hat mitgekriegt, wie Menschen verbrannt wurden. Ihre Schwester und ihre Mutter sind sofort vergast worden, der Vater ist auch im KZ umgekommen. Am Ende war sie auch fast tot, da war sie kaum älter als wir heute.«
»Das weiß ich doch nicht …«
»Hör doch auf, du wolltest doch gar nichts mehr wissen!«
»Mir ging es halt nicht so gut …«
»Ach ja? Du hast immer so getan, als wäre alles super. Aber jetzt willst du dich umbringen … Äh, sorry, was war noch mal genau der Grund?«
Ich lege meine Füße auf den Tisch. Ist anstrengend, so eine Ansprache. Plötzlich muss ich lachen, es ist, als ob in mir ein Ventil aufgeht und ziemlich viel Druck ablässt. »Ja, da sind zwei Frauen, die bringen mich echt durcheinander. Die eine ist megasüß mit einer super Figur, und wir sehen uns auch hin und wieder, nur eben anders, als du vielleicht denkst – bisher. Und die andere, die ist … auf ihre Weise süß, ja echt, das ist so. Nur eben uralt und leider bald tot, und bevor sie stirbt, habe ich was total Dringendes zu erledigen. Und du wirst mir jetzt helfen!«

Samuel drückt seine Zigarette aus. Dann setzt er sich auf die Bettkante, reibt mit den Händen sein Gesicht, als ob er in diesem Moment erst aufwacht, und fährt sich durch die Haare. »Mann«, sagt er. »Krass. Jetzt mal ganz genau und von vorne.«

Ich sitze in der einen Ecke des Riesenzimmers und Samuel in der anderen. Ich rede leise, mag nicht, wenn mir jemand zuhört. Samuel redet wie immer und hat Spaß dabei, jedenfalls lacht er manchmal.
»Kennen Sie eine Elisabeth Schwarz?«, ruft er in diesem Moment ins Telefon. »Nein? Falsch verbunden? Schade ...«
»Schwarz«, dringt gerade zum gefühlten tausendsten Mal an mein Ohr. Immerhin ist die Liste jetzt überschaubarer und ich habe den richtigen Namen.
»Mein Name ist Lennard, bitte entschuldigen Sie die Störung, sind Sie Monika Schwarz? Ich suche eine Elisabeth Schwarz, die Cousine von Eliah Schwarz, der aber schon gestorben ist. Sagt Ihnen der Name was? Können Sie mir helfen?« So in etwa ist mein Text, von dem ich nicht weiß, ob er schlau ist. Immerhin muss ich nicht mehr stottern, so oft habe ich ihn aufgesagt. Heute läuft es besonders schlecht. Viele Nummern kann ich nicht mal abhaken, weil niemand ans Telefon geht, und eine Frau hat sofort wieder aufgelegt, ohne zu antworten. Ein Mann schrie mich eben an: »Das ist doch nur so eine Masche, um mich in ein Gespräch zu verwickeln, und gleich wollen Sie mir irgendwas andrehen!« Er hat mich gesiezt, das hörte sich komisch an und ich musste auch mal kurz lachen.
Samuel macht mir ein Zeichen: Daumen nach unten. »Sind Sie zufällig die Tochter von Elisabeth Schwarz? Nein? Ach, wie schade!«

Ich zeige auch mit dem Daumen nach unten. »Elisabeth Schwarz, Eliah Schwarz? Tut mir leid, ich glaube, da sind Sie falsch verbunden«, antwortet mir gerade ein Unbekannter aus irgendeinem Kaff. Ein halbe Stunde telefonieren wir schon herum.
Samuel schmeißt sich aufs Bett und stöhnt laut auf. »Auweia, das ist Höllenarbeit.« Er fächert sich mit seinen beiden Blättern Luft zu, wir haben die Liste an seinem Computer eben neu erstellt und gleich ausgedruckt, auch mir ist heiß von der ganzen Aktion hier.
Ich gehe zu ihm rüber, er setzt sich auf. »Wir holen Hilfe«, sagt er.
Ich lasse mich neben ihn auf die Matratze fallen und mache die Augen zu. Einfach einschlafen und erst wieder aufwachen, wenn die Welt in Ordnung wäre, weil sie sich im Schlaf repariert hätte, das habe ich mir schon oft im Leben gewünscht: Kriege und Hunger wären beim Aufwachen verschwunden, das gestohlene Handy mit der Nummer drin läge auf dem Klo im Heim und Schwester Susanne würde es finden, und das schönste Mädchen aus dem ganzen Universum säße neben mir: Lea.
»Pascal«, höre ich Samuel und mache die Augen wieder auf. »Er muss helfen. Wir waren damals in der Nacht zu dritt, wir machen das heute zu dritt. Klar, wir teilen das auf!«
Ich schaue Samuel von unten an. Für ihn ist alles immer klar und einfach, die Welt hat sich so zu verhalten, wie er es für richtig hält.
Ich rapple mich hoch und stelle mich ans Fenster. Der Fernsehturm blinkt herüber. Bin plötzlich so müde!
»Am besten, du bringst ihm seinen Teil sofort«, sagt Samuel. »Dann kann er gleich damit anfangen, wir haben es eilig. Und falls sich herausstellt, dass er tatsächlich was mit meiner Ex hat,

dann weiß ich nicht, was ich tue.« Er springt auf und kommt zu mir, streckt mir eines der Blätter entgegen. Erst zögere ich, dann nehme ich es. Es liegt ein Stück Wahrheit in dem, was er über unsere Freundschaft sagt. Damals zu dritt, heute zu dritt. Ich bin nicht mehr allein.

Unten schreibe ich Pascal: *Komme gleich vorbei, wichtig und dringend.* Dann renne ich los und stelle einen neuen Rekord auf, kriege wieder abartiges Seitenstechen. Ich hechle wie ein Hund und klingle Sturm. Der Türöffner summt, ich muss in den ersten Stock. Doch weder der Vater mit der roten Säufernase noch Pascal öffnen mir, heute ist es die Mutter, die mir ein bisschen erschrocken entgegensieht: »Mein Gott, Lennard, ist etwas passiert?«

»Nee«, stoße ich außer Atem hervor, als ich vor ihr stehe. »Bin nur gerannt. Und bei Ihnen? Alles klar? Ist Pascal da?«

Sie lässt mich rein. »Ja, schon, aber …«

Da geht seine Zimmertür auf, er kommt raus und grinst mich an. »Was, so schnell? Bist du geflogen?«

Noch ehe ich antworten kann, taucht noch jemand auf: Ein Mädchen mit verwuschelten schwarzen Haaren und dunkel geschminkten Augen. Die Ex von Samuel ist das nicht, und auch nicht Pascals Schwester. Wir stehen alle in dem kleinen Flur herum und sehen uns an.

»Störe ich?«, frage ich.

Das Mädchen reckt sich nach oben, küsst Pascal kurz auf die Wange und schlüpft in ihre Schuhe. Sie gibt seiner Mutter die Hand, zeigt mir beim Vorbeigehen ihre weißen spitzen Zähne, sagt »Hi« und huscht an mir vorbei. Wir hören ihre Absätze auf der Treppe klappern.

Pascal lehnt mit verschränkten Armen grinsend an der Wand. »Wieso stören? Ich hatte nur Damenbesuch.«
Ich schaue Richtung Wohnzimmer, da drin ist alles ruhig. Die Mutter verschwindet in der Küche. Aus dem Zimmer der Schwester dringt leise Musik.
»Was ist denn so wichtig und dringend?«, fragt Pascal. »Komm mal rein.«
Ich gehe hinter ihm her, mache die Tür zu. Er fällt aufs Bett und grinst und grinst. »Sie heißt Giulia. Italienerin.«
»Deine Freundin?«
Er kratzt sich am Kopf. »Sieht so aus. Also, ich meine … Endlich habe ich richtig geknutscht. O Mann! Aber sie musste jetzt sowieso gehen, ich kann dir deinen Überfall verzeihen.« Er macht eine Faust und reckt sie in die Luft. »Geil!«, ruft er und lacht. »Meine Mutter ist viel cooler, als ich dachte, die hat nichts gegen Damenbesuch. Ich wette, da läuft bald noch viel mehr. Hier im Schuhkarton.«
»Woher kennst du die denn?«
»Parallelklasse.«
Ich muss schlucken. Nun bin ich also der Letzte von uns dreien, der noch nie geküsst hat. Na, toll! »Das erste Mal … so richtig geknutscht und angefasst?«, frage ich nach und setze mich fast ehrfürchtig neben ihn.
»Ja, Mann! Zunge und alles! Und unters T-Shirt bin ich auch.«
»Also du warst es nicht«, murmele ich vor mich hin. Samuel ist ein Spinner. Hat sich im Park so richtig verguckt. Sag ich doch.
»Was redest du da vor dich hin? Und was ist denn nun so wichtig und dringend?«
Küssen hin, Knutschen her. Ich hole die Liste hervor und halte sie Pascal vor die Nase. »Du musst mir helfen.«

Er setzt sich auf und grinst nicht mehr. Er überfliegt die vielen Nummern und Namen und kapiert sofort, was los ist. »Das alles? Abtelefonieren? Für die Alte?«
»Ja. Drei Tage hast du Zeit. Eigentlich nur zwei, es sei denn, du fängst jetzt gleich an. Ich jedenfalls kann heute nicht mehr.«
»Pfff«, macht er.
»Bis Freitag müssen wir die richtige Adresse gefunden haben. Samuel hilft auch.«
»Ach! Mit dir redet er? Auf meine Nachrichten kommt auf einmal keine Antwort mehr, keine Ahnung, was das soll. Aber ich habe gerade Besseres zu tun, als ihm hinterherzurennen. Jetzt habe ich mal keine Zeit.«
Plötzlich reißt Pascal mir das Blatt aus der Hand. »Klar, natürlich findet Samuel die Adresse dann als Erster und er ist wieder der Größte. Hast du ein Glück, dass ich das nicht zulasse!«
Ich schaue kurz über die Schulter, ob er hinter mir mit jemand Unsichtbarem redet. »Ich und Glück? Das Glück ist hübsch und lässt sich küssen. Du hast Glück!«
»Läuft immer noch nichts mit Lea?«
»Sehe sie erst in einer Woche wieder.«
»Ja, die tun immer so geheimnisvoll, stimmt's? Ich kann Giulia auch erst wieder am Samstag treffen, aber dafür haben wir hier endlich mal Ruhe. Mein Vater ist in der Reha. Drei Wochen Zeit! Und vorher finde ich deine Adresse. Musst mich nur noch mal einweihen, was ich genau sagen soll. Das hier übrigens …« Er beugt seinen Hals zur Seite, da ist ein roter Fleck. Ein Knutschfleck. »… ist auch Glück, das stimmt.«
Ein Angeber, genau wie Samuel!
Aber er wird mir helfen.
Pascal schaut mich von der Seite an, besteht nun wieder nur

noch aus einem breiten Grinsen. »Das Glück musst du dir greifen! Küss sie einfach, echt, das funktioniert!«
Es klopft an der Tür, und wir hören seine Mutter: »Abendbrot!«
»Lea hat einen Freund«, sage ich.
»O Shit«, sagt Pascal und sieht mich voll betroffen an. »Für die Alte reißt du dir den Arsch auf und die andere darfst du nicht anfassen?«
»Genau so.« Er hat meine Lage voll erfasst.
»Abendbrot!«, hören wir noch mal.
Ich stehe auf. »Nicht für mich. Tschau, du Glückspilz.«

20

Ich habe einen Wahnsinnshunger, schaufle mir die dritte Schale Cornflakes rein und grinse vor mich hin. Jana stochert in ihrem Müsli herum, Papa isst sein Marmeladenbrötchen und hört die Nachrichten, die bei mir in ein Ohr rein- und zum anderen rausgehen. Meine Mutter schiebt einen vollgekritzelten Zettel zur Seite und steht auf, weil nebenan das Telefon klingelt. Freitag ist der Wochentag, an dem wir es schaffen, gemeinsam zu frühstücken.

Vorhin kam die Nachricht von Pascal, ich wäre am liebsten durch die Wohnung getanzt: Er hat sie! Er hat die Cousine gefunden! Ich hatte schon fast nicht mehr daran geglaubt. Gleich, wenn ich draußen bin, rufe ich Schwester Susanne an. Die Deadline läuft heute ab. Alles passt!

Meine Mutter kommt wieder an den Tisch, starrt auf die Butter oder den Brotkorb, keine Ahnung. Erst als mein Vater die Hand nach ihr ausstreckt, weil sie immer noch steht, und »Schatz, was ist denn?« fragt, merke ich, hier stimmt was nicht. Sie sucht meinen Blick. »Lennard.«

Ich höre auf zu essen. Jetzt kommt was Ernstes.

»Es war Schwester Susanne.«

Ich schiebe die Schüssel weg. Das Heim hat also eben angerufen, und Frau Silberstein ist wieder im Krankenhaus, Mist, Mist, Mist.

»Frau Silberstein ist gestorben.«
Frau Silberstein ist gestorben.
Frau Silberstein ist gestorben.
Frau Silberstein ist gestorben.
Der Satz wiederholt sich in meinem Kopf wie von selbst. Aber er fühlt sich nach gar nichts an.
»Gestorben«, höre ich mich sagen. In knapp drei Wochen wäre ihr Geburtstag gewesen, und sie wollte doch dringend diesen Brief schreiben ...
Meine Mutter kommt zu mir und legt mir die Hand auf die Schulter. »Aber ganz friedlich. Schwester Susanne hat sie heute Morgen in ihrem Bett gefunden, erzählte sie mir gerade.«
Gefunden. Fast möchte ich auflachen. Gefunden! Wie das klingt. Wo sollte Frau Silberstein denn auch sonst bitte sein, außer in ihrem Bett? In der Disco vielleicht?
Die Hand meiner Mutter wird auf meiner Schulter immer schwerer. Mein Vater schaltet das Radio mit der Fernbedienung aus. Jana fragt: »Und jetzt?«
Jetzt? Jetzt denke ich an Lea. Die treffe ich jedenfalls nicht mehr im Heim, schon gar nicht an Frau Silbersteins Bett. Gestern nämlich, als ich Samuel von allem erzählt habe, wurde mir klar, wie besonders dieser eine Nachmittag war, als wir beide in Zimmer 72 zusammensaßen – und so etwas wird es nie wieder geben. Wie Frau Silberstein uns angesehen und von sich und ihrer Leah erzählt hat. Die ganze Stimmung, das Flüstern, das Traurige, das Schlimme, das Schöne, alles so nah beieinander, ich so nah neben Lea. Dann der andere Nachmittag, als Lea Kuchen mitbrachte und Frau Silberstein »Ihr beiden Schönen« zu uns gesagt hat. Lea hatte versprochen, ein drittes Mal dazuzukommen und mehr Zeit mitzubringen. Nun gibt es Frau Silber-

stein nicht mehr. Kein Hexenlachen. Kein Zwinkern mehr. Mein Magen drückt, als hätte ich Steine statt Cornflakes gegessen.
»Jetzt«, sagt meine Mutter und setzt sich wieder an den Tisch. »Jetzt ist sie erst einmal erlöst. Sie durfte dort sterben, wo sie es wollte. Ein Glück, wenigstens das.«
»Ihr habt damit gerechnet, oder?«, fragt mein Vater.
Gerechnet, klar. Alt und krank gleich bald tot, ist doch logisch, und in der Schule habe ich gleich eine Doppelstunde Mathe. Ich weiß nicht, wo ich hinschauen soll, nur die anderen wissen es, denn die sehen alle zu mir. Ich stehe auf, will irgendwie weg. Aber kann ich jetzt in die Schule gehen und so tun, als wäre alles in Ordnung?
»Warte, Lennard.« Meine Mutter greift nach meinem Arm und zieht mich auf den Stuhl zurück, als wäre ich eine Puppe. »Wir können jetzt dorthin gehen, wenn du möchtest.«
»Wohin?«
»Zu Frau Silberstein. Wir können sie noch mal sehen und uns von ihr verabschieden.«
Mir ist schlecht. Ich habe noch nie eine Leiche gesehen und kann es mir auch nicht vorstellen.
»Wenn du magst«, sagt meine Mutter. »Schwester Susanne sagte, sie sähe friedlich aus und hübsch.«
»Und die Schule?«, frage ich.
»Ach, Schule!«, sagt mein Vater laut und schaut so, als hätte ich einen Witz gemacht, aber niemand lacht. »Heute musst du nicht hin, das ist doch wohl klar.«
Dabei hätte ich jetzt wirklich lieber hundert Stunden Mathe als das hier. Aber wenn Frau Silberstein wirklich tot ist, möchte ich auch nicht in die Schule. Nur wohin dann? Den ganzen Tag im Zimmer bleiben? Geht irgendwie auch nicht. Ich schaue

mich um, als gäbe es irgendwo einen Fluchtweg. Aber es gibt keinen.
»Mach das.« Mein Vater nickt mir zu. »Geh mit deiner Mutter dorthin. Wirst sehen, es ist nicht schlimm.«
»Wer weiß, wie lange sie dort liegen darf«, fragt meine Mutter.
»Wieso, wo kommt sie denn hin?«, fragt Jana leise.
»Normalerweise holt ein Bestattungsunternehmen die Toten ab«, antwortet mein Vater. »Mit dem Sarg. Der steht dann bis zur Beerdigung oder bis zur Verbrennung in einem Kühlhaus.«
Meine Mutter reibt sich die Augen. »Im Judentum werden die Toten normalerweise beerdigt. Das hängt mit ihrem Glauben zusammen, sie dürfen nicht verbrannt werden. Und trotzdem hat man es in den Lagern mit Millionen von ihnen getan.« Sie steht auf. »Komm.«
Ich stehe auf, und es ist so, als ob ich mich selbst beobachte. Wie ich in mein Zimmer gehe, nicht weiß, was ich dort soll, wieder rauskomme, meine Schuhe anziehe, in meine Jacke schlüpfe, mein Vater mich kurz in den Arm nimmt und Jana mir hinterherwinkt.
Draußen schweben grauweiße Wolken am Himmel, dazwischen blitzt die Sonne durch. Meine Mutter hakt sich bei mir unter, und ich versuche zu rechnen, rechnen hilft, es war irgendwann im Oktober, als wir das erste Mal auf dem Weg zum Bunker waren, und heute ist es ein halbes Jahr später, mitten im April. Genaueres bringe ich nicht zustande. Im Kopf ist Watte. Ist die Zeit schnell vergangen? Langsam? Ich weiß gar nichts in diesem Moment.
Morgens war ich noch nie im Heim. Ziegenbärtchen ist nicht da, und es wäre mir auch ganz egal. Ein paar Pfleger laufen unten herum, es ist viel mehr los als sonst. Oben im zweiten

Stock ist es ruhig. Schwester Susanne kommt vom Ende des Gangs auf uns zugelaufen. »Ihr seid da!«, ruft sie uns entgegen, und als sie vor uns steht, sagt sie: »Mensch, Lennard, ich bin traurig und froh zugleich. Sie ist friedlich eingeschlafen, das hat sie sich gewünscht. Ich habe sie gefunden, auch das hat sie sich gewünscht. Ich habe sie gewaschen und gekämmt. Kommt mit.«
Frau Meyerbeer ist nicht im Zimmer, und Frau Silberstein liegt da, als machte sie wie sonst nur auf Mumie.
»Komm ruhig her«, sagt Schwester Susanne und geht zum Bett. Sie lächelt Frau Silberstein an, ist überhaupt nicht traurig oder so. Als würde Frau Silberstein leben und könnte Schwester Susanne sehen.
»Müssen wir irgendwas … beachten?«, fragt meine Mutter.
Ich weiß nicht, was sie meint, aber Schwester Susanne antwortet: »Weil sie Jüdin ist?« Sie schüttelt den Kopf. »Davon hat sie kaum gesprochen. ›Ich lebe keinen Glauben, ich habe jeden Glauben vor einem Dreivierteljahrhundert verloren‹, das sagte sie mal zu mir.«
Zwei Stühle stehen schon da, ich trete ans Bett. Frau Silbersteins Gesicht ist weiß. Die Nase noch spitzer als sonst. Die Augen sind zu und der Mund auch. Komisch, sie sieht nicht mehr so faltig aus, die Stirn ist glatter, sie wirkt von Nahem gar nicht mehr wie die Mumie, aber auch nicht mehr wie Frau Silberstein, obwohl ich sie erkenne, schon allein an den silbernen Haaren, die glatt um ihr Gesicht liegen. Sie trägt eine silberne Uhr, die ich noch nie an ihr gesehen habe, eine weiße Bluse und eine Kette. Mit einer dünnen hellen Decke ist sie halb zugedeckt, und ihre Hände mit den langen Fingern sind auf dem Bauch übereinandergelegt. Sie sehen aus als wären sie aus Wachs. Mir schießt durch den Kopf, ob Frau Silberstein nicht kalt ist, so ein Quatsch, ihr kann

doch nie wieder kalt sein, oder? Ich sehe wirklich das erste Mal eine Tote.
»Ich lasse euch eine Weile allein«, sagt Schwester Susanne. Da zieht mich ein unsichtbarer Faden nach oben. Einfach dasitzen und so tun, als ob alles okay wäre? »Kann ich mit Ihnen kurz reden? Unter vier Augen?«
Schwester Susanne und meine Mutter wechseln einen Blick, keine hat was dagegen. Auf dem Flur wird mir schlecht. »Ich habe die Adresse, und nun ist es zu spät!« Mein Magen krampft wie noch nie.
Schwester Susanne legt den Arm um meine Schulter und führt mich den Flur entlang, als wäre ich einer der kranken Heimbewohner hier. Dann bleibt sie stehen, drückt mich kurz, lässt mich wieder los. »Lennard, das ist großartig. Wirklich wahr?« Sie lacht. »Du glaubst gar nicht, wie sehr du mir damit hilfst.«
»Ihnen?« Ich verstehe gar nichts. »Aber ich bin zu spät dran!«
Sie legt beide Hände auf meine Schultern. »Ich kann also ihre Angehörigen gleich benachrichtigen? Gott, mir fällt ein Stein vom Herzen! Hast du die Adresse dabei?«
Ich hole mein Handy hervor. »Hier drin.«
»Komm mit, ich schreibe sie gleich auf.« Sie marschiert los Richtung Schwesternzimmer, es ist leer. Als wir drin sind, lehne ich die Tür hinter uns an. Falls ich doch kotzen oder kurz mal heulen muss, soll das nicht gleich jeder mitkriegen.
»Es ist zu spät.« Ich presse eine Hand auf meinen Magen. »Ich hab's vermasselt.«
Sie setzt sich an den Schreibtisch, schlägt eine rosafarbene Mappe auf. »Es ist, wie es ist. Frau Silberstein war selig – ist selig! Gestern Morgen hat sie eine Postkarte bekommen, von Elisabeth und Mirjam.«

»Eine Karte?« Ich kann's jetzt nicht glauben.
»Sie hat nur noch auf diese eine Nachricht gewartet.«
»Mit Adresse?«
Schwester Susanne schaut auf. »Eben nicht, es war ja kein Brief.«
»Was stand da drauf?«
Schwester Susanne lehnt sich zurück. »Die Cousine schrieb in winziger und fast unleserlicher Schrift mit eigener Hand, so sah es aus. Sie schrieb schöne Sätze. Es stand dort zum Beispiel: *Wir sehen uns bald. Alles wird gut. Mach dir keine Sorgen.*«
»Wollten sie hierherkommen?«
Schwester Susanne schüttelt den Kopf. »Das glaube ich nicht.«
Ich kapiere. Klar, sie meinte den Himmel, dort, wo wir uns vielleicht alle mal wiedertreffen und eine große Party feiern.
»Welcher Poststempel?«, frage ich.
»Keiner, der etwas nützt. Die Postkarte war vom Bodensee, von dem wohl letzten Ausflug in die Welt, wie die Cousine es schrieb. Frau Silberstein hat die Karte an ihre Brust gedrückt. So habe ich sie gestern Vormittag zuletzt gesehen. Als ich heute zum Wecken wiederkam, war sie gestorben.«
»Einfach so? Ohne von meinem … Verbrechen zu wissen?«
Schwester Susanne greift nach einem Kugelschreiber. »Heute wollte ich ihr endlich sagen, was wirklich passiert ist. Heute war mein gesetztes Ultimatum. Ich konnte nicht mehr schlafen. Aber es sollte nicht sein.« Sie schaut mich an und blinzelt eine Träne weg. »Aber mir und den Hinterbliebenen hilft das nun sehr.«
Langsam geht's mir besser. »Zwei Freunde haben mitgemacht, und Pascal hat es geschafft«, erzähle ich. »Es waren viele Nummern.«
»Ich weiß«, sagt Schwester Susanne. »Du hast gute Freunde. Jetzt her mit der Adresse.«

Mir flutscht fast das Handy aus der verschwitzten Hand. Ich lese die Adresse vor, Telefonnummer inklusive, Schwester Susanne schreibt mit. Ich höre die Mine auf dem Papier kratzen.
»Danke«, sagt sie und legt den Kugelschreiber weg. »Der Name des Orts kommt mir nun bekannt vor. Irgendeine kleinere Stadt in der Nähe des Bodensees, klar. Ich rufe sofort dort an.«
Das war's? Ich mache kurz die Augen zu, weiß nicht, was ich erwartet hatte. Jemand, der mir einen Orden anheftet? Schwester Susanne, die vor Begeisterung im Kreis tanzt? Frau Silberstein, die vor Freude noch mal von den Toten aufersteht und aus dem Bett springt?
Schwester Susanne greift zum Telefon. Die Tür geht auf, eine Pflegerin kommt rein, und ich gehe raus, gehe den Gang entlang zu Zimmer 72, das letzte Mal. Das hatte ich mir anfangs echt anders vorgestellt. Ich dachte, wenn ich das letzte Mal hier entlanggehen muss, dann geht's mir einfach nur gut, weil ich die Sache hinter mir habe.
Ich trete leise wieder ein, setze mich neben meine Mutter. Sie sagt nichts, und meine Ohren sirren, das kommt und geht manchmal, aber jetzt ist es extrem. Wir schauen aufs Bett. Die weißgesichtige Frau Silberstein in ihrer weißen Bluse und mit ihren Silberhaaren löst sich auf dem weißen Kopfkissen vor meinen Augen auf, je länger ich hinstarre. Wie ein Geist.
Meine Mutter fragt: »Alles in Ordnung?«
»Denke schon«, krächze ich.
»Gut, weil … ich kann dich mit ihr alleine lassen, wenn du magst. Dann warte ich draußen?«
»Ja«, sage ich nur. Glaubt sie etwa, ich hätte Angst? War oft genug mit Frau Silberstein und so einigem Horror allein. Als meine Mutter die Tür hinter sich schließt, zähle ich eins und

eins zusammen: Wenn sie nun unter vier Augen mit Schwester Susanne redet …
Ich beuge mich ein Stück vor. Was draußen passiert, ist mir im Moment so was von egal. Ich muss tun, was ich längst tun wollte. »Frau Silberstein«, flüstere ich und höre deutlich mein Schlucken. »Wir hatten doch noch ein paar Kapitel.«
Nichts rührt sich, die Decke hebt sich keinen Millimeter. Ich spinne jetzt wohl, weil ich mir einbilde, Frau Silberstein lächelt ein bisschen? Oder müsste ich jetzt nicht weinen oder so? Mann, das ist nun doch heftig. Ich und die tote Frau Silberstein! Ich bin das letzte Mal mit ihr allein. Also. Dann. Jetzt.
Ich stehe auf. Mit den Fingerspitzen streiche ich über ihre Wange. Kühl ist das. Fühlt sich weder an wie ein Mensch noch wie ein Ding. »Tschüss, Frau Silberstein«, flüstere ich. Dann geht mein Blick nach oben an die Decke. Falls ein Blitz auf mich runterfährt, weil ich sie gerade berührt habe. Manchmal heißt es ja auch, die Toten schweben da herum und sehen einem zu oder so, was natürlich Schwachsinn ist. Da oben ist nix außer weißer Farbe und … da ist auch ein Fleck, ein verschwommener großer Fleck, der aussieht wie ein verlorener Kontinent im Nichts, ein Wasserfleck, direkt über dem Bett. Ich schaue noch genauer hin, kann nicht sagen, ob der Fleck neu ist oder alt, aber es ist klar, Frau Silberstein hat immer auf diesen bräunlichen Fleck gestarrt, wenn sie mit offenen Augen dalag. Jeden Tag, jeden Abend, allein mit diesem Scheiß-Fleck? Das will doch kein Mensch. Jetzt schmecke ich doch Salz auf den Lippen, und ich wünsche es ihr so sehr: Vielleicht ist Frau Silberstein tatsächlich von ihrer Familie abgeholt worden, hat ihre Schwester und ihre Eltern wiedergesehen. Vielleicht können sie alle sogar mich sehen, und hoffentlich haben sie mir vergeben.

21

Sogar Omi ist mitgekommen. Mein Vater findet einen Parkplatz vor dem Friedhof, und wir steigen aus. Blauer Himmel, Sonne, ein paar Wolken und etwas Wind. Würde Frau Silberstein uns von oben zusehen, könnte sie denken, wir machen einen Familienausflug – und sich darüber wundern, warum jeder von uns Blumen in der Hand hat und fast alle so dunkel angezogen sind.
Ich dachte, ich falle vom Stuhl, als meine Mutter vorgestern beim Abendessen verkündet hat: »Wir kommen alle mit zur Beerdigung, wenn du nichts dagegen hast. Es täte uns gut, wenn wir alle gemeinsam gehen und uns bei so einer wichtigen Sache als ganze Familie spüren.«
»Wieso das denn?«, fragte ich, und der Ausdruck gefiel mir irgendwie: sich als ganze Familie spüren.
»Na, ich jedenfalls hatte in letzter Zeit nicht viel Nerven für euch alle, das tut mir leid«, sagte mein Vater. »Ich möchte mit. Auch wenn ich deine Frau Silberstein nicht mehr persönlich kennenlernen durfte.«
Omi hat auch Ja gesagt, vielleicht, weil Opa auf demselben Friedhof begraben liegt. Vielleicht aber auch, weil sie genau wie Jana einfach nicht fehlen darf, beim Sich-als-ganze-Familie-Spüren.
Jetzt stehen wir alle in der Frühlingsluft, ich habe drei langstielige Rosen in der Hand, eine weiße, eine gelbe und eine rosarote.

Habe ich eben im Laden ausgesucht und mich gleich an einem Dorn gestochen und kapiert, dass alles ganz real ist.
Meine Mutter hat von Schwester Susanne erfahren, dass Frau Silberstein längst alles geregelt hatte. Als ihr Mann vor ein paar Jahren gestorben war, hatte sie Geld für ihre eigene Beerdigung hinterlegt – schräg finde ich das, die eigene Beerdigung quasi schon vorher zu bezahlen und zu organisieren. Nennt sich Bestattungsvorsorge.
Lea will mit ihrer Großtante kommen. Wir haben seit Frau Silbersteins Tod zweimal telefoniert, und seit drei Tagen schreiben wir uns ganz normal. Sie hat damit angefangen, und jetzt fragt sie nur noch: Wie geht es *dir?* Sie hat mir auch geschrieben, dass sie ein Transport-Taxi reserviert haben, wegen dem Rollstuhl der Großtante. Schwester Susanne hat sich ebenso angekündigt, sie kommt mit Mirjam, mit Monika Mirjam Schwarz, und das war's, wir wären zu sechst gewesen, aber mit meinem Anhang sind wir immerhin neun. Und jetzt – kommen auch noch Frau Seeberger und Anna daher! Von denen wusste ich ja gar nichts. Aber keine Zeit zum Nachfragen. Wieder kommt eine Nachricht an. Diesmal ist es Pascal: *Viel Glück.* So ein Spinner, Glück auf einer Beerdigung? Samuel hat heute auch schon geschrieben und gefragt, wann wir uns endlich wieder alle bei ihm treffen. Sieht nicht so aus, als ob zwischen den beiden wirklich Krieg herrscht. Ich schaue immer wieder zur Straße. Ein großes Taxi nähert sich, und da wird Lea vielleicht gleich herausspringen …
»Lennard«, höre ich da neben mir. Es ist Schwester Susanne, sie sieht ganz anders aus in Schwarz statt im ewigen Weiß und mit großen goldenen Ringen im Ohr. Die Frau neben ihr hat graue Strähnen in den dunklen Locken, die der Wind durcheinander-

weht, dunkle riesengroße Augen und tiefe Falten um den Mund. Sie lächelt und nimmt meine Hand in ihre, die warm ist, hält sie ein paar Sekunden. »Du bist also der Lesepate?«
»Bin ich«, antworte ich und verrenke unauffällig meinen Hals, denn das große Taxi hält ein Stück entfernt. Nun schütteln sich alle die Hände, stellen sich einander vor. Anna sieht heute anders aus als beim Kaffeekränzchen an Gerdas Geburtstag, nicht so langweilig, irgendwie süßer.
Ich habe aber nur Augen für meine Traumfrau. Lea ist ausgestiegen. Sie trägt ihre Haare zusammengebunden und einen knielangen hellblauen Rock, dazu Stiefel. Ich lasse die anderen stehen, gehe zum Taxi, mein Herz schlägt bis zum Hals. Der Fahrer öffnet die hinteren Türen und klappt eine Rampe herunter. Ich kriege nur ein »Hi« heraus. Lea lächelt mich an, es blitzt, und wenn das heute noch ein paarmal passiert, werden es die anderen bestimmt mitbekommen.
»Brauchen Sie Hilfe?«, höre ich meinen Vater von hinten rufen, doch der Fahrer brummt nur: »Nee, geht schon, ist ja mein Job.« Frau Wissmann wird über die Rampe herausgefahren, und heute sieht sie gar nicht fröhlich aus. Auf dem Schoß hält sie einen Strauß mit weißen und lilafarbenen großen Blüten, die stark und süß duften. Die anderen kommen alle rüber. Wieder überall Händeschütteln, guten Tag hier und da, und mittendrin ich neben Lea. Meine Schwester durchbohrt mich mit neugierigen Blicken, meine Mutter redet mit Frau Wissmann, als würden sie sich kennen. Ist komisch, wie wir hier alle zusammenstehen.
Dann sagt jemand: »Wir sollten reingehen.«
Ich weiß einen Moment lang nicht, wohin ich gehöre. Soll ich mit meiner Familie laufen, vielleicht mit Omi, an der Seite von

Lea oder besser neben Schwester Susanne und der Angehörigen, die extra angereist ist aus dieser kleinen Stadt beim Bodensee? Da aber sind schon Frau Seeberger und Anna neben meiner und Frau Silbersteins Lieblingsschwester und ihrer Begleitung. Nach wenigen Schritten dreht sich Lea zu mir um: »Komm doch!«
Wir gehen nebeneinander durch das Friedhofstor. Ein Kiesweg führt zur Kapelle auf der linken Seite. Da bin ich schon mal langgegangen, als Opas Sarg dort stand. Ist aber eine Ewigkeit her.
Unsere Schritte knirschen, und die Glocken beginnen zu läuten. Niemand spricht mehr, oder ich höre es nicht, weil das Gebimmel so laut ist. An der Seite der Treppe entdecke ich eine kleine Rampe, Lea nickt nur, und wir steuern darauf zu. Wir schieben ihre Großtante mit dem duftenden Blumenstrauß hoch, und die anderen warten oben an der offenen Tür. Sicherlich wundern sie sich schon über mich und Lea. Zu Hause habe ich nur gesagt, es käme neben Schwester Susanne noch jemand anderes aus dem Heim.
Drinnen ist es kühl und dämmrig, und es riecht nach kaltem Stein und alten Mauern. Durch die kleinen bunten Glasfenster fällt etwas Licht, und in der Mitte des hohen Raums steht der Sarg auf einem niedrigen Podest. Drumherum brennt an jeder Ecke eine große weiße Kerze, und vor dem Sarg steht ein silbernes Tablett mit vielen Teelichtern drauf, ein Flammenmeer. Alle scheinen sich plötzlich nur noch in Zeitlupe zu bewegen und legen ihre Blumen vor und neben dem Sarg ab. Meine drei Rosen kommen einfach obendrauf auf das helle Holz. Dann setzen wir uns nebeneinander und füllen gerade mal die Hälfte der ersten Reihe. Ich bin neben Lea, auf der anderen Seite sitzt Schwester Susanne neben mir. Das passt irgendwie, denn was ich mit Frau

Silberstein erlebt habe, das wissen nur die beiden – und auch meine Mutter ein bisschen. Die beugt sich zwei Stühle neben mir ein Stück vor. Wir sehen uns kurz an, sie hat schon jetzt Tränen in den Augen.
Dann hören die dröhnenden Glockenschläge auf. Totenstille. Was passiert jetzt eigentlich? Ich sehe keinen Pfarrer, keinen Musiker, niemanden. Das war bei Opa anders. Jemand hüstelt, jemand rückt mit dem Stuhl, die Geräusche hallen im Raum. Ich traue mich nicht, Lea neben mir anzusehen. Falls es wieder blitzt. Dann, als es einen Augenblick noch stiller als totenstill ist, steht neben mir Schwester Susanne auf.
Sie stellt sich vor den Sarg und sieht uns alle an. Ernst und traurig. »Frau Silberstein hat mir vor einiger Zeit mitgeteilt, wie sie sich ihre Beerdigung vorstellt«, sagt sie. »Es gibt niemanden, der eine Rede hält, und es ist niemand hier, der Musik spielt. Ich werde auch nicht viel sagen, aber die wenigen, die Frau Silberstein kannten, wissen, was für eine unendlich liebenswerte Dame sie war.«
Ich starre auf den Sarg, und die Lichter an den Ecken verschwimmen vor meinen Augen. Ich versuche mir vorzustellen, wie Frau Silberstein da drinliegt, aber es gelingt mir nicht. Stattdessen kommt mir in den Sinn, wie ich sie das letzte Mal gesehen habe. Als sie noch geatmet hat. Mit ihren Silberhaaren als Kranz um sie herum. Frau Silberhaar, der Name hätte noch besser zu ihr gepasst.
»Wer möchte, kann natürlich am Grab ein paar Worte sprechen.« Schwester Susanne sieht uns alle der Reihe nach an und lächelt nun ein bisschen. »Sie ahnte sicherlich nicht, dass ihr alle da sein würdet. Eigentlich wollte auch noch ein Kollege kommen, doch er verspätet sich offenbar.« Sie schaut kurz zur

geschlossenen Kapellentür, und ich wüsste nicht, wer das sein sollte. Ich habe bei Frau Silberstein im Zimmer immer nur die Schwestern gesehen.
Schwester Susanne tritt einen Schritt zur Seite und blickt auf den Sarg. »Dies war ihr einziger Wunsch: Die vier großen Kerzen stehen für sie und ihre Familie, für ihre Eltern und ihre Schwester, die in Auschwitz sterben mussten.«
Lähmende Stille, jetzt verstehe ich, was sich hinter diesen Worten verbirgt. Ich kann mich kaum bewegen und höre eine Kerze zischen.
Schwester Susanne tupft sich mit einem zerknüllten Taschentuch die Augen ab. »Die vielen Lichter auf dem Tablett sollen an jene unzähligen Opfer erinnern, die ebenso ihr Leben in den Konzentrationslagern lassen mussten. Diese Erinnerung wollte sie für diesen Moment, hier und jetzt.«
Jemand hüstelt, Schwester Susanne wischt sich wieder über die Augen. »Sie meinte in einem unserer letzten Gespräche, keine Rede der Welt und auch keine Musik könnte ausdrücken, was sie und all diese anderen Menschen mit ins Grab nehmen oder genommen haben. Deswegen wollte sie nichts weiter als diese Kerzen hier. Ich habe es ihr so versprochen.«
Irgendwo schnieft jemand, aber ich kann nirgendwohin anders hinschauen als auf den Sarg.
»Sie wünschte sich Stille im Gedenken an all das, was geschehen ist. Bis die Glocken wieder zu läuten beginnen. Danke, dass ihr alle gekommen seid, um ihr diesen letzten Wunsch zu erfüllen.«
Schwester Susannes Stimme wird immer leiser. Sie setzt sich. Und dann sitzen wir einfach nur.
Meine Füße sind auf dem Boden festgenagelt. Das unterdrückte Schluchzen kenne ich, das ist doch Omi! Die weint nun sicher-

lich auch wegen Opa, erinnert sich. Aber vielleicht nicht nur. Mein Vater räuspert sich, kurzes Rascheln, dann wieder Stille. Jetzt schnieft es direkt neben mir. Aus den Augenwinkeln heraus sehe ich, wie Lea ein Taschentuch aus der Packung holt, das Plastik knistert. Ich würde sie gerne ansehen, aber es geht irgendwie nicht.

Ich starre ins Kerzenlicht. Nun also der Millionen von Menschen gedenken, die wegen der Nazis umgekommen sind. Ich fühle mich tausend Kilo schwer, zweitausend, dreitausend ...

Da spüre ich etwas auf meinem Bein. Es ist Leas Hand. Vielleicht ist es ganz normal, dass ich sie jetzt umfasse. Sie tröste. Wie im Film.

Leas Hand unter meinen Fingern ist warm. Ich würde so gerne lachen, wenn hier alles nicht so unendlich traurig wäre: Könnte es denn nicht ein klitzekleines bisschen schöner sein, wenn ich ihre Hand mal so ganz offiziell halten kann? Die wenigen Male, die wir so dicht beieinandersaßen, war es wegen Frau Silberstein, der es nicht gut ging. Jetzt ist es ein ganzer Holocaust, der uns dazu bringt, zusammenzurücken. Aber danach, ich schwöre es mir, treffe ich mich mit Lea weder auf einem Friedhof noch in einem Heim noch am Sterbebett. Mann, ich bin ja drauf. Jetzt denke ich über so was nach! Aber wie lang auch die Zeit ist. Kann nicht sagen, ob drei oder sieben oder zehn Minuten vergangen sind. Immer wieder höre ich jemanden herumschniefen und es raschelt. Meine Hand auf Leas wird immer heißer. Meine andere ist kalt. Jemand schnäuzt sich. Klingt tierisch laut hier in der Kapelle. Ich glaube, ich kann mich nie wieder bewegen. So fühlt es sich vielleicht an, wenn man in einer Gruft eingemauert ist.

Mit dem ersten Glockenläuten drehe ich den Kopf zur Seite.

Lea sieht mich auch an. Nichts blitzt, ihre Schminke ist um die Augen herum ein bisschen verschmiert vom Weinen. Sie zieht ihre Hand langsam unter meiner weg.
Alle stehen auf. »Die Blumen können wir mitnehmen«, höre ich jemanden sagen.
Die Türen der Kapelle öffnen sich, ein Schwall Licht stürzt herein, vier Männer in dunklen Anzügen erscheinen. Ich nehme meine Rosen vom Sarg, jemand stellt die Kerzen beiseite. Die Männer tragen weiße Handschuhe, legen den Sarg auf ihre Schultern und gehen langsam los. Meine Mutter tritt an mich heran und legt von hinten den Arm um mich, drückt mich, lässt wieder los. Auch Jana hängt plötzlich an meinem Arm und sagt: »Das ist so traurig alles, die arme Frau Silberstein«, oder so ähnlich, genau verstehe ich es bei dem Geläute nicht, aber ich sehe ihr an, dass sie auch geweint hat. Dabei kannte sie Frau Silberstein überhaupt nicht, nicht einmal ein Foto hat sie von ihr gesehen, und ich hätte auch nicht mal eines. Tatsächlich bin ich nie auf die Idee gekommen, ein Foto von Frau Silberstein zu machen, mal eben schnell mit dem Handy, so wie ich schon so viele Fotos gemacht habe von allem Möglichen. Ich habe keine einzige Erinnerung an Frau Silberstein, so wie auch sie wahrscheinlich kein einziges Andenken an ihre Familie hatte, denn im KZ kam ja alles weg, Fotos, Schmuck, Kleidung, Briefe.
Jana hält immer noch meinen Arm, beugt sich zu mir und fragt: »Was ist denn mit dir und dieser Lea?«
Ich schüttle nur den Kopf und mache mich los. Typisch Jana! Man kann es ja mal versuchen …
Wir folgen den Männern nach draußen, die Helligkeit blendet. Lea möchte wieder ihre Großtante schieben, und ich bleibe neben ihr, ohne auf die anderen groß zu achten. Die Männer ge-

hen den Hauptweg entlang und biegen dann auf einen kleineren Weg ab. »Komme ich mit dem Rollstuhl denn bis zum Grab?«, fragt mich Lea.

»Schaffen wir schon irgendwie«, antworte ich.

Die Großtante schluchzt leise vor sich hin. Die anderen laufen alle hinter uns, ich drehe mich nur einmal um und fange den Blick von meiner Mutter auf, der sehr ernst ist.

»Du«, sagt Lea da und neigt sich zu mir. »Ich wollte dir noch schnell was sagen, damit du vielleicht nicht ganz so schlecht drauf bist.«

Ich schaue sie an, hinter uns läuten immer noch die Glocken.

»Weißt du, ich habe dir doch gesagt, ich hätte einen Freund.«

Mir wird flau im Magen, und wenn ich nicht weiterhin Fuß um Fuß setze, wundern sich alle und bleiben hinter uns stehen. Also tue ich so, als würde Lea mir gleich nur erzählen wollen, was sie gefrühstückt hat.

»Den Freund habe ich nicht mehr. Nur, damit du das weißt. Falls es dich interessiert.«

Wenn ich jetzt einen Luftsprung mache, würden alle denken, ich wäre komplett verrückt. Luftsprünge bei einer Beerdigung! Reicht schließlich, wenn mein Herz mal wieder verrücktspielt. Wenn die Glocken nicht mehr läuten, kann es jeder schlagen hören.

»Warum das denn?«, bringe ich halbwegs normal hervor, so, als würden wir wirklich darüber sprechen, dass sie Eier zum Frühstück nur hart isst. Siebeneinhalb Minuten gekocht.

»Weiß nicht. War irgendwie ein Angeber. Das nervt dann doch. Er hat voll Stress gemacht, als ich erzählt habe, dass ich mit dir bei Frau Silberstein am Bett gesessen habe. Er wollte, dass ich nicht mehr dienstags hingehe, und dann haben wir uns ziemlich gestritten. Ich fand schon vorher doof, dass er immer genau wissen wollte, wer mir Nachrichten schickt. Deswegen wollte ich mit dir auch nicht schreiben. Das hätte richtig Stress gegeben. Erst recht, weil ich mit dir jetzt hier bin. Seit drei Tagen ist Schluss.«

»Echt jetzt?« Mir fällt mal wieder nichts Schlaues ein, mein Kopf ist leer, mein Herz ist voll von Irgendwas, ich weiß nicht was. Der Weg steigt nun ein bisschen an, da ist mein Vater neben uns und sagt: »Ich schiebe jetzt.« Dabei zwinkert er mir zu, und Lea und ich bleiben hinter ihm zurück.

Ich kann nicht richtig durchatmen. Sprechen schon gar nicht. Sie hat ihrem Typen von mir erzählt? Er war eifersüchtig auf mich? Wir laufen an Reihen von Gräbern entlang, überall wachsen kleine gelbe Narzissen oder Osterglocken und Tulpen. Die Glocken hinter uns verstummen, und nun kommt ein kleines Stück Wiese mit Grabsteinen hier und da. Dann, nahe einer Birke, die schon ein wenig grün ist und deren Zweige fast bis zum Boden hängen, sehe ich den Erdhügel. Frau Silbersteins Grab.

Alles wird immer unwirklicher. Habe ich mir nicht neulich geschworen, ich würde Lea auf der Stelle küssen, sobald ich wüsste, sie hat keinen Freund mehr? Toll, hier am Grab bei Frau Silbersteins Beerdigung und vor aller Augen oder wie? Es muss alles eben doch ein schräger Traum sein. Ich drücke meine Finger auf einen Dorn, und es tut höllisch weh.

Die Männer gehen zu dem Erdhügel. Dann stehen sie da wie Soldaten, rühren sich nicht, schauen einfach nur geradeaus. Wir anderen sind ein versprengtes Häuflein, und irgendwo hinter mir flüstert meine Mutter: »Schau, sie wird neben ihrem Mann bestattet. Ich bin so traurig, als hätte ich sie lange und gut ge-

kannt.« Ich drehe mich um, und sie gibt mir das Buch aus der Tasche. »Willst du noch was sagen?«, fragt sie leise.
Spinnt meine Mutter jetzt? Was soll ich denn hier vor allen sagen? Ich schüttle nur den Kopf und schaue rüber zu Jana, die sich bei Omi untergehakt hat. Alle wirken seltsam steif und starr, als der Sarg hinabgelassen wird.
Wir sind still. Sieht nicht so aus, als ob überhaupt jemand was sagen will, vielleicht, weil Frau Silberstein recht hat. Irgendwelche Reden und Musik kann ich mir gerade auch nicht vorstellen. Dafür singt eine Amsel hier irgendwo ganz nah und laut, wie bei uns im Hof manchmal.
Auf einmal ist Schwester Susanne neben mir. »Du kannst nach Frau Schwarz ans Grab gehen und etwas Erde auf den Sarg werfen oder deine Rosen. Wie du es eben machen willst«, flüstert sie.
»Erst Sie«, flüstere ich zurück.
»Du zuerst. Du hast ihr am nächsten gestanden in ihrer letzten Zeit.«
»Nee, von Ihnen hat sie immer geschwärmt. Echt, wirklich.«
Schwester Susanne lächelt. »Bei mir hat sie immer von dir geschwärmt. Bitte. Echt, wirklich.«
Die anderen schauen zu uns. Irgendwas in mir aber weigert sich. »Was ist mit meinem Verbrechen?« Das extra leise Flüstern ist anstrengend, ich fange an zu schwitzen.
»Quatsch, Verbrechen.« Schwester Susanne gibt sich Mühe, ebenso leise zu flüstern. »Die Missetat ist verziehen, du hast es längst gutgemacht. Ich nehme es später mit ins Grab, wenn du jetzt vor mir gehst.«
Die Amsel macht eine Pause, und ich kann nichts mehr antworten, denn dann würden es alle hören. Die Männer verschwin-

den, und Frau Schwarz tritt an die Grube, senkt den Kopf, murmelt halblaut viele Worte vor sich hin. Es klingt fremd, und es klingt wie ein Gebet. Es dauert ein bisschen. Sie nimmt Erde aus einer bereitstehenden Schale, lässt sie fallen, macht es noch mal und noch mal. Sie weint.

Dann ich. Lennard, der tolle Lesepate, ein letztes Mal bitte vortreten! Das Buch in meiner Hand wird warm. Am Grab schaue ich runter auf den Sarg. Ganz schön tief ist das. Ich lege die Rosen auf die Wiese, greife in die Schale und lasse ein wenig von der sandigen Erde durch meine Finger rieseln. Meine Augen brennen ein bisschen. 72 Seiten hätten wir noch gehabt, das habe ich nachgeschlagen. 72, wie die Zimmernummer von Frau Silberstein.

Ich beuge mich ein Stück hinunter und lasse *Tschick* fallen. Dumpf schlägt das Buch auf dem Sarg auf, und da liegt es nun mit dem Titel nach oben. Mit 25 Strichen hinten drin. Frau Silberstein, Sie wollten doch wissen, ob es gut ausgeht? Das Ende verrate ich nicht, aber Sie sagten mal, jede Seite Lesen bringt ein Stück Welt von draußen in Ihr Zimmer, und etwa 180 Seiten haben wir gelesen. Bei mir war es so: Mit jeder Seite Lesen habe ich mich ein bisschen verändert, vom ersten Besuch bis zum letzten. Alles ist anders. Ihre dunkle Zeit hat mir am Anfang Angst gemacht, jetzt bin ich froh, dass Sie mir davon erzählt haben. Sie wären fast gestorben, und dann haben Sie noch so lange gelebt. Früher sollten Sie verhungern, heute sollten Sie zwangsernährt werden. Anfangs wollte ich nur raus aus dem Bunkerzimmer, jetzt wäre ich gern noch 25-mal gekommen. Mindestens. Und dann das: Im Herbst war es noch hoffnungslos mit Lea, und jetzt …? Nicht nur die Erde dreht sich, auch die Dinge, die auf ihr und mit mir passieren, und das manchmal um 180 Grad.

Ich lasse noch ein wenig Erde nachrieseln und noch ein bisschen, wie bei einer Sanduhr, bis ich nur noch ein paar Körnchen in der Hand spüre. Auf einmal weiß ich nicht mehr, wie lange ich da schon stehe und auf *Tschick* und den Sarg hinunterstarre, und die anderen schauen mir zu. Die Amsel singt wieder, und mir läuft auf einmal ein Schauer über den Rücken. Frau Silberstein wollte doch unbedingt nochmals einen Vogel hören – bekommt sie das jetzt vielleicht noch mit? Ich gehe zur Seite, zu der Birke, schaue dabei auf meine blank geputzten Schuhe im Gras. Den Kopf wieder hochzuheben kostet seltsam viel Kraft.
Alle treten nach und nach ans Grab, Jana und Omi gehen zusammen vor. Mein Vater schiebt immer noch die Großtante, Lea kommt danach und steht ein bisschen länger da. Sie wischt sich über die Augen. Ich finde sie einfach nur toll. Sogar wenn sie traurig ist. »Es tut mir leid, was Sie erleben und erleiden mussten«, sagt sie, und alle können es hören. Mutig ist sie auch noch!
Lea kommt vom Grab direkt zu mir. Stellt sich neben mich. Nah neben mich. Wir berühren uns fast, und ich träume wohl, als sie den Kopf zur Seite neigt und kurz auf meine Schulter legt. Irgendwas muss jetzt passieren, ist doch klar. Sie hat keinen Freund mehr. Mir doch egal, was alle denken. Ich nehme Leas Hand fest in meine. Zwischen uns blitzt es nun, auch ohne dass wir uns ansehen. Mein Herz donnert.
Alle haben nun Erde hinuntergeworfen. Frau Seeberger steuert auf mich zu und greift nach meiner rechten, freien Hand. »Mein herzliches Beileid, Lennard.«
Alle tun so, als wären Frau Silberstein und ich die allerbesten Freunde gewesen. Oder verwandt. Auch Anna kommt rüber. Frau Seeberger hält meine Hand immer noch fest und sieht mich unglücklich an. »Dass es Auschwitz war, wusste ich gar nicht«,

sagt sie leise. »Ich wollte von nichts etwas hören, mir war alles zu viel. Es tut mir sehr leid. Zum Glück hatte sie am Schluss noch dich.«

Nein, bitte nicht wieder die Nummer mit dem Superhelden! Am liebsten würde ich nun doch am Grab was sagen: Es ist alles anders gewesen, als ihr denkt! Erst kamen die Graffiti! Dann kam Lea! Aber Hauptsache, Frau Silberstein wusste es. Darüber bin ich unendlich froh, und das mit dem Diebstahl wollte sie am Ende nicht mehr wissen. O Mann. Ich hatte sie echt gern!

Jetzt ist Anna dran. »Tut mir ziemlich leid«, sagt sie und schaut mich und Lea ziemlich neugierig an. Lea rückt ganz nah an mich heran, und wäre ich jetzt wieder diese Comicfigur, würden Tausende Herzen und Sterne um mich herumfliegen – das ganze Universum!

»Äh, ja«, sage ich nur zu Anna, und es ist nicht ganz einfach, hier nicht vor lauter Verliebtsein zu explodieren, während ich Beileidsbezeugungen entgegennehme. Ich schaue kurz hoch in den hellblauen Himmel und stelle mir Frau Silbersteins Hexenlachen vor. Da ruft Lea neben mir plötzlich: »Tobi!«

Ziegenbärtchen taucht auf wie aus dem Nichts. Was will der denn hier? Sein Kopf ist rot, er atmet schnell, als wäre er gerannt, in der Hand hat er einen kleinen Blumenstrauß. »Sorry, sorry, es tut mir leid«, ruft er in die Runde, und sein Blick bleibt an mir hängen. »Notfall im Heim, Bus verpasst, S-Bahn fiel aus, na ja, so eben.«

Dann kommt er zu mir. Stellt sich nah vor mich. Jetzt hat er neben dem gefärbten Bart auch noch ein Augenbrauenpiercing. Er legt die Hand auf meine Schulter, als wären wir Freunde. »Tut mir leid, Bruder«, meint er da auch noch. »Frau Silberstein war toll. Ich habe sie immer besonders gemocht.« Sein Blick wandert

zum Grab, dann geht er zu Schwester Susanne und flüstert ihr etwas zu. Auf einmal ahne ich: Ziegenbärtchen war der Kollege, von dem sie vorhin in der Kapelle gesprochen hat. Sie umarmen sich kurz, er tritt ans Grab.
Leas Hand löst sich aus meiner. Aus, schießt es mir durch den Kopf, aus, vorbei, Traum zu Ende. Wäre auch zu schön gewesen. Meine Augen brennen, mein Magen krampft, und alle schauen zu, wie Superheld Lennard zu einem Nichts zusammenschrumpft. Am besten, ich lasse mich gleich mit beerdigen …
Erde plumpst auf den Sarg, die Amsel singt und singt. Zum Glück sind meine Haare vorne schon ziemlich lang, da kann ich mich ein bisschen drunter verstecken. Meine Hand, die eben noch Leas gehalten hat, ist verschwitzt. Lea geht in die Knie und wühlt in ihrer Tasche rum. Wahrscheinlich sucht sie ihren Lippenstift, wegen Ziegenbärtchen. Ich könnte ihn auf den Mond schießen! Meine Mutter nickt ihm lächelnd zu. Alle beobachten, wie er wieder zu mir kommt, mit einem unheimlich wichtigen Gesicht. Lea ist noch irgendwo da unten, und ich höre, wie sie sich die Nase putzt. Heult sie jetzt vor Freude, dass ihr Supermann da ist, oder was?
»Kommst du jetzt nicht mehr zu uns?«, fragt Ziegenbärtchen.
Ich fühle mich steif wie ein Brett. Uns? Was habe ich denn mit ihm zu tun? Spinnt der? Ich schüttle langsam den Kopf, und er sagt: »Schade.«
Da taucht Lea wieder auf – und nimmt meine Hand.
Er sieht es und grinst ein bisschen: »Aber ihr werdet euch weiterhin sehen, was? Schön!«
»Ja«, höre ich Lea neben mir sagen. »Auf jeden Fall.«
»Schade? Schön? Auf jeden Fall?« Ich kann's nur wiederholen.
Ziegenbärtchen meckert leise. »Ich fand's jedenfalls cool, was

du gemacht hast. Lesepate. Frau Silberstein hat's gefallen. Respekt!«
Respekt? Er? Für mich? »Woher weißt du denn, ob es ihr gefallen hat?«, will ich wissen.
»Wir haben uns öfter mal unterhalten, wir mochten uns«, antwortet er. »Wenn sie von dir redete, sagte sie manchmal sogar ›mein Lennard‹. Das fand ich geil, sie hatte sonst ja kaum jemanden mehr.«
Ziegenbärtchens Stimme ist nicht gerade leise, und alle hören mit. Komme ich aus dieser Heldennummer denn nie mehr raus?
»Super, dass du gekommen bist, Tobi«, sagt Lea neben mir, gleichzeitig drückt sie meine Hand. Muss so eine Art Geheimsprache bei Pärchen sein, die ich noch nicht kenne. Den einen anhimmeln, dem anderen die Hand drücken.
»Ist doch selbstverständlich«, sagt Ziegenbärtchen. »Die letzte Ehre für eine Holocaust-Überlebende.«
Ich muss ganz schön schlucken. »Du wusstest das auch?«
»Klar. Ich sitze nicht nur unten am Computer, manchmal springe ich auch als Pflegehelfer ein. Ich habe sie gefragt, was das für eine Nummer ist auf ihrem Arm. Der totale Wahnsinn. Eintätowiert in Auschwitz. Und ihre Narben am Bauch! Ich bin so wütend, immer noch wütend.« Er ballt eine Hand zur Faust, lässt sie wieder sinken. »Sorry, falscher Ort.«
Die Amsel singt nicht mehr. Ziegenbärtchen kratzt sich am Hinterkopf. »Weißt du, ich wollte immer mal mit dir deswegen quatschen, aber du bist ja ständig nur an mir vorbeigerannt oder hast irgendwelche komischen Sprüche gemacht.« Er streckt mir wieder die Hand hin. »Also dann, ich muss zurück, ich habe Dienst. Alles Gute für dich … für euch.«
»Danke«, sagt Lea, und ich fühle mich völlig daneben. Er schüt-

telt Frau Schwarz die Hand und winkt in die Runde. Schwester Susanne ruft ihm ein »Bis nachher« zu, und weg ist er.
Ich kriege kein Wort raus. Was für Narben? Was hat Frau Silberstein da erleben müssen, konnte sie deswegen keine Kinder bekommen? »Der ist ja ganz nett«, bringe ich nun gerade so hervor. Alle Blicke kleben auf mir und ich bin ziemlich durcheinander.
»Weiß ich doch«, sagt Lea. »Hast du eigentlich was gegen ihn?«
»Nee«, sage ich, und plötzlich stimmt es sogar. Frau Silberstein mochte ihn, Lea mag ihn, meine Mutter ebenso und Schwester Susanne umarmt ihn sogar. Nur ich dachte immer, er wäre ein Vollidiot, und ich weiß nicht mal genau warum.
Ausgerechnet er nennt auch noch das Zauberwort: Respekt. Damit hat doch alles angefangen. Ich schaue zu meiner Mutter, und die sieht einen winzigen Augenblick auf die Hände von Lea und mir, und ich umfasse Leas Finger fester. Meine Mutter ist schlau. Sie denkt sich ihren Teil. Sie ahnt, dass ich nicht nur wegen Frau Silberstein meine Sozialstunden im Heim absitzen wollte. Sie dreht sich um und geht langsam davon, und die anderen folgen. Mein Vater scheint den Rollstuhl gar nicht mehr loslassen zu wollen. Wahrscheinlich haben sich meine Eltern in ihrer eigenen Geheimsprache verständigt.
Die Sonne ist grell. Bis zu 22 Grad könnten es noch werden, ich habe schönes Wetter bestellt, Frau Silberstein sollte auf keinen Fall frieren, und ich habe in allen Apps nachgeschaut: Sie muss es nicht.
Die anderen entfernen sich. Jetzt traue ich mich. Habe ich mir geschworen. Wenigstens kurz. Nur eine Sekunde oder zwei. Leas Lippen schmecken ein bisschen salzig. Mir wird warm. Ich merke, dass meine Mutter noch mal zurückschaut, Jana

wahrscheinlich auch. Aber da können sie machen, was sie wollen: So eine Geschichte wie die mit Lea geht erst mal nur mich was an.

Lea drückt sich an mich und ich sehe zum Grab hin, zu den drei Rosen von mir. Gleich wird es zugeschüttet. Jetzt singt noch ein weiterer Vogel. Frau Silberstein! Es gibt aber auch Geschichten, wie die von Ihrer Schwester Leah und von Ihrer Familie, die sollten geteilt und bewahrt werden. Da dreht sich gar nichts, das ist einfach so.

»Noch mal«, sagt Lea, und ich spüre ihre Hand in meinem Nacken. Aus warm wird heiß. Es ist fast wie Sommer.

QUELLEN UND BEZÜGE

Seite 12: *Tschick* von Wolfgang Herrndorf, Reinbek bei Hamburg ^{77}2019.

Seite 21: *Das Fräulein stand am Meere* von Heinrich Heine, *Sämtliche Werke,* Band I, Darmstadt ^{6}1992, Seite 205.

Seite 68: Gemeint ist Jehuda Bacon, nachzulesen in: Jehuda Bacon und Manfred Lütz, *Solange wir leben, müssen wir uns entscheiden. Leben nach Auschwitz,* München 2018.

Seite 155: *Wiedersehen mit Brundibár,* Film mit Greta Klingsberg, Regie: Douglas Wolfsperger.

Seite 156: Angelehnt an die Diskussion von Christa Spannbauer mit Schülern nach dem am 27. Januar 2015 in der Berliner URANIA gezeigten Film *Mut zum Leben. Die Botschaft der Überlebenden von Auschwitz,* Regie: Christa Spannbauer und Thomas Gonschior.

Seite 204 f.: *Die Mütze oder Der Preis des Lebens* von Roman Frister, Berlin ^{5}1998.

DER HOLOCAUST ODER DIE SHOA

Der Holocaust wird von den Juden auch Shoa oder Shoah (›Katastrophe‹, ›Untergang‹, ›Zerstörung‹) genannt und bezeichnet den Völkermord an den Juden Europas, der von den Nationalsozialisten unter Adolf Hitler verübt wurde. Die Zahl der Opfer wird auf rund sechs Millionen Menschen geschätzt, darunter 1,5 Millionen Kinder. Hinter all den Zahlen und Fakten verbergen sich unzählige leidvolle Schicksale. Es ist ein pechschwarzes Kapitel in der Geschichte der Menschheit, das in der Zeit nach dem Ersten Weltkrieg seinen Nährboden findet.

Mit der Weimarer Republik (gegründet 1918) gibt es in Deutschland erstmals eine parlamentarische Demokratie. Bedingt durch die Nachwirkungen des Krieges und der Novemberrevolution ist die Zeit von sozialem Elend sowie wirtschaftlicher und politischer Instabilität geprägt, viele Menschen kämpfen um ihre Existenz.

Im Klima von Unsicherheit und Unzufriedenheit bildet sich die rechtsradikale Nationalsozialistische Deutsche Arbeiterpartei (NSDAP), deren Parteivorsitzender der spätere Reichskanzler Adolf Hitler ist. Die Partei verachtete die Demokratie, den Kommunismus und das Judentum zutiefst. Ende der 1920er / Anfang der 1930er wird die NSDAP immer größer. Besonders Jugendliche und junge Männer sind von der Propaganda und den Aufmärschen der NS-Bewegung beeindruckt. Zu dieser Zeit leben

etwa 500.000 Juden in Deutschland, weniger als 1 Prozent der Gesamtbevölkerung.
Nach Hitlers Ernennung zum deutschen Reichskanzler am 30. Januar 1933 errichten die Nationalsozialisten innerhalb kurzer Zeit eine Diktatur. Dem Reichstagsbrand am 27. Februar 1933, der angeblich von einem Kommunisten gelegt wurde, folgt die Reichstagsbrandverordnung, die alle wesentlichen Grundrechte der Verfassung außer Kraft setzt. Judenhass ist ein zentrales Element der von Hitler vertretenen Rassentheorie. Aufgrund des neuen ›Arierparagraphen‹ werden Juden ab 1933 aus dem Staatsdienst entlassen, jüdische Geschäfte boykottiert. Mit den Nürnberger Gesetzen von 1935 wird die Eheschließung zwischen Juden und Nichtjuden verboten. Im Gegensatz zu den mit vollen Rechten versehenen ›Reichsbürgern‹ ist ihre rechtliche Stellung nun vom Nachweis möglichst vieler arischer Vorfahren abhängig. Mit den Novemberpogromen vom 7. bis 13. November 1938 beginnt die systematische Verfolgung der Juden. Allein in der ›Reichskristallnacht‹ am 9. November werden 400 deutsche und österreichische Juden ermordet sowie Tausende Geschäfte und Synagogen zerstört.
Der Zweite Weltkrieg beginnt am 1. September 1939 mit dem Angriff Deutschlands auf Polen. 1939 müssen Juden im besetzten Polen den Judenstern tragen, ab 19. September 1941 gilt dies für alle Juden im Reichsgebiet. Fast die Hälfte der in Deutschland lebenden Juden ist bis dahin geflohen. Durch die Besetzung Polens fallen den Nationalsozialisten zwei Millionen Jüdinnen und Juden in die Hände. Sie werden zunächst in abgesonderten Stadtvierteln, den Ghettos, von der Bevölkerung isoliert. Im Warschauer Ghetto sind zeitweise ein halbe Million Juden eingesperrt.

Am 22. Juni 1941 überfällt die Deutsche Wehrmacht die Sowjetunion. Frei bewegliche Todeskommandos beginnen mit Massenerschießungen auf den eroberten Gebieten. Chelmno in Polen ist das erste nationalsozialistische Vernichtungslager, in dem ab Dezember 1941 über 150.000 Menschen, hauptsächlich Juden sowie Sinti und Roma, vergast werden.
Auf der Wannseekonferenz am 20. Januar 1942 organisieren und koordinieren Spitzenvertreter der nationalsozialistischen Reichsregierung in Berlin-Wannsee den Plan zur Massenermordung der Juden, die sogenannte ›Endlösung‹ der Judenfrage: Alle von ihnen als Juden definierten Menschen sollten umgebracht werden. Die bereits existierenden Konzentrationslager Auschwitz und Majdanek werden 1942 zu Vernichtungslagern umgebaut. 1942 beginnt in den Gaskammern der im besetzten Polen errichteten Vernichtungslager Auschwitz-Birkenau, Treblinka, Belzéc und Lublin-Majdanek die fabrikmäßige Tötung der Juden. Während die Existenz von Konzentrationslagern meist bekannt war und zur Einschüchterung der Bevölkerung diente, wurde der Zweck der Vernichtungslager geheim gehalten: Sie waren eigens für die Ermordung von Juden und anderen verfolgten Menschen da.
Das Konzentrationslager Theresienstadt wurde von den Nationalsozialisten nach außen hin sogar so dargestellt, als wäre es eine fast normale Stadt. In dem ›Vorzeige-Ghetto‹ starben über 30.000 Menschen und fast 90.000 wurden in Vernichtungslager deportiert.
Das Warschauer Ghetto diente als Sammellager für die Deportationen der Juden ins Vernichtungslager Treblinka, wo schätzungsweise 870.000 Menschen getötet wurden. Vom 19. April bis 16. Mai 1943 findet der Aufstand im Warschauer Ghetto,

der größte jüdische bewaffnete Widerstand, statt. Am Ende des Aufstands werden fast 60.000 Menschen deportiert, erschossen, verbrannt oder begehen Selbstmord.
Am 19. März 1944 besetzen deutsche Truppen Ungarn. Wenige Wochen später werden über 430.000 ungarische Juden nach Auschwitz-Birkenau verschleppt und die meisten davon umgebracht.
Mit der Landung der Alliierten in der Normandie beginnt am 6. Juni 1944 deren Invasion in Westeuropa und die Befreiung Europas von der Nazi-Herrschaft.
Ab 1944 lösen die Nazis frontnahe Konzentrationslager auf, indem Häftlinge erschossen, in Waggons gesperrt oder auf wochenlange Todesmärsche geschickt werden. Am 17. Januar 1945 wird Auschwitz evakuiert und die Gefangenen werden in Richtung Westen getrieben. Wenig später, am 27. Januar 1945, treffen sowjetische Truppen in Auschwitz ein. Der Jahrestag der Befreiung des KZ Auschwitz ist seit 1996 in Deutschland und seit 2005 international der Tag des Gedenkens an die Opfer des Nationalsozialismus.
Bergen-Belsen, Dachau, Buchenwald und andere KZs werden im Frühjahr 1945 von britischen Truppen und der US-Armee befreit.
Hitler begeht am 30. April in Berlin Selbstmord, die Rote Armee ist bis auf wenige hundert Meter an die Reichskanzlei vorgerückt. Die bedingungslose Kapitulation der Wehrmacht beendet am 8. Mai den Zweiten Weltkrieg in Europa, der geschätzt 60 Millionen Menschenleben forderte.
Auf dem Gebiet des Deutschen Reichs befinden sich zum Ende des Kriegs sieben bis neun Millionen Zwangsarbeiter, befreite Kriegsgefangene und KZ-Häftlinge, sogenannte Displaced Per-

sons (DPs), Menschen, die sich wegen des Kriegs außerhalb ihres Heimatlandes aufhalten. Für jene, die nicht in ihre Heimat zurückkehren (viele fürchten neuen Hass und Verfolgung), errichten die Alliierten Lager, die meist als Zwischenstation auf dem Weg in eine neue Heimat dienen, die in den USA, in Palästina oder anderen Ländern gesucht wird. Nur wenige Juden bleiben in Deutschland.
Der Name ›Auschwitz‹ wird heute als Inbegriff für den Holocaust verwendet. Im dortigen Konzentrations- und Vernichtungslager Auschwitz-Birkenau wurden von Anfang 1942 bis Ende 1944 über eine Million Menschen ermordet, hauptsächlich Juden. Auch andere ›Feinde des Reichs‹, wie zum Beispiel Sinti und Roma, politische Gefangene, Homosexuelle und psychisch Kranke, wurden verfolgt und in Konzentrationslager deportiert. Wo einst das größte aller Konzentrationslager stand, befindet sich heute eine Gedenkstätte mit dem Staatlichen Museum Auschwitz-Birkenau.
(Die Informationen dieses Abschnitts sind aus den Quellen (1) bis (5) entnommen.)

Nur 11 Prozent aller vor dem Krieg in Europa lebenden jüdischen Kinder (hier: unter 16 Jahren) überlebten die NS-Herrschaft. Davon befanden sich die meisten von ihnen bei Kriegsende im Exil, in einem Versteck, bei Partisanen oder als vermeintliche ›Arier‹ in einer Familie untergebracht. Insgesamt wurden 232.000 jüdische Minderjährige nach Auschwitz gebracht, die meisten galten aufgrund des Alters als nicht arbeitsfähig und wurden gezielt vergast. Dieses Schicksal traf auch viele Frauen, weil sie in der Regel Kinder bei sich führten und nicht von ihnen getrennt werden wollten.

Nur 6.700 der jüdischen Minderjährigen wurden als Gefangene im Lager aufgenommen. Neben dem Alter war das Geschlecht entscheidend, ob Kinder und Jugendliche in Auschwitz als Zwangsarbeiter oder Experimentierobjekte weiterleben durften. Dabei hatten Mädchen die schlechteren Chancen, als Häftlinge registriert zu werden. Von den im KZ Auschwitz aufgenommenen Jüdinnen und Juden, die nicht sofort getötet wurden, waren nur 40 Prozent weiblich.
(Die Informationen dieses letzten Abschnitts sind aus (2) entnommen.)

ALLGEMEINE INFORMATIONEN UND QUELLEN

(1) Livia Bitton-Jackson, *Tausend Jahre habe ich gelebt. Eine Jugend im Holocaust,* Stuttgart [4]2018.
(2) Verena Buser, *Überleben von Kindern und Jugendlichen in den Konzentrationslagern Sachsenhausen, Auschwitz und Bergen-Belsen,* Berlin 2011.
(3) Deutsches Historisches Museum Berlin, Dauerausstellung.
(4) Artikel zu den jeweiligen Stichworten unter https://de.wikipedia.org (zuletzt abgerufen am 29.11.2019).
(5) https://www.yadvashem.org (zuletzt abgerufen am 29.11.2019).

NACHWORT UND DANK

Die Geschichte Frau Silbersteins, die in diesem Roman erzählt wird, ist fiktiv, könnte aber nach Recherchen so geschehen sein. Neben den Zeugnissen jener Zeitzeugen, die den Holocaust überlebt haben, stütze ich mich in der Romanhandlung auf die unter (2) erwähnte Quelle von Verena Buser (siehe Seite 301). Ihr gilt mein außerordentlicher Dank sowohl für die äußerst beeindruckende Forschungsarbeit als auch für ihre Bereitschaft und Zeit, mich bei den inhaltlichen Fragen zum Überleben im Holocaust zu unterstützen.

Das Manuskript wurde von Ingeborg Mues in seiner ersten Fassung hilfreich begleitet. Dank ihrer Ermutigung und ihres weisen Lektorats hat die Geschichte ihr festes und unerschütterliches Fundament erhalten, auf dem ich immer weiter aufbauen konnte.

Den Autorinnen und Autoren der Gesellschaft für neue Literatur Berlin verdanke ich wertvolle Impulse für verschiedene Textpassagen, die ich im Kreis konstruktiver Diskussionsrunden vorstellen durfte.

Danken möchte ich auch meinen jugendlichen Testlesern, die das Manuskript in verschiedenen Fassungen in die Hand bekamen: Larissa und Celia in einem früheren Stadium sowie ganz aktuell meinem Buchpaten und Neffen Noah und meiner Buchpatin Josefine. Eure Meinung war sehr wichtig, ebenso wie die

Nachhilfe in Sachen Jugendsprache, in deren Zusammenhang mir auch Farina hilfsbereit auf jede Frage eine Antwort schickte.
Ich danke dem Lauf der Dinge, der mich auf der Leipziger Buchmesse mit Verlagsleiter Michael Stehle zusammentreffen ließ. Die daraus entstandene Zusammenarbeit bedeutet mir sehr viel. Durch das aufmerksame, sensible und wertvolle Urteil und Lektorat von Christine Christ fand das Manuskript den Weg auf seinen Schreibtisch und somit ins Licht der Öffentlichkeit. Zeit und Freundlichkeit, die mir beide entgegenbrachten, sind unbezahlbar.
Nicht zuletzt danke ich meiner Familie, nahen Freunden und meinem Herzensgefährten Arpito. Ihr habt mich mit eurem Feedback auf meine Arbeit wegweisend und vor allem seelisch unterstützt und bereichert.

© Jens Krohn

DIE AUTORIN

Julia C. Werner, geboren 1971, schrieb als Kind erste Geschichten auf der antiken Schreibmaschine ihres Großvaters. Sie studierte Soziologie, Psychologie und Spanische Literaturwissenschaft. Reisen durch Indien, Spanien und Mittelamerika inspirierten sie zu tiefgründigen, schicksalhaften Fragen, die sie in Liebesromanen mit spirituellem Hintergrund verarbeitet. *Um 180 Grad* ist ihr erstes Jugendbuch. Seit vielen Jahren lebt die selbstständige Autorin in ihrer Wahlheimat Berlin.